GW00507972

COLLECTION SÉRIE NOIRE
Créée par Marcel Duhamel

Parutions du mois

2573. LA MORT FAIT MAL
(MICHEL EMBARECK)

2574. MARGINALIA
(HOSMANY RAMOS)

2575. NE CRIE PAS
(ROSEBACK & RICARDO MONTSERRAT)

2576. ORPHELIN DE MER
suivi de 6, RUE BONAPARTE
La ballade d'un Yougo - Tome 2
(VLADAN RADOMAN)

ROSEBACK

RICARDO MONTSERRAT
&
CHRISTIAN VINCENT

Ne crie pas

Préface de Philippe-Jean Catinchi

GALLIMARD

L'atelier a été produit par

Alain Guesnier-AGAT FILMS & Cie
en coproduction avec l'I.E.P. de Tourcoing
Institut d'Education permanente de Tourcoing

avec le soutien de
La Ville de Roubaix
Le Conseil Régional Nord-Pas-de-Calais
Le Conseil Général du Nord
La Direction Départementale du Travail et de la Formation
Professionnelle
Le Ministère de l'Emploi et de la Solidarité
Le C.R.R.A.V. Centre Régional de Ressources Audiovisuelles
Le F.A.S. Fonds d'Action Social pour les Immigrés et leurs Familles
La Caisse d'Allocations Familiales de Roubaix-Tourcoing
La Caisse des Dépôts et Consignations

avec l'aide de T.E.C. Travail et Culture et de l'association Chez Léo

*Ce roman est issu
d'un atelier de création et d'insertion mené par*

RICARDO MONTSERRAT
AVEC ROSEBACK, *ass. 1901* :

FLORENCE ANDOH – FATMA AOUADI
LOUIZA BOUALEM – MEHDI BOUBZIZ
DOMINIQUE BRAECKEVELDT
MARC COLPAERT – PEGGY COURTAY
VINCENT HERMANT – WILLIAM LANGLOIS
CHRISTINE MEDERBEL
KHALED MEGHERBI
FRANÇOISE PACIUCCIO
NASSERA RAKZA
MARIE-JEANNE SCHERTZER
ANGÉLIQUE SPADA
NORDINE ZEGGAGH – SAMIA ZERRAF

avec la participation de
CHRISTIAN VINCENT.

PRÉFACE

Ateliers d'écriture.

Expressions du monde de l'apprentissage et du travail, ces tours ordinaires évoquent l'école et ses rythmes, ses impératifs et sa sécurisante prise en charge — pour l'un ; l'activité professionnelle qui assure l'intégration sociale, la reconnaissance de l'individu dans le jeu économique, sinon la pérennité de cette forme de contrat — pour l'autre. Mais pour jouer avec les mots, surtout s'ils parlent de vous, de votre propre bagage ou de votre expérience, il faut être en confiance. Avec la langue comme avec soi. Ce n'est pas si facile quand l'école est un souvenir lointain — ou peu glorieux — et qu'on est « inactif », ou « chômeur », selon que l'on écoute le reflet de soi que donnent les statistiques ou les services sociaux.

C'est pourquoi les dix-huit apprentis-écrivains qui se sont retrouvés, à Roubaix, plus de trois mois autour de l'écrivain Ricardo Montserrat pour mener à bien un atelier d'écriture (de novembre 1998 à février 1999) préfèrent la formule « privé d'emploi ». Ça n'a l'air de rien mais cette correction, qui n'est pas un euphémisme, les aide à prendre confiance dans leur périlleuse entreprise : écrire un livre dont le réalisateur Christian Vincent s'inspirerait. Etre « privé d'emploi » suppose, autant qu'une exclusion de la sphère du travail, une frustration consécutive, une énergie négative dont on peut faire un levier en en inversant la charge. Décidément « chômeur » est trop plat — perçu comme un état dénué du dynamisme nécessaire au sursaut. Trop banalement quotidien aussi, dans ce département du Nord sinistré par les crises à répétition des bassins d'emploi traditionnels — mine, sidérurgie, textile...

Cette trame sociale ajourée a du reste joué son rôle dans l'élaboration de ce projet sans précédent. C'est au sortir d'un tournage qui l'avait conduit près de six mois à Liévin, dans la banlieue de Lens (Pas-de-Calais), en 1996, que Christian Vincent sut qu'il lui faudrait revenir sur ces terres du Nord, que leurs habitants lui avaient fait découvrir avec retenue mais générosité. Conscient d'y avoir « entamé un travail », le réalisateur de La Discrète *voulait qu'après son quatrième long métrage,* Je ne vois pas ce qu'on me trouve, *l'opus suivant prenne le contrepied de la démarche qu'il avait jusque là suivie ; qu'au lieu de demander au réel d'« incarner » les histoires qu'il avait inventées en solitaire, ce soit ce réel qui fasse la matière même de la fiction à venir.* « Je voulais commencer par là où on finit d'habitude, c'est-à-dire m'installer quelque part dans une ville, dans un quartier, trouver les décors, rencontrer les gens et, alors seulement, me mettre à écrire. »

Ce sera Roubaix. *Mais pour l'écriture, le projet bascule encore. Au hasard d'une émission de radio. Ecoutant sur France Inter Ricardo Montserrat livrer son expérience des ateliers d'écriture auprès de publics variés (quartiers sensibles, zones rurales) et notamment raconter comment il avait accouché d'un livre quatorze chômeurs du quartier de Kervé, à Lorient, devenu sous la signature collective KELT, un « série noire » chez Galli-*

mard (Zone mortuaire), *Vincent comprit qu'il n'écrirait pas son prochain scénario.*

C'est ainsi que Ricardo Montserrat, entre *Les Mureaux* et *Châteauneuf-du-Faou*, fit une étape à *Roubaix* pour participer à une aventure en harmonie avec ses engagements précédents. D'autant que la dimension sociale y était d'emblée déterminante — une promesse ferme de réinsertion pour les membres de l'atelier — et mobilisait de larges soutiens financiers, de la municipalité au ministère de l'emploi et de la solidarité comme des conseils général et régional. Les partenaires de l'aventure, *Agat Films & Cie* (dont l'activité est alors dopée par le succès inespéré de *Marius* et *Jeannette,* de *Robert Guédiguian),* l'Institut d'éducation permanente (IEP) de *Tourcoing Vallée de la Lys* et le Centre régional de ressources audiovisuelles (CRRAV), laissèrent carte blanche au tandem *Vincent-Montserrat* dont la première tâche fut de recruter les futurs auteurs. Ce ne fut pas le plus simple. Non que les associations, sollicitées pour démarcher les demandeurs d'emploi intéressés — les conditions étaient simples : habiter Roubaix ou ses environs immédiats et être en recherche d'emploi —, n'aient pas activement joué le jeu, mais le succès dépassa les espérances des deux chefs d'orchestre. Il fallut donc d'une cinquantaine de postulants choisir la petite vingtaine d'élus. Ce casting, *Christian* comme *Ricardo* l'assument pleinement. Ce fut pour eux l'occasion de voir, sans précipitation, chacun des candidats — et de déceler la part d'énergie farouche, de volonté d'entreprendre et de s'en sortir qui augure bien de l'investissement ; sans garantie absolue — mais le risque fait partie de la règle...

C'est ainsi que *Florence, Fatma, Louiza, Mehdi, Dominique, Marc, Peggy, Vincent, William, Christine, Khaled, Françoise, Nassera, Marie-Jeanne, Angélique,*

Nordine et Samia se retrouvèrent « chez Léo » — un dix-huitième comparse a quitté le navire peu après l'appareillage — pour conjurer la peur de l'écrit par la parole d'abord. Dire « sa » ville, sa vie, la raconter ou l'inventer, avec la part de rêve et le poids du réel qui va peu à peu faire naître la fiction. Dans le large espace d'une salle destinée aux réunions plénières et aux récréations festives — le comptoir de bar sommaire qui vous accueille dès l'entrée met immédiatement à l'aise — autour de la grande table improvisée, les histoires s'amorcent, se reprennent, commentaires et silences.

Des fragments que chacun a dû écrire en solo, d'une séance sur l'autre, s'esquissent les situations, les silhouettes dont le futur roman se nourrit déjà. Chacun s'investit bientôt dans tel ou tel personnage. Le jeu consiste alors à évacuer la trop simple identification entre le scripteur et son héros. D'autres se l'approprient donc ; et malgré la peine encore sensible de certains auteurs lorsque l'économie du roman commande en final l'élimination d'un comparse, une mère superflue, un doublon inutile aux traits particulièrement attachants aussitôt « reversés » sur un autre, dont la consistance romanesque privilégie le maintien, tous se sentent collectivement comptables d'une intrigue qu'ils ont voulue. Comme si la lente naissance et l'affirmation des personnages valaient aussi pour leurs créateurs.

Du chaos initial, n'est pas sortie qu'une intrigue, où Marco, Karima, Cécile, Léo et le Rouquin portent les peurs et les violences, les indignations et les courages à l'œuvre chez chacun ; ni seulement une réflexion sur l'ordre et la construction du récit, problèmes récurrents de ces semaines de compagnonnage littéraire où les tensions nées des différences évidemment de règle au sein d'un groupe aussi contrasté — où les âges s'étalent

12

de 17 à 53 ans et les origines ethniques interfèrent aussi sur le choix d'un nom ou d'une issue — se résolvent par l'écriture. Mais une leçon sur l'angle, le point de vue, le sens d'un dénouement, la grandeur du creux, du non-dit, de l'opacité qui dévoile davantage que la trop grande clarté. Jusqu'à l'art du montage, indispensable pour faire tenir ensemble autant de morceaux épars dont l'agencement efficace commande sacrifice et réécriture. Bref, l'enjeu même de l'écriture littéraire.

Début février 1999. La réalité fait un clin d'œil à la fiction. Tandis que le roman, qui n'a pourtant rien d'un conte de Noël, s'ouvre sur un 23 décembre frileux, battu par le vent et la neige, Roubaix a soudain blanchi et les piétons, à l'image des voitures, circulent prudemment. Un rythme comme ralenti espace l'arrivée « chez Léo » des apprentis-écrivains, partagés entre l'excitation de la fin de la rédaction, qui amène son lot inévitable de discordes et de rivalités ponctuelles puisqu'il va falloir bientôt représenter publiquement l'aventure, et le regret d'un rendez-vous qui s'achève. Avec une concentration impitoyable, chacun relit ligne à ligne le texte des quelque trois cents pages que Ricardo vient de distribuer, mouture quasi définitive de la presque totalité du roman — ne manque que le dernier chapitre.

Absorbés, ils n'écoutent pas les critiques acerbes de ceux qui s'étonnent que ce « stage » leur soit rétribué — le défraiement des participants était une condition sine qua non pour Vincent et Montserrat —, comme si écrire ne relevait que du passe-temps. Ils ne remarquent plus guère les médias, venus régulièrement, surtout vers la fin, rendre compte d'un projet si singulier. L'expérience leur a appris à être prudents, à retenir la spontanéité qui peut, relayée, apparaître comme une ostentation ; pire — une exhibition. A peine maîtres de leur écrit, ils ont le souci de leur image, plus large que la somme de leurs individualités.

Ils ont raison.

Alors qu'au terme de l'aventure, il semblait acquis que chacun obtiendrait en final un emploi, les convocations brutales et individuelles, comme les pistes proposées, burlesques à force d'absurdité parfois, ont fait réaliser au groupe que sa seule force venait de sa cohésion. Aussi font-ils front. Le « collectif d'écriture » s'est constitué en association loi 1901 pour gérer les droits acquis sur la diffusion du livre et l'exploitation du film à venir — Ricardo Montserrat et Christian Vincent mettent alors en parallèle la dernière main au scénario dialogué, puisque le tournage doit débuter à Roubaix à l'automne — et financer ainsi de nouveaux projets...

Le livre, signé collectivement Roseback, clin d'œil à l'ancien nom de leur cité, s'appellera Ne crie pas. En attendant la publication, les auteurs se répartissent les présentations médiatiques. En rapportant, sur France Inter encore, au micro de Jean-Luc Hees le 16 février 1999 l'expérience exceptionnelle qu'elle venait de vivre, Christine aura peut-être donné à d'autres l'envie de prolonger la chaîne de ces actions où la remédiation sociale, loin de l'œuvre de charité, est affaire de dignité.

Les mots sèchent le sang, éteignant la douleur. Chut.

Philippe-Jean CATINCHI
journaliste et rédacteur
au *Monde*.

AVERTISSEMENT

Toute ressemblance avec des personnes ayant vécu dans le Nord ou des événements s'y étant déroulés ne serait que pure coïncidence. Tout texte écrit à Roubaix au milieu de l'hiver par des « salariés privés d'emploi » ne peut être autre chose qu'une fiction.

Quand nous avons commencé l'atelier, nous avions besoin d'une héroïne fuyant une guerre aux portes de la France. Celle du Kosovo était en germe. Nous ne pensions pas que la réalité dépasserait si vite notre imagination.

Il a été impossible d'inclure plus d'une centaine de fortes pages sous peine de devoir écrire un autre roman. Roseback les remettra au Centre des Archives de la Mémoire du Travail à Roubaix en même temps que les brouillons de l'atelier et tout un chacun pourra les consulter.

Il y aura aussi un film, *Sauve-moi*, réalisé par Christian Vincent.

Les extraits de chansons qui émaillent ce livre sont de *Magyd Cherf* du groupe *Zebda* La Tawa-Corrida éditions, de *Robert*, éditions Bobine. L'extrait de « Là-bas » appartient à *Jean-Jacques Goldman*, éditions RG/NEF, le refrain de « Tombe la neige » à *Adamo*.

L'accident de l'usine est inspiré des catastrophes de Carling, Notre-Dame de Gravenchon, Noyelles-Godault. Les incidents survenus dans le supermarché imaginaire sont inspirés des comptes rendus des procès gagnés devant les prudhommes par les employées licenciées d'un hypermarché normand. Rien de tout cela n'est bien entendu arrivé à Roubaix. Cela se serait su.

Un merci chaleureux à tous ceux qui ont permis que cette création soit possible en particulier à

Jean-François BOUDAILLIEZ – Frédéric CALLENS – Jean-Charles CANU – Claudine CARON – Lucette CASTELAIN – Fernanda DA SILVA – Michel DAVID – Michel D'HAENE – Jean-Philippe DUPLAY – Patrice DUTHOIT – Gérard GRASS – Alain GUESNIER – Isabelle HAAS – Catherine HAUT – Véronique HERRMANN – Slimane KHELIFA – Christian LAMARCHE – Jean-Pierre LEMOINE – Eric LEVASSEUR – Florence MARETTE – Muriel MONTSERRAT – Claude NISENBAUM – Thierry OCCELLI – Bernard PIGACHE – Pierre POTIER – Patrick RAYNAL – Joëlle REMOISSENET – Jean-Yves ROGER – Laurent SETTON – Pascale STOVEN – Christian VANNESTE – Ginette VERBRUGGHE – Geneviève VERSEAU – Martial WAEGHEMAKER – Anne WINTREBERG

et tous ceux qui d'une manière ou d'une autre ont cru à l'utopie.

R. M.

A Teddy,
le petit garçon aux allumettes

Premier jour, première nuit

23 décembre 1998

NE CRIE PAS

1

Décembre frileux a filé son manteau.
Le vent siffle dans la Tranchée.
Une fenêtre claque.
Derrière les rideaux, La Mort,
Vieille chienne aux yeux humides et au poil rouge,
Epie ce qui plus jamais ne bouge.
Elle défait chaque nuit l'histoire des anciens habi-
tants de la courée.
Léo et ses enfants, Marco, Cécile ma bien-aimée,
Marion sa petite-fille,
Karima et ses deux filles, Yasmina et Rachida,
Alison et Bernard,
Et bien entendu Ludmilla.

Il se fait tard.
Nous sommes seuls.
Tous sont partis ou sont morts.
Ils ne reviendront plus.
Je rallume le feu.
Il y a un seau à charbon près de l'entrée.
Les flammes folâtrent gaiement.
Un sapin de plastique chante :

« Silent Night ! Holy Night ! All is calm and all is white ! »

Nous allons, La Mort, veiller toute la nuit.

Et ces heures seront meilleures si je peux garder ta patte dans la mienne.

Je vais te dire une histoire,

Un conte d'amour fait pour enchanter cette nuit de Noël.

Elle sera longue et noire.

Unissons-nous dans l'ombre.

Mire tes yeux dans mes yeux.

Ecoute et surtout ne gémis ni ne crie.

Ça commence à la sortie d'une prison,

A Loos, un 23 décembre.

Le corps est une prison, ma mie.

J'attends derrière la grille. Le maton arrive.

— Content, Rouquin ?

— C'est toi qui sembles content de te débarrasser de moi, Dutoit.

Un gars bien, Dutoit. Je le dégoûte mais il me fait la causette. C'est marrant, c'est lui qui m'a fait entrer et c'est lui qui me fait sortir.

Remise de peine. La petite salope que j'ai butée avait dix ans, j'en ai pris pour dix ans. Heureusement qu'elle n'en avait pas vingt. J'ai été sage, ici. Je me suis fait tout petit, petit, petit. Dix ans sans sortir ma carcasse de bûcheron d'une cellule grande comme une coquille de noix. Dix ans à risquer d'être lynché par mes voisins.

— Salaud de pointeur.

Dix ans à coudre de mes mains d'étrangleur des sacs à main pour demoiselles.

Dix ans à me rappeler, à me rappeler, à me rappeler

Cécile. Cécile. La même image dans la tête, aiguillée après aiguillée, un point à l'endroit, un point à l'envers. Le silence de Cécile. Elle n'avait pas crié. Elle n'avait pas pigné. Elle n'avait pas vomi. Elle ne s'était pas débattue. Cécile. Facile, gracile, docile. Les cils de Cécile. Les si de Cécile. Les seins de Cécile. Les silences et les cuisses de Cécile. Ses soupirs. Cécilencieuse. C'est si bon.

L'autre petite pétasse. Celle que j'ai écrasée dans mes pognes, je l'ai oubliée. Effacée à la gomme à penser. Elle n'avait qu'à pas crier.

J'ai payé.

— Alors, tu me le donnes, mon fric, Dutoit ?

— 50 000 balles. Le compte y est, Rouquin. Payer un salaud comme toi, ça me fait mal.

— Putain, j'ai pas cessé de bosser. Tu l'ouvres cette porte ou j'en reprends pour dix ans ?

— T'es bien pressé, Rouquin. T'as rencard avec une petite ?

— Oui, même que je vais me marier, Dutoit.

— T'es un malade, Rouquin. Je croyais qu'on t'avait soigné.

Ça pour me soigner, ils m'ont soigné. Remèdes à assommer un cheval. Mais je suis plus fort qu'un cheval.

—T'es une bête, criait ma mère avant que je l'étrangle. Comme ton père. Tu crèveras comme lui. Comme une bête.

La bête n'est pas crevée. La bête s'est juste endormie. Pendant dix ans. Faudrait m'achever pour que je crève. Je ne veux pas guérir. Je ne suis pas malade. La vie n'est pas une maladie. Le manque d'amour n'est pas une maladie. Il n'y a que la mort qui puisse me guérir de la vie. Ma vie, c'est Cécile.

Jour après jour, j'ai attendu ce jour. Je vais retrouver Cécile et lui demander pardon.

Je vais lui donner ce que j'ai gagné. 1 franc 30 par sac, cent sacs par jour. Trois cents jours par an. La moitié pour les matons, le reste pour moi. J'ai de quoi. Je n'ai plus de famille. Elle ne veut plus rien savoir de moi. Ma sœur n'avait qu'à pas me crier dessus. Ma mère pareil. Si mon père était resté... il aurait fait comme moi. Il s'est remarié. Il m'a même fait un frère. Il n'est jamais venu me voir.

Je vais lui faire un cadeau gros comme comme moi à Cécile. Cécile C. Cécile C, c'est facile. Les journaux n'ont pas publié son nom en entier. Elle s'appelle Cécile C et elle n'a rien dit quand je l'ai touchée. Rien. Elle n'a rien dit aux journaux. Si elle avait dit quelque chose, je l'aurais tuée.

Je lui ai écrit. Deux mille quatre cent soixante-six lettres. Je ne les ai jamais envoyées. Elles sont dans cette grande boîte que j'ai enveloppée d'un papier rouge avec des étoiles dorées. Je vais les lui donner en même temps que l'argent. « Joyeux Noël, Cécile. » Elle les lira, une à une, toute la nuit. En silence. Le lendemain encore. Jour après jour, elle les lira. Je regarderai en silence ses lèvres bouger. Elle saura qui je suis. Elle saura que j'ai appris. Elle saura que j'étais un enfant abîmé. Papa parti. Maman. Ma sœur. Les autres filles. Elle me pardonnera. Je me mettrai à ses genoux. Elle me caressera la tête. Tout pourra recommencer.

Il est long, ce couloir. Comme l'espoir.

— Tes effets, Rouquin.

Un jean, un blouson, un sac et des baskets, du 47, c'est pas banal. Un livret d'épargne. Devant l'entrée, un chien sale au poil collé à la peau, un chien noir à l'œil crevé, un chien maigre m'attend et me fait la fête.

— C'est à toi ce clebs ?

— Fais pas chier et ferme ta lourde. Joyeux Noël en cabane. Je peux rendre visite à ta femme pour voir si elle n'a besoin de rien ?

— Enculé !

Faut vraiment être tordu pour passer Noël en cabane de son plein gré.

— Fous le camp, sale bête.

J'aime pas les bêtes. J'aime personne. En plus, tu as vu ta gueule. T'as l'air de la mort en personne. Il te manque un œil et tu traînes la patte. Qui t'a fait ça ? Ces sales petits putois qui me regardent de travers et n'attendent qu'un prétexte pour me jeter des pierres ? Qui est-ce que tu attendais ? Ne me dis pas que c'est moi. Après tout pourquoi pas... Cécile m'attend bien. Pourquoi un chien ne m'attendrait pas. On se connaît ? Je ne me souviens pas. La gomme à penser n'arrête pas de fonctionner en zonpri, tu sais.

Il y a dix ans, tu devais être mimi. Ou c'est ta mère qui t'a envoyé ? Vous êtes marrants, les chiens, de vous attacher comme ça à des lopes comme nous. Feriez mieux de retourner dans les bois avec les loups. Tu ne crois pas ?

Oui, je sais, tu m'aimes, tu m'aimes. Tu baves. Pourquoi tu m'aimes comme ça ? Viens, si ça te dit mais ne t'avises pas d'aboyer. Tu n'es pas farouche dis donc. Mais t'es une chienne ! C'est pour ça... je les attire. Comment je vais t'appeler, salope ? Ce que tu peux puer. Tu pues la mort. Ce serait un joli nom pour toi : « Tu pues la mort ». La Mort, c'est mieux. Viens, La Mort, on va passer un beau Noël. Tu aimes les histoires ? Oui, hein, tu es comme tous les chiens ! Tu sais écouter, alors écoute. On a le temps, hein, La Mort ? Des comme toi et moi, on est hors du temps.

Elle s'appelle Ludmilla. Elle entre en même temps que moi dans cette histoire sans espoir. Elle m'en fera sortir. Je devrais pas le dire. Ça casse le suspense. Dans sa valise, se trouve ma mort. Elle vient de s'évader d'une des prisons de l'histoire : la guerre. Elle aussi sent la mort. Mais ce n'est pas un œil qu'on lui a crevé, c'est le cœur. Tu t'endors, La Mort ?

Ecoute-la ! Ecoute Ludmilla !

2

Je ne dors pas. Dormir, ce mot revient comme un leitmotiv, se mélange à d'autres mots. Tyrannie, Tirana. Kosovo. Sauve qui peut. Sauve ta vie. Les balles qui, les balles quand... J'ai banni, l'Albanie. Je ne devrais pas jouer ainsi avec les mots. Les mots tuent. Les mots sèchent le sang, éteignent la douleur. Chut. Arrête, Lud, tu te fais mal. Tais-toi.

Ça fait combien de jours que je fuis ? J'ai tiré un trait sur le calendrier, j'ai les traits tirés. Paris. Des policiers et des soldats partout. Mitraillette sous le bras. C'est la guerre ici aussi. Qui est l'ennemi ? Des filles comme moi. Mégapole mégalo où une jeune fille ne peut débarquer sans se faire...

— On ne veut pas de gitans, ici.

— Je ne suis pas gitane. Je ne suis pas d'ici.

— Où as-tu appris le français si tu n'es pas ici ? Qu'est-ce que tu veux ?

— Je ne veux qu'un peu de paix. Je veux dormir.

— Les mains contre le mur et écarte les jambes. Laisse-toi faire.

J'ai si mal au ventre. Où est le Paris aux yeux bleus, la France aux boucles blondes, à laquelle, une année-lumière plus tôt, une année-ombre, une année-nuit, un

Français m'avait fait rêver en me prenant la main ? Bouche amère. Partout où je descends, l'air est enfumé et a goût de cendres. J'ai emporté la guerre dans mes jupes.

Où vais-je ? Du sud vers le nord. C'est au pôle Nord que vit le père Noël, disait ma grand-mère. Mon père Noël est français, il vit dans le Nord et je lui apporte un drôle de cadeau. Gare du Nord, je déchiffre les affiches.

— Je suis un homme du Nord, me disait Serge.

Cherrge. Suis-je chez ce cher Serge ? Salaud de Serge. Il riait et je riais avec lui.

— « Les Roubaisiens baisent bien. » Répète !

Je répétais. Il chantait *Les corons*. Je chantais avec lui. Il jouait de l'accordéon. « Les gens du Nord... » Visage de porcelaine à la peau blanche. Il m'avait montré sa chevalière.

— Or. Nord.

— Norr.

— Roubaix.

— Rrrrrrubè.

Roubaix, Roubaix, Roubaix. Dans ma tête, je l'écris « Rûbé ». C'est un joli nom. Rû-bé. Dans ma langue, c'est une couleur. Rouge feu. Rouge sang. Rou-baix-Baix-Roux. Belles routes.

— Pas Beyrouth, braillait Serge. Rou-baix.

Je compare le mot écrit derrière la photo que j'ai dans la main. J'ai repassé chaque lettre à l'encre bleue. La photo est floue. Les visages d'hommes en uniforme qui posent avec trois filles devant les montagnes se sont effacés. On ne peut pas repasser le visage des gens. Dommage. Les doigts de la mémoire effacent tout. Serge avait-il vraiment les yeux bleus ?

Je déchiffre le tableau noir. Les lettres défilent et me filent le tournis.

Lille, Lili, Lilas, c'est joli. Wasquehal, c'est pas banal. Croix. Roubaix. Bruxelles. Ces X me fascinent. Des croix sur le calendrier de ma vie. Jamais je ne reviendrai. Jamais plus, je ne ferai marche arrière. Je tourne autour du train. Trop d'uniformes. Le vent glacial me pousse. Si je reste sous le crachin, je fonds en larmes.

— Ne pleurez pas, mademoiselle, je vais vous aider à monter.

Le militaire veut me prendre par le bras. Je lui crache au nez.

Impossible de dormir. Qui-vive. Une porte s'ouvre, je sursaute. Non. C'est un voyageur. Le contrôleur peut passer à n'importe quel moment. Le contrôleur ne passe pas. Je finis par m'endormir.

— Roubaix, deux minutes d'arrêt !

Dépêche-toi, La Mort, il fait froid. Dix ans que j'ai froid. Eté comme hiver, quand t'es en tôle, tu te les gèles. Question de paysage. La prison, c'est le grand Nord. Les murs, les barbelés, le mirador. Les regards glacés. L'enfer. Quand t'es tombé pour la pointe, faut être vigilant. Le savon glissait dans la douche. Pourris, je les enculerai tous.

— Je ne suis pas comme vous. Vous n'êtes pas mieux que moi. Sinon vous ne seriez pas là. Je suis là par amour, moi. Par amour. Je suis amoureux. Enfoirés. Je n'aime pas les hommes. Je ne vous aime pas. C'est Cécile que j'aime.

Avance plus vite. Je vais pas passer mon temps à t'attendre. J'ai trop à raconter. Dix ans que mon amour pour Cécile grandit. Dix ans que dans ma tête passe et repasse le même court métrage. Juste quelques images.

Cachée dans le cotche, elle chuchotait : c'est toi Marco ?

Elle était heureuse, je te dis. Le regard qu'elle avait. C'était pas possible, elle aimait ça, la petite. Elle était mineure, toute mini, toute menue, et alors ? Mineure, mineur. Mon père était mineur. Mon grand-père était mineur. Mon arrière-grand-père était mineur. Ils sont au fond du trou maintenant. Tout le pays était mineur. Tout le pays est maintenant au fond du trou. Tous au trou. Tous dans le trou. Jamais devenus adultes. Et c'est tant mieux. Au moins, on ne cache pas ses sentiments. Quand on aime, on aime.

Elle aime ça, Cécile. La preuve qu'elle aime, elle ne crie pas, ne bouge pas. Elle attend que j'aille plus loin, elle désire que j'aille plus loin.

L'autre morveuse n'avait pas cessé de gueuler. J'avais son cou entre les mains, elle gueulait. Mes doigts serraient sa nuque. Elle gueulait encore. Même morte, elle gueulait. Le nez coulait. Elle bavait une morve jaune. C'est vilain, une fille qui crie. C'est laid. C'est si simple de se taire. Crac. Une pression. Elle a tressailli. Son visage s'est apaisé. Elle est tombée comme une fleur. Une feuille. Une plume. Inanimée, soumise. La Belle au bois dormant.

Elle était à moi. Sa langue tiède a répondu à la mienne. J'ai déchiré son slip avec les dents. Elle a écarté les jambes. Je l'ai ouverte. Elle n'a pas gueulé. Elle n'a pas crié. Crie, je lui ai chuchoté. Crie maintenant. L'amour n'est pas plus fort que la mort. L'amour est uni à la mort. Soupir. Le silence glisse entre les cuisses comme la pisse. Une rivière de sérénité. Un ruisselet.

Nécrophile, hurlait le dossier de l'expert. Faux. Je n'aime pas la mort. J'aime le silence de la mort. La paix. Je ne lève jamais la voix. Qu'est-ce que ça veut dire « nécrophile » ? Elle était endormie. Avec un regard de surprise. Elle était morte de plaisir. Elle a juste tressailli, je te dis. Elle n'a pas résisté. A quoi bon se réveiller ? Elle est mieux dans ses rêves. Il n'y a pas de bruit au pays des rêves. Juste le craquement de mes pas dans l'herbe givrée. Et derrière moi le jappement de La Mort qui traîne sa patte blessée.

Il fait froid dedans. Il fait froid dehors. La liberté est glacée comme la lame d'un couteau. D'un côté l'amour, de l'autre la vie. Il n'y a entre deux que le fil de l'agonie. Dix ans, je suis mort d'amour.

J'avais dix ans quand mon père. J'aurai toujours dix ans. L'âge de cette gosse que je vois là-bas, perchée sur un arbre aux branches noires. L'âge d'innocence. Tu as quel âge, toi, La Mort ? Dix ans, c'est vieux pour un chien, non ? Faut multiplier par sept, comme les années de prison. Je ne me souviens pas avoir eu un âge d'innocence. Ni un âge de raison.

La môme de l'arbre noir, un noyer, cherche à voir par-dessus le mur, une manière de toucher à l'interdit sans y toucher. Du bout des yeux. Moi, je passe à l'acte. Je passe les murs.

— Tu veux que je t'aide, petite ? Tu as perdu ta balle ? Je vais te la chercher. Reste-là, La Mort, tu fais peur aux enfants.

Et voilà. C'est aussi simple que ça. La balle dans la bouche, c'est une bonne idée. Je ressuscite. Va chercher la balle, La Mort. On l'emporte en souvenir. C'est bien, c'est bien, tu es une bonne chienne. Mais tu me fais perdre le fil de l'histoire.

Elle, c'est Karima. La mort lui a marqué l'âme. Elle croit qu'elle vit encore mais elle est déjà hors de son corps. Un an qu'elle est morte et elle ne le sait pas. Un an. C'est terrible ce qui lui est arrivé, il y a un an. Alors que moi, ça fait dix ans qu'il ne m'arrive rien. Aujourd'hui et demain, tout m'arrivera. Cécile m'arrivera. Chaque seconde passée avec Cécile vaudra une année. Karima m'arrivera aussi mais c'est une autre histoire. Il faut bien se défouler. La pauvre femme rêve d'éternité. Je la lui donnerai.

3

Un an déjà que j'ai débarqué chez Léo Chabert.

Nous étions restés sept ans en Algérie. Sept ans de joie. Yasmina et Rachida sont nées de cette joie. Puis la Mort en noir a débarqué dans le village. Fin du rêve. La vie derrière moi. La mort dans les bras. La tête d'Areski. Abattu d'une balle avant d'être décapité. Le reste, je veux l'oublier.

— Bien sûr, tu peux venir, m'avait répondu Léo. Il y a de la place, Karima. On se débrouillera.

Il ne m'avait pas parlé de ses problèmes. Il avait menti. Oh, tu sais, Roubaix, c'est Roubaix. Des mots. Des mots. J'avais juste entendu « tu peux venir ».

— J'ai deux filles, Léo.

— Ça tombe bien. J'ai une petite-fille maintenant. Ça lui fera des amies.

Je ne portais rien de chaud. Tout était resté là-bas. C'était la tempête dans ma tête. C'était la guerre dans ma tête. Ici aussi, c'était tempête et guerre. Les illuminations pleuraient. Roubaix pleurait de tristesse. Ce qui, jadis, était ouvert à tous était fermé par des grilles. Propriétés privées. Maisons à démolir. Travaux partout. Métro pour aller nulle part. Clochards. Friches. Ruines. Cheminées éteintes.

Regarder devant soi. A travers le pare-brise embué. Ne pas voir les magasins illuminés. Sourire aux petites. Qu'elles ne se rendent pas compte qu'elles sont SDF. Tout allait si bien. Le soleil caressait la montagne silencieuse. Le ciel de Kabylie était si bleu.

J'avais dit adieu pour la vie à la ville où j'avais fait mes dents. Je l'avais quittée sans regrets le jour où Areski avait été licencié. Pas question de baisser les bras. De mourir avant l'heure. Avec les indemnités, nous étions partis. Projet d'avenir, une entreprise hydraulique. Rêve d'eau fraîche après le désert. Et puis, la guerre nous avait rattrapés. Je savais dire : « Je t'aime » en kabyle mais pas « c'est la guerre ». « Je t'aime », Areski me l'avait appris. Patiemment. La guerre, on ne l'apprend pas.

Sur les hauteurs de Tizi Ouzou, j'ai vu la guerre. Vu. Vu. Vu un village brûler. Vu le sang, la mort qui pourrit au soleil, les gens coupés en deux. Une guerre, ce n'est pas tuer son frère. Ils assassinaient. Leurs frères. Leurs sœurs. Jeunes ou vieux, ils se prenaient pour le Tout-Puissant.

— Ce n'est pas notre guerre, je leur ai crié. On ne demande rien. On veut simplement vivre. Comme tout le monde.

J'ai crié. Crié. La tête d'Areski dans mes bras. Les enfants ont eu de la chance.

— Ne baisse pas les bras, Karima. La vie, il faut la battre sinon elle t'abat, m'a dit Léo. Mais oui, il y a de la place. Tu verras, ce n'est pas grand mais c'est sympa. Dès que tu auras du boulot, tu trouveras autre chose. Je t'aiderai. Non, ne me remercie pas.

Le temps de fermer l'entreprise, de licencier les ouvriers, un oncle me tend une liasse de billets. Un camion, des barrages, l'aéroport Boumédiène, une voix arrogante : « Binationaux d'un côté, cartes de résident de l'autre ». Je revenais de l'enfer mais, je revenais. Chez moi ? Oui, je revenais chez moi. Le dimanche, soleil ou pluie, le marché de l'Epeule ressemble aux souks de Tizi.

On est chez nous, nous,
On est chez nous,
On est chez nous, nous,
On est chez nous,

braillait Léo en même temps que la radio sur le chemin de l'aéroport

— Allez, les filles, tous ensemble avec oncle Léo ! Allons, Karima, toi aussi, chante !

Je fais la colère de ceux qui ont appris
Que le respect ne s'est jamais donné mais pris
On était chez nous, nous,
On était chez nous

Je n'avais pas envie de chanter. Léo voulait être gentil. J'en avais déjà assez de lui. Je haïssais sa façon de m'épier en douce, de fixer mon cou. Je souffrais de mes fibres ravinées, de mon sein abîmé par la hache. De ma taille brûlée. La peau ne pourra pas se refaire. Le regard de Léo ne réparait rien. Sa main me frôlait le genou quand il passait les vitesses. Je me reculais. J'imaginais ses doigts boudinés se poser sur ma monstruosité, la découverte étonnée au détour d'un vêtement soulevé, la gêne des mots impossibles à faire sonner juste et je frissonnais de dégoût. Dégoût de mon propre corps.

— Tu as froid ? Tu dois avoir faim. On s'arrête prendre des pains au chocolat pour les petites ?

— Non, je suis impatiente d'arriver.

— Ma courée, ce n'est pas le paradis, tu sais.

Je reviens de l'enfer.

— Loin de là.

Il avait mis le chauffage à fond. Je devais être rouge comme un coquelicot. Il tombait une pluie glaciale.

— Ça va tourner en neige. Vous n'avez jamais vu la neige, les petites ?

Comment faisait-il pour conduire en même temps qu'il parlait ? Il n'arrêtait pas de gesticuler. Il avait bu avant de venir. Il buvait déjà avant. Quand il travaillait avec Areski, c'était toujours l'heure de l'apéro. Quand il m'a vue, il m'a paru soulagé. Presque joyeux. Qui avait-il cru venir chercher à l'aéroport ? Une pestiférée ?

On voulait juste une seconde voir en nous
La sale bête qui dit
On n'est plus chez nous

Ses braillements me fatiguaient, j'avais mal à la tête. La route était embouteillée à cause des travaux.

— Ça faisait longtemps que je n'avais pas fait Lesquin. La dernière fois, c'était une semaine avant qu'on nous licencie. Je revenais de Marseille. Je ramenais un bon contrat. C'était Areski qui m'attendait à l'aéroport.

Yasmina et Rachida n'arrêtaient pas de se plaindre. Des gouttelettes pénétraient par la vitre arrière.

— *Amen, larsar !*

— Arrête de parler en kabyle, Yasmina. Maintenant,

il faut parler français, surtout quand tu es avec des Français.

— Que dit-elle ?

— Que l'eau pénètre à l'intérieur de la voiture.

— Il y a une fuite. J'aurais dû arranger ça. Tu te souviens, j'avais une voiture décapotable. Maria aimait le soleil. Après que vous êtes partis, je l'ai vendue. Pour acheter cette charrette. Elle ne m'a pas coûté cher...

Je ne voulais plus l'écouter, plus entendre sa voix de chien battu. Il parlait avec la voix geignarde et grasse qu'il avait déjà quand Areski lui proposait de créer leur propre entreprise. Tu n'y arriveras pas. Tu rêves, Areski, le décourageait-il. Faut pas rêver. Ils ne te laisseront pas faire. C'est tous des salauds. Ils ne te prêteront pas un rond. Même moi, je n'y arriverais pas, c'est te dire. Les patrons n'aiment pas qu'on leur coupe l'herbe sous les pieds. Un jour, il n'y aura plus de patrons à Roubaix, répondait Areski. Ils gagneront plus en faisant travailler leur fric qu'en nous faisant travailler. Oiseau de mauvais augure, se fâchait Léo. Les camarades ne se laisseront pas faire. Les camarades s'étaient laissé faire. Les plus anciens avaient été virés en premier. Léo et Areski faisaient partie de la charrette.

Il transpirait d'énervement. Il n'avait toujours pas digéré la trahison.

— J'ai la migraine. On est bientôt arrivés ?

— Qu'est-ce que tu dis ?

Il ne m'avait pas entendue tellement il avait mis la radio à fond.

De tous les côtés, tous les côtés, tous les côtés
De tous les côtés, chômage,
Tous les côtés, tous les côtés, dommage

Nous nous sommes arrêtés rue Daenincks.

— Bienvenue dans mon quartier !

Ça ressemblait à un quartier, ça ressemblait à des maisons. C'étaient des tombes. Jadis, le quartier était vivant. J'habitais tout près d'ici, rue Daubenton, une belle maison, avec des vitraux et des fresques sur les murs. Mon père était finisseur à la filature. Il y avait à côté un cordonnier qui nous faisait des chaussures neuves à chaque rentrée— j'avais beau les arroser toute une nuit, elles me déchiraient les pieds. Il y avait sur le chemin de l'école une fabrique de gaufres qui embaumait la rue. « Rita ».

Les vitraux étaient cassés, les fenêtres murées. La rue puait la crotte. Où était la lumière ? Il faisait nuit en plein jour. Le soleil n'avait pas eu de visa. Que s'était-il passé ? Où étaient passés les usines, les boutiques, les gens qui se saluaient ? Les regards me passaient au travers. J'étais invisible. Je pleurais en descendant de la voiture. Léo s'était tu, tout gêné. Les fourmis n'aiment pas que les cigales pleurent. Il y a un an, je pleurais tout le temps.

Léo avait ouvert le coffre pour sortir mes valises. Les filles se tenaient la main comme deux moineaux effrayés. La grille d'entrée ouvrait sur un long tunnel étroit. Murs rongés par la moisissure. Pavés disjoints, couverts de mousse. Du béton dans les trous. Léo haletait sous le poids de la valise.

— Avec l'indemnité, j'ai refait cinq logements, expliquait-il. Un pour Marco et Cécile, un pour moi, un pour deux jeunots que j'essaie de sortir de la merde — en échange, ils me donnent un coup de main — et puis deux que je loue à des gens de passage. Le plus petit, il y a dedans un type qui fait les marchés. On ne le voit que le dimanche et encore... Tu prendras le plus grand.

Il n'y a personne dedans. Je n'ai pas autre chose pour le moment. Les autres sont murés. Je verrai plus tard. Les temps sont durs. Ce n'est pas la gloire mais je sors la tête de l'eau. Tu sais, j'ai retrouvé un boulot. A Auchoix. Ça ne paye pas mais il y a les à-côtés, les primes, la démarque. J'économise sur tout. D'ici Noël prochain, je pourrais peut-être proposer aux enfants quelque chose de mieux.

Il avait pris un air mystérieux.

— Non. Je préfère ne rien te dire. J'en parlerai quand j'aurai fini. Je suis pas superstitieux mais avec tout ce qui m'est arrivé, vaut mieux ne pas tenter le diable. Qu'est-ce t'en penses ? Ça ne va pas ? Je sais, ce n'est pas Byzance mais c'est à moi.

Pourquoi m'avait-il menti au téléphone ?

— J'habite le logement au dessus de l'entrée. Une fenêtre sur la rue et l'autre sur la cour. De là, je contrôle tout. C'est mon donjon. Ici, les filles, c'est moi le roi. Le roi Léo. Et je défends mon royaume. Personne ne viendra vous embêter. Les deux barges du fond ont une drôle d'allure mais ils ne sont pas méchants. Des gosses. Des copains de Youri. Tu as su pour Youri ? Je t'avais écrit ? Tu comprends, je ne pouvais pas les laisser dans la rue.

Il avait ouvert la porte fermée à double tour, déposé les bagages dans l'entrée.

— Entrez vite, la chaleur va s'en aller. On se fait un café pour se réchauffer ?

Il avait mis la bouilloire sur le feu.

— Du lait, les filles ? Avec du chocolat ?

La puanteur me montait aux narines. Egout, urine, moisi et charbon.

— Mets-toi à l'aise.

Un corridor, un porte-manteau en fer forgé où pendaient de vieilles vestes et des casquettes Auchoix, un divan recouvert d'un plaid écossais brûlé par des cigarettes, deux fauteuils dépareillés, une soupière sans couvercle au centre d'une table bancale, recouverte de toile cirée, des bibelots ébréchés, des tableaux faits avec des boîtes de chocolats, la photo d'un garçon triste.

— Youri touchait à la...

Geste de la main. Une seringue s'enfonce dans la veine du bras.

— Je n'avais rien vu. Je ne voyais rien.

Rideaux jaunis, tentures délavées, fauteuils en skaï. Une plante verte envahissait les murs de la salle à manger.

— Il faudrait l'arracher. Je ne peux pas. J'ai l'impression que les murs tomberaient. Tu sais le nom de cette plante ? La misère.

Il riait.

— La misère, répétait-il.

Il avait les yeux embués. Je ne savais quoi dire.

— Il fait bon chez toi.

— Ce n'est pas le confort, rapport à ce que t'as connu. Mais on s'y fait.

Je savais déjà que je ne m'y ferais pas.

— Propriétaire d'une courée, il y a de quoi se marrer, non ? On peut dire ce qu'on veut, mais s'il n'y avait pas les courées, il y aurait du monde à la rue. Je n'étrangle personne avec les loyers. Mes maisons ont le confort minimum. Pour avoir plus, il faudrait payer plus. Marco et Cécile me payent tout le temps en retard. Bernard et Alison payent en nature. Toi, tu me paieras quand tu pourras. Le type des marchés est réglo. Mais s'il n'y avait pas Auchoix, il ne resterait pas grand-chose à la fin du mois. Alors, j'ouvre l'œil. Faut veiller au grain autrement ce serait l'anarchie. Le facteur me remet le courrier, je le redistribue. Je sais quand l'argent tombe. Je fais gaffe à ce qu'on ne dépense pas l'argent bêtement. Pareil pour le téléphone. Une seule ligne suffit pour la courée. Ça évite de dépenser. Marco a un portable. Il fait le taxi avec sa bagnole.

Le café, le thé, le lait, les gâteaux. En un tour de main, il avait tout sorti.

— Tu seras toujours un patron, Léo.

— Patron, patron. Tu parles d'une entreprise. Marco est maintenant au RMI. Cécile bosse au noir. Quant à Bernard et Alison, je préfère ne pas savoir comment ils se débrouillent pour bouffer, je les foutrais dehors. Je fais de mon mieux pour aider mon petit monde comme j'aurais aidé mon aîné, si ce couillon me l'avait demandé... Comme je t'aide, toi.

— Tu joues de la guitare ? avait demandé Yasmina, en montrant une guitare accrochée au mur. Il la décroche, se met à chanter.

— Je jouais, Areski chantait, tu te souviens ?

Si je porte à mon cou
En souvenir de toi
Ce souvenir de soie
Qui se souvient de nous
Ce n'est pas qu'il fasse froid
Le fond de l'air est doux
C'est qu'encore une fois
J'ai voulu malgré tout
Me souvenir de nous
Quand on se disait vous

La bouilloire s'était mise à chantonner. Les petites à danser.

— On l'entend de nouveau à la radio. C'est une fille qui chante ça maintenant. Je te fais visiter ?

Des escaliers peints en blanc dont chaque marche était marquée par l'usure du temps.

— Sur la droite, la chambre.

Un lit mal fait, un peignoir vert, une odeur de vêtements mal lavés. Une deuxième chambre, fermée par un cadenas.

— J'ai mis là les vêtements que Maria a laissés, je n'ai jamais pu m'en séparer. J'ai longtemps eu l'espoir qu'elle reviendrait.

Un cadre accroché sur le mur.

— C'était une belle femme, hein ? Je n'ai pas de nouvelles. Elle est je ne sais où en Italie, chez sa mère sûrement. Il n'y a pas un jour où je ne pense à elle. Tu connais ça, toi. Si tu as besoin de quelque chose, tu te sers...

Il avait ouvert la garde-robe. Piles de linge bien rangées. J'étais vite redescendue. J'avais l'impression d'entendre Maria trottiner près de moi.

— Il y a des jours où je me sens seul, insista-t-il. Tes enfants sont petits, toi. Tu as de la chance. Les miens, je ne les ai pas vus grandir.

Il avait l'air en disant cela d'un vieux nounours abandonné.

— Vous avez faim ? J'ai tué un poulet. Avec des champignons, ça vous dit ?

Il avait mis le poulet au four. Je n'avais pas le courage de faire un geste pour l'aider. Les enfants somnolaient devant le téléviseur.

— Tu peux les allonger sur mon fauteuil. Tu n'as

plus froid ? J'utilise du Ciney, c'est un charbon qui se consume doucement.

Nous étions face à face devant le feu. Il sourit.

— C'est bon d'avoir une femme à la maison.

Je le dévisageai. La barbe était mal rasée, les lunettes cassées sur le nez couperosé, les joues violacées. Mon pauvre Léo.

— Et toi, ça va comment ? avait-il soudain demandé d'une voix rauque.

Il avait allumé une cigarette pour se donner une contenance.

— Avec Areski, j'ai perdu l'amour de la vie. Je ne me bats plus que pour mes filles.

— Tu peux compter sur moi, tu sais.

— *Chokrane,* Léo, mais je veux pas t'ennuyer.

— Areski en aurait fait autant pour moi ! Tu te rappelles le J 9 ?

Il nous l'avait prêté pour qu'on y charge nos meubles.

— Je l'ai vendu après la mort de Youri... Bah, à la guerre comme à la guerre.

On ne sait pas quand commence une guerre avant qu'il y ait le premier mort...

Il n'y a que des cadavres dans les placards de la courée. Un an ici vaut dix années à Loos. Ça suffit, La Mort, cesse de tout déterrer. Laissons-les dans leur passé en bois de cercueil. Ni l'un ni l'autre n'en sont jamais sortis. Parler cadavres ne les fait pas ressusciter. Parler du boulot ne le fait pas avancer. Il ne faut pas rêver, Léo. Les rêves sont des toiles d'araignée dans le grenier. Le passé est une prison quand il n'y a pas d'amour devant. Mais moi, Cécile est devant. C'est une femme aujourd'hui. A quoi peut-elle ressembler ? Elle a dû grandir très vite après notre rencontre. L'amour fait grandir. Le manque d'amour aussi. Il n'y a qu'à me regarder. Je suis grand et gros. A croire que le désir te tire sur les os. A croire que l'envie se met sous la peau comme une mauvaise graisse. C'est tout le corps que j'ai en érection. Cécile est la seule femme qui m'ait aimé. Les autres femmes m'ont détesté. Les femmes détestent les hommes qui sont des hommes. Elles voudraient que nous restions des petits garçons sur qui elles pourraient crier à longueur de journée.

— Arrête, maman, ne crie pas ou je te tue ! Et toi, la frangine, ne t'y mets pas non plus. De toute façon, tu n'es pas ma sœur, mais celle du facteur. Tais-toi, je te dis ou je te fais ton affaire.

Ne t'inquiète pas, La Mort, je vais me calmer. C'est la faute à Léo. Quand je te dis que c'est dangereux de se pencher sur le passé. Regarde en avant. On arrive aux *Loups*. Je ne sais pas s'ils te laisseront entrer. Vaut mieux que tu m'attendes dehors. Des fois que le loup veuille te bouffer. Ou te sauter. Si ça se trouve, t'aimes ça qu'on te saute, collante comme tu es. C'est comme ça que t'as perdu l'œil ? Non, je ne blague pas. Il y a un vrai loup dans ce troquet. Du moins il y en avait un avant que j'entre en cabane. C'est le patron qui l'a ramené de Croatie. Le type s'appelle Leloup. Marrant, non ? Un drôle de zigue qui a baroudé partout. Drôle d'idée aussi de s'installer près de la prison. Il n'est pas regardant sur les clients. On dit qu'il donne du taf à ceux qui ne sont pas regardants sur la manière. Faut être barge pour vouloir bosser en sortant de tôle avec tout ce qu'ils nous ont piqué dedans. Je ne bosserai plus jamais, tu m'entends, La Mort ? Calme, calme. Faut pas parler d'avenir, non plus. Sinon on ne bougerait plus. Il n'y a pas de suspense, La Mort. D'une guerre à l'autre, tout est écrit. Il y aurait de quoi se flinguer si on se penchait en avant. L'avenir est un gouffre. L'histoire ne fait que commencer. Tais-toi, La Mort. Il faut se taire quand l'histoire commence.

L'histoire tient tout entière à l'intérieur de la valise de Ludmilla.

4

Une femme court à la rencontre d'un homme. Deux jeunes, sac à dos, cheveux décolorés, lunettes à la Elton John, boucles d'oreille, braillent une chanson que je ne comprends pas.

Mala diura
Mala diura
Mala diura alwali
Inda inda inda inda da

Je suis au nord du Nord. Après, c'est la frontière. Après, c'est la mer. Quand j'aurai fait ce que j'ai à faire, je la franchirai. Je n'ai pas le choix. J'ai trouvé le Nord. Mes lèvres gercées m'empêchent de rire. Je n'ai d'autre bagage que ta valise, Serge. Avec à l'intérieur, mon envie de vivre. De voir ton visage quand je vais te crier : je suis vivante. Puis après avoir fait ce que j'ai à faire, j'irai dormir. Je suis vivante. Je suis en vie et j'ai envie.

De te tuer, Serge.

Enroulé dans une couverture crasseuse, un clochard adossé à une machine automatique, au pied de la bâtisse de pierre et de verre, vide une bouteille de vin.

Je suis les passagers comme je m'accrocherais au dernier wagon d'un train en marche. Ils vont trop vite pour moi. Ceux qui savent où aller vont toujours trop vite. Ceux qui savent qui ils sont. Qu'ils sont attendus. Est-ce qu'on attend les morts ? D'où viens-tu, Lud ? De la guerre. Assieds-toi, on t'attendait.

Tu ne m'attends pas, Serge ? Tu m'as oubliée ? A Noël dernier, tu m'avais tout promis pourtant. Ce sera ton dernier Noël en guerre, Lud. Joyeux Noël, Lud. Tu peux bien me faire un petit cadeau, en échange. Joyeux Noël, Serge. Tu vois, je suis là. C'est un beau cadeau, non ? Au fait, je t'ai ramené ta valise. Tout est dedans.

Je l'ouvrirai et...

Bousculade dans le passage souterrain aux murs lacérés de graffitis. L'évacuation se fait dans une odeur d'urine. Vite, vite. Ils vont bombarder. Le lacet d'un gamin se défait, il se penche pour le rattacher. Je le heurte. Pardon. La valise s'ouvre. Vite la refermer. Qu'on ne voie pas l'arme.

La gare est une gigantesque verrière pour petits oiseaux ébouriffés, tombés du perchoir. Des ados chahuteurs, 1664 à la main, reniflent ma faiblesse, m'entourent, me sifflent. Deux garçons et une fille. Les mots sonnent comme des insultes. Ils me montrent les crocs. Jeunes hyènes qui jouent aux hommes. De quel pays viennent-ils ? Je ne comprends rien à ce qu'ils disent.

— Et tema la greluche, Alison, comment elle sape ! dit le plus âgé des trois.

— Elle se hachène, approuve la fille. Elle se tape la honte.

Le grand s'approche. Le petit est déjà derrière moi. Je serre les dents. J'essaye de continuer mon chemin mais la fille me bloque le passage. Ils rient tous les trois mais leurs regards ne rient pas. Leurs regards attendent quelque chose. Ils auraient une arme dans la main, ils me tueraient.

— Chouffe, elle se sauve. On ne va pas te manger, t'es trop maigre, carte bleue.

— Et la miss, t'aurais pas un garrot dans ta valoche ?

— Tu pourrais répondre au moins, connasse. Montre ta valoche.

Le petit teigneux m'arrache la valise.

— Rendez-moi ça !

Il me repousse violemment. Le grand tend la jambe, je m'étale sur le carrelage des pas perdus. La fille prend ma défense et bouscule mon voleur.

— Ouaiche, t'as pas hachema. Laisse-la tranquille, elle t'a rien fait.

— Rien d'abord, chela oime, t'es pas mon repe, Alison, se rebiffe le petit.

— D'où tu parles comme ça ? s'entremet son acolyte. T'as à peine treize ans sur ta tête et tu cheneffes ?

— Ferme ta gueule. T'es plus grand entre nous tous. Même pas capable de montrer l'exemple. Seize ans et ça joue les hommes !

— Dix-sept.

— Dix-sept ?

— Oui, dix-sept.

Ils m'ont oubliée. Je tourne la tête à droite et à gauche. Personne pour m'aider. La fille éclate de rire, arrache la valise des mains du gamin.

— Aye, c'est pareil. Vous avez fini ? On peut gebou ? Allez, on traface, les mecs !

Elle se met à courir. Ils hésitent un instant et la suivent. La dispute reprend aussitôt.

— Eh, Samir, pourquoi tu la laisses, cette fille de put', te parler comme ça ? T'es malade ou quoi ? Salim, il l'aurait marrave, sa mère !

— Et toi, à chaque fois, qu'il te voit, il te met à l'amende !

— T'es con ou quoi ? Tu veux qu'il me mette KO au premier round ?

Ils disparaissent. Ma valise s'en va entre les mains d'une gamine électrique aux cheveux courts qui crie à tue-tête.

— C'était une meuf facile. Elle n'a pas moufté.

Facile. Pourquoi me croit-elle facile ? Pourquoi me croit-on « facile » ? Je ne fais aucun effort pour être belle. Je ne fais aucun effort pour être désirable. La beauté est le désir d'être prise, d'être volée. On m'a déjà tout pris. Tout volé. Mes rêves de petite fille. Mes illusions de jeune fille. Mes désirs de femme. J'ai le ventre creux. Avortement. Les mains écorchées, je marche au-dessus du vide. Je ne regarde personne, je ne réponds à personne. Je marche rapidement. A pas de géante. Je suis tellement pressée d'en finir. A mains nues s'il le faut, maintenant que je n'ai plus la valise. Avec les dents. Je cours à perdre haleine. Mon souffle se saccade. Je ne tiendrai pas longtemps. Je cours comme si j'allais retrouver un amoureux de retour du front.

L'unique cinéma de la ville est fermé. Je suis dans une ville en guerre. Dans les villes en paix, les gens vont au cinéma, pleurent d'émotion et achètent des esquimaux glacés à l'entracte. Dans les pays en guerre, le cinéma est dans la rue et les gens restent cloîtrés chez eux. Ils n'ont plus de larmes pour pleurer. Je n'y suis plus allée après. Après que... Une femme avait pris le fou rire durant les actualités et tout le cinéma avait ri avec elle. Le rire était devenu hystérique. La femme se roulait par terre. J'étais sortie. Un obus était tombé sur le ciné. Il y avait toujours un dessin animé tchèque avant les actualités. Des histoires absurdes de bons-hommes en pâte à modeler. Les actualités étaient en retard. Peu importe, c'était toujours la même salade. M. Milosevic par-ci. M. Eltsine par-là. Il y avait un court métrage un peu fou avant le film tout aussi fou. Comme si la guerre avait tapé sur la tête de nos cinéastes. C'est plus tard que j'ai compris que les cinéastes n'avaient pris qu'un peu d'avance sur l'actualité. Le cinéma, désormais, je me le passe dans ma tête. Vingt-quatre heures sur vingt-quatre. Cinéma personnel. Vingt-quatre souvenirs par seconde. Seul le décor change.

Décor, Rûbè. Cotonneuse dans la brume. Charbonneuse. La place explosée par les travaux. Mon Eldorado a du plomb dans l'aile. Mon Eldorado est à mon image. A bout de souffle. Harassée. Les yeux cernés. Les traits ravagés. Plus tu mets d'ampoules pour Noël et plus ça se voit. Lumières rouges. Alarme. Lumières vertes. Bloc chirurgical. Lumières blanches. *Limelight.* Chaplin est mort. La petite danseuse tourne comme un pantin sur la scène bombardée. Des kebabs. Fumées graisseuses. Fumées de chez moi. Nous étions à moitié turcs, nous sommes à moitié plus rien du tout. J'ai faim. Je n'ai pas un sou. Le camionneur m'a tout pris. Tout. Je m'assois sur un banc pour reprendre ma respiration.

J'ai peur. Si encore j'avais la valise. Avec quoi vais-je te tuer, Serge ?

Balivernes. Pas besoin d'arme pour tuer. T'es à peine né que la vie te tue. Un peu plus vite, un peu moins vite. Il y a ceux qui se défendent et ceux qui se laissent tuer. Je me défends.

Il faut se défendre. Tu t'es défendue, hein, La Mort ? Ça se voit. Moi, j'ai pris des coups et j'en ai donné.

Autant de coups que de cheveux roux. Tu es roux, tu pues, ils me disaient. Tu pues le roussi. On t'a oublié dans le four, Rouquin ? Tu sens fort, tu pues le roquefort. Je m'arrosais d'eau de Cologne. Tu pues le roquefort à la Cologne. Tu n'es pas pareil que nous, le roux. Qu'est-ce que j'ai de différent ? Demande à ta mère. Eux, ils étaient tous pareils. La haine rend pareil, mêmes cris, mêmes laideurs, mêmes rictus quand ils me crachaient dessus.

Fallait les voir se jeter sur moi. Ils m'attrapaient et ils essayaient. Ils essayaient. A plusieurs. Je les envoyais valser. Je les prenais par le cou et je serrais jusqu'à ce qu'ils capitulent, jusqu'à ce que je finisse par lire dans leurs yeux la peur. La soumission.

Ils prenaient la fuite. Morts de peur. Ils ne perdaient rien pour attendre. Ils revenaient plus nombreux. Ils me tenaient les bras et les jambes et ils essayaient...

Puis un jour, ils ne sont plus revenus. Je les mordais. Je ne lâchais plus jusqu'à ce que j'aie arraché un morceau.

C'est leur haine qui a fait de moi un chien, La Mort. La peur. On va bien ensemble. Toi et ton œil crevé, moi et mon âme crevée. On n'a plus rien en dedans. Vidés. Ils nous ont vidés. On ne pèse pas plus lourd que ces flocons de neige. Regarde derrière nous, on ne laisse même pas de traces.

Plus le vent me glace, plus je me sens léger. Pas de confusion possible. C'est en hiver que je suis heureux. La terre est morte à perte de vue. Les champs déserts, les arbres dépouillés. Encore un peu de neige et il n'y aura plus d'arbres, plus de prisons, plus de maisons, juste quelques taches noires pour le souvenir. Quelques lignes sur la page. J'aime la neige, La Mort. Quand

j'étais môme, je me couchais dedans et je l'ensemen-
çais. Elle était douce. Elle fondait sous moi.

Les filles n'ont jamais voulu que je me couche sur
elles. J'étais trop gros, disaient-elles. Trop gentil. Pas
assez viril. Trop bête, elles ajoutaient. Trop lourd. Trop
grand. Trop gras. Trop mou.

Trop. De trop. Je ne pouvais pas être de trop, puisque j'étais né. Chacun naît pour quelque chose. J'ai mis
longtemps à savoir pourquoi j'étais né. J'ai lu beaucoup
en prison. J'ai lu tous les livres. La vérité est triste. Je
suis né pour aider ceux qui ne veulent plus vivre à partir plus vite. Ceux qui sont trop faibles. Celles surtout.
Celles qui crient leur mal à vivre. Afin qu'elles laissent
de la place à celles qui veulent être. Je suis un flocon
de neige. Je blanchis l'âme de celles que je recouvre. Il
suffit de serrer le cou des faibles et leur peau devient
livide. La vie s'en va dans un cri. Je ne supporte pas ce
cri. Un arbre sain croît en silence et meurt en silence.

C'est ma carcasse qui prend trop de place. Mon désir. Un mètre quatre-vingt pour cent kilos. Cent litres
de sang.

Les filles préféraient se taper des minus qui ne savaient pas y faire. Elles n'étaient pas heureuses pour
autant. Je le voyais bien. Elles ne savaient pas ce que
c'était que le plaisir. Elles avaient mal, elles criaient.
Non. Non. Non. Ma mère changeait d'amant tout le
temps. Ma sœur rentrait en pleurant. Elle n'a jamais su
ce qu'était la bonté d'un homme.

Cécile saura. Cécile C. Cécile sait que je suis bon.
Hein, La Mort ?

S'il n'y avait eu son salaud de frangin. Tu as des fran-
gins, toi, La Mort ? On devrait les bouffer quand ils
sont encore au berceau. Petit con qui se la joue. Il ne
sait pas encore qu'il va embarquer la mort aux cheveux

52

de feu dans son taxi. Marco ne vit pas, il s'amuse à vivre. Il fait joujou avec le feu. Sa maman n'est pas là pour lui taper sur les doigts, pour lui crier dans les oreilles, alors il en profite. Il tire sur le papier peint du mur de la cuisine qui se décolle, il y met le feu. Il ne devrait pas jouer avec le feu. Un de ces jours, il le regrettera. Comme d'habitude, Cécile fait la gueule. Normal. Je ne suis pas là pour la prendre dans mes bras et la consoler. Elle boit du café noir, debout devant la fenêtre. C'est moi qu'elle attend depuis dix ans, debout devant la fenêtre. Les vitres sont sales. Elle ne pourra pas me voir arriver. Elle marmonne. Elle est jalouse des amoureuses de son frère. Normal. Moi aussi, j'étais jaloux des amoureux de ma sœur. La jalousie est une boîte d'allumettes. Ma sœur n'aurait pas dû jouer avec. Jouer avec les allumettes. Jouer avec la vie.

5

Je brûle dans le cendrier les bouts de la tapisserie. Je préférerais brûler les factures empilées sur la table. Toute la baraque sent le café. Toute la courée sent le café. On y boit tasse sur tasse pour se tenir éveillé. Moi le premier. Peur de m'endormir et de retrouver dans le sommeil les monstres de l'angoisse. Toute la courée est insomniaque. Les enfants de Karima se réveillent au milieu de la nuit en hurlant qu'on leur coupe la tête. Cécile, ma frangine braille dans son sommeil. Maman, le rouquin. Maman, le rouquin. Marion la console. Ne pleure pas, ma petite maman. Je suis là. Ne pleure pas.

Cécile regarde par la fenêtre tomber la pluie mêlée de neige. Son bol de café entre les mains. Je ne la regarde plus. Je ne regarde plus personne. Je ne regarde plus au-dehors. Ça ne m'amuse plus. Je préfère jouer avec des allumettes. J'ai toujours des allumettes dans la poche. Une boîte familiale. Les petites boîtes, c'est moins marrant. Je peux m'amuser des heures avec les allumettes. Comme un gosse. J'écris mon nom, je fais des maisons, des problèmes. Puis je les allume. J'ai inventé une douzaine de façons de les allumer. Ça dure quelques secondes. Juste le temps de réfléchir, d'être ailleurs. Etre dans la flamme serait meilleur. Mais je manque de souffle. Je suis une allumette mouillée. Aussi vite allumée, aussi vite éteinte.

Crépitement. Une chiquenaude, l'allumette enflammée traverse la pièce et aterrit dans l'évier. Cécile se crispe mais ne se retourne pas.

— Arrête, avec ces saloperies. Au lieu de glander, tu ferais mieux d'aller chercher du boulot. Du vrai.

Elle me le dit si souvent que je ne l'entends plus. T'es pas ma mère, je lui répondais. Je ne lui réponds plus. Les mots se sont usés à force de se les balancer dans la gueule. Comme des cailloux. C'est marrant, je n'ai pas envie de bosser. Ce n'est pas que je ne veux pas, mais je suis tellement habitué à ne plus rien faire. Ne rien faire, c'est la meilleure chose que je sais faire. Farniente, disait ma mère. Elle n'arrêtait pas de la journée. On n'est pas en Italie, ici. Elle n'arrêtait pas de parler. Un peu en français, beaucoup en italien. Moi, j'ai traduit à ma façon : je ne fais rien de mal.

Une ou deux fois par jour, je fais le taxi sauvage. Je maraude aux arrêts de bus. J'emmène les gens faire leurs courses, je récolte 20 ou 30 balles, de quoi payer l'essence de la bagnole. Dans vingt minutes, je pars à Loos emmener la femme d'un copain à la tôle. Et puis je bricole. Je récupère des pièces, des bécanes, des marchandises d'origine diverse, des cartons payés 2 balles le kilo. Je m'arrête au Club Italien. Ils ont toujours quelque chose à transbahuter. La carrosserie de ma tire est minable, le moteur tousse mais il tourne. Malgré son âge et le kilométrage, la ville tourne aussi.

Cécile a fini son café. Elle ne bouge pas. Elle écrase son visage contre la vitre embuée. Visage d'une enfance encore proche et déjà si lointaine dans le miroir sale du passé. Elle a les épaules qui tombent. Les seins qui tombent. La vie est trop lourde pour ses épaules. Elle voudrait que je dise quelque chose. Mais quoi ?

— J'y vais, Cécile.

Elle revient sur terre et se précipite à la porte, m'arrache la poignée des mains.

— Où ça ?

— Fèche, Cécile, je vais bosser. Putain...

— C'est quoi cette façon de me parler ? Je suis ta sœur, tu sors sans prévenir, tu rentres à des heures pas possibles et tu ne me demandes même pas si j'ai besoin de...

— J'ai pas envie de discuter, OK ?

Je monte dans ma chambre, prends mon blouson, lève le matelas où Cécile cache son fric. Elle est derrière moi. Elle me guette. Elle ne dira rien. Elle a trop peur que je la quitte. Elle a trop peur de se retrouver seule avec sa môme et Léo à l'entrée de la courée.

— Où vas-tu ? A quelle heure tu rentres ?

— Qu'est-ce que tu me veux ? Arrête de te prendre pour ma mère !

— Justement, on a reçu ça...

Elle me tend une lettre.

—La vieille t'a écrit ? Elle n'est pas morte ? Qu'est-ce qu'elle veut ? Du fric ?

— Non, elle, euh... Lis-la.

— Je n'aime pas lire, tu sais bien. Laisse-moi sortir.

Elle se colle à la porte.

— Attends.

Ses épaules sont secouées par les sanglots.

— Ne pleure pas, Céci. Qu'est-ce qui ne va pas ? C'est le fric ? Je te le rends. J'ai presque plus d'essence dans la tire.

Je lui tends le fric. Elle secoue la tête. Je le lui fourre de force dans la main.

— Tu sais bien que ce fric-là, j'en ai besoin. Tu peux aller chercher Marion pendant que je me prépare ? Elle joue dans l'usine avec les filles de Karima. Il faut les amener au Noël du Centre social. Après tu me poses au *Mercitel*. Ce soir, je pourrai te prêter. Le ménage à l'hôtel, ça paye bien.

— Au noir ?

Elle hausse les épaules. Je sors. Je passe par le cimetière. C'est plus court. Dans un caveau, une chaise de travers attend son propriétaire. Tombes laissées à l'abandon. Youri est enterré là. Ils ont dépouillé sa tombe. Pour ce qu'il en a à foutre d'avoir des fleurs au-dessus de la tête. Il m'a fait honte. Il n'avait pas le droit de nous faire ça. Il n'avait pas le droit de nous laisser dans le caca. Grand con. Tu ne pouvais pas foutre le camp au diable ? Au moins, tu m'aurais laissé de quoi rêver.

Au bord du canal, une vieille lance des morceaux de pain à des canards au col vert.

— Ils ont faim, me crie-t-elle. Avec le froid et la neige, ils ne trouvent rien.

— Pourquoi ils ne sont pas partis ? Ce ne sont pas des oiseaux migrateurs ?

— Pourquoi vous êtes là, vous ? me répond la vieille. Vous n'êtes pas un migrateur ? On l'est tous. Pourtant on reste. Moi je viens de Pologne. Et vous ?

Je me marre. Je n'ai jamais mis les pieds en Italie. Je désigne les détritus qui traînent au fil de l'eau.

— Ils ont pourtant de quoi manger.

Flottent des poutres couvertes de vergetures vertes. Morbaques échappés du cimetière. Ici quand on veut se suicider, on se jette dans le canal. Quand on veut suicider quelqu'un, pareil. Je n'ai jamais appris à nager. On dit que c'est mieux. On meurt plus vite.

Des pêcheurs à la ligne tirent en même temps sur leur cigarette. Fumée bleue. Comme si leur vie s'en allait par la bouche. Eté comme hiver, ils sont là. Economes de leurs mouvements. Heureux. Eté comme hiver, il y a toujours du poisson dans le canal, bien gras. En hiver, ça ne pue pas.

— Ce ne sont pas des vautours.

— Dommage, il y aurait de quoi faire.

Il fait froid. La pluie ne se décide pas à se transformer vraiment en neige. S'il pouvait neiger, neiger, neiger, neiger jusqu'à tout effacer.

— Marion, les filles, où êtes-vous cachées ?

Avec ma sœur et les enfants des voisins, on jouait aussi à cache-cache dans une usine désaffectée. Il y avait tellement de cachettes. Pas cette usine-ci, une autre, dans un quartier moins pouilleux. Cache-cache-misère. Cécile s'était cachée dans un cotche. La gueule du grand type roux avec sa peau blanche lui avait fait peur.

— Ne crie pas, il lui répétait.

Cécile ne criait pas. Le rouquin lui avait enlevé le bas de ses vêtements, et mis la main là où il ne fallait pas.

— Ne bouge pas. Je te tue.

Cécile ne bougeait pas. Je ne bougeais pas non plus. Je ne pouvais pas. Quand Youri est mort, je n'ai pas pu bouger non plus. De ma fenêtre, j'ai tout vu. Tout deviné. Tout su. Tu es lâche, je me suis dit.

— Tu aimes ça ? Tu aimes ça ?

Les yeux de Cécile m'avaient vu. Oh, les yeux de Cécile cloués dans les miens. Toi aussi, tu es un lâche. Comme Léo. Je n'avais pas supporté. Je m'étais montré. Le type s'était relevé.

— Qu'est-ce que tu faisais, salaud ?

Il n'avait rien dit. Il avait reboutonné son froc puis sorti de sa poche une liasse de billets. Il m'en avait tendu un. Le coup de poing était parti. L'os du nez avait craqué. Ça pissait tellement le sang que j'en avais été éclaboussé. Le rouquin avait porté ses deux mains à son visage. J'en avais profité pour l'achever d'un coup de tatane entre les cuisses. Il s'était écroulé à genoux. Il n'était pas prêt de recommencer.

— Viens, Cécile.

J'avais ramassé les billets tombés par terre. 1 000 balles. Pour notre trésor de guerre. Cécile et moi, on s'était jurés qu'un jour on partirait en Amérique.

— Tu ne diras rien à maman, hein, Marco ?

— Et toi, tu ne dis rien pour le fric.

Arrivée devant la porte, Cécile n'osait pas rentrer.

— Qu'est-ce que vous fabriquiez ? avait dit notre mère par la fenêtre. Il est l'heure de manger. J'ai fait des frites.

Cécile arrivait à peine à marcher. Du sang coulait sur ses jambes.

Maman était dans la cuisine en train de sortir les frites de la graisse.

— Maman, j'ai mal.

— Mon Dieu, qu'est-ce qui s'est passé ?

Les frites étaient retombées dans la graisse.

— C'est un homme, maman. C'est un homme.

— Marco ? Qu'est-ce qui s'est passé ?

Comme elle avait dit les choses, Cécile. Avec justesse. Avec justice. Un homme, elle avait dit. Un homme. Pas d'insultes, pas d'injures. Dans son petit cœur de petite fille, elle avait compris qu'elle avait rencontré un homme. Elle avait compris qu'elle était devenue femme.

Monte dans ta voiture, petit con et tourne, tourne, tourne en rond. La vie est un manège. Tourne jusqu'à ce qu'on se retrouve nez à nez. Moi aussi je vais te casser le nez, Marco. Et pas que le nez, ma petite alouette. J'en ai appris des choses en zonzon. Qu'est-ce que tu veux, c'était une prison d'hommes. Je suis content que tu m'aies pas oublié. Parce que moi, je n'ai jamais pu. Il me suffisait de me regarder dans la glace. Je ne risquais pas de te pardonner. Tu crois qu'on va toujours te pardonner ta médiocrité ? Tu crois être un héros parce que tu m'as donné un coup par surprise ? Tu étais là à te rincer l'œil. T'en as profité ? Ça te faisait de l'effet, hein ? Tu t'es branlé, après ? Je suis sûr que tu m'enviais. La lâcheté, ça se paye. Tout se paye ici-bas. Quoi qu'on fasse dans un sens ou dans l'autre. Et quand on n'a rien fait, on paye ce qu'ont fait ses parents. Jusqu'à la cinquième génération. Tu sais avec qui ta mère a eu son premier bâtard, La Mort ?

Il y a toujours un moment où il faut raquer. Moi j'ai casqué en bloc. Dix ans de vie entre deux parenthèses de béton. Je n'ai pas oublié pour autant. Je n'ai pas une cervelle d'oiseau. Un homme n'oublie jamais ce qu'on a fait contre sa dignité. Un homme a de la mémoire.

Karima aussi a de la mémoire. Elle n'a plus que ça d'ailleurs. Comme moi. C'est en ça qu'on se ressemble. Et qui se ressemble, bientôt s'assemblera.

Laissons Cécile et Marco se disputer. Je ne supporte pas les cris. Je ne veux pas entendre Cécile crier. On la retrouvera lorsqu'elle se sera calmée, lorsqu'elle se sera vidée. J'ai faim de silence. Quand est-ce qu'il va se décider à neiger en tempête, je voudrais une couche de neige haute comme des maisons. Je voudrais ne plus entendre que son cœur battre. J'ai faim de silence et d'amour. Et toi, La Mort, t'as pas faim d'amour ? T'as du pot, toi, tu veux te faire tirer, le premier qui passe, tu remues la queue, tu lui flaires le cul et c'est parti. Sans bruit. On est des chiens, tous les deux. Notre mère était une chienne, notre père un hasard. On est des bâtards. On n'est pas nés, on nous a chiés sur le trottoir. Mais on va prendre notre revanche, La Mort. Tous ceux qui ne s'aiment pas, on va les sortir de la route.

Regarde là-bas, voilà un beau petit mâle pour toi ! Il t'intéresse, le filou, hein ? Je te comprends. C'est un chien de race, le top. Bon, dépêche-toi, on n'a pas trop de temps, fais-lui son affaire, mords-le dans le cou si c'est trop long.

C'est déjà fini ? T'es une bonne chienne. Suis-moi maintenant. Allons au café attendre celui qui me conduira sur les sentiers de l'amour et laissons Karima se débrouiller avec Léo. Léo aussi, c'est le passé. Ce n'est plus que ça. Et il n'est pas beau, son passé à Léo. Il n'est pas beau, Léo.

6

Ce que je suis lasse. Si les enfants n'avaient pas besoin de moi, je laisserais tout tomber. Un an que je papillonne de promesses en plans foireux, de mensonges en galères. « Karima, elle est gentille. » « Cette bonne Karima, on peut tout lui demander. » « Oh, toi, Karima, t'es courageuse. Toujours de bonne humeur. Jamais fatiguée. » Karima par-ci Karima par-là. Karima, cœur d'or. Cœur d'artichaut.

Pour ce que ça m'a servi. A trente ans, me retrouver dans ce trou à rats, des casseroles autour du lit, des souris dans les murs, des cafards sous l'évier, les fils dénudés. Il faut absolument que j'aie ce boulot. Je vais demander à Léo de m'emmener. Si j'attends le bus, je suis sûre d'être en retard. Un châle pour le froid. Pourvu qu'il ne neige pas. Je n'ai presque plus rien à mettre dans le poêle.

— Léo !

Il ne répond pas. Il le fait exprès ou il s'est soûlé hier ? Je tambourine à sa porte. La fenêtre s'ouvre.

— Ah, c'est toi ? J'arrive. Je ne te reconnaissais pas avec le châle. Il fait froid ? Je dormais. J'ai bossé tard hier soir. Et je suis de congé aujourd'hui. Récup'. Il y a du courrier ?

La boîte regorge de plaquettes vides de Néocodion et de pubs pour Noël.

— Entre. Et le courrier ? Rien ? Faignasse de facteur. Il peut se ramener avec son calendrier, il va voir les étrennes. Quelle heure il est ?

Le ménage est fait à la va-vite mais il est fait. Sur la table, un verre, une assiette, une fourchette, une cuillère. Une bouteille de vin. Vide. Une cafetière noircie. Sur la photo, Youri fait la gueule. Insupportable odeur animale. Dans le corridor, une cage avec des pigeons. Un clapier avec des lapins. Toute la courée élève des animaux. Moi, c'est les poules. Léo me mange les œufs.

— Un acompte sur le loyer.

Il ne mange pas, il bâfre. Il ne peut plus boutonner sa chemise. Il est de plus en plus gros. La solitude le bouffit. Il est toujours en bleu de travail sauf quand il part à Auchoix. Il met alors son costume du temps où il était chef. Il klaxonnait devant la porte pour qu'Areski se dépêche. Chemise vert fluo. Cravate orange. C'était la mode. Il l'a tachée de jaune d'œuf. Le costume l'emmaillote comme un poupon. Les bras frottent sur le ventre. Les pans de la veste luisent. Je lui ai proposé d'entretenir son linge mais il a refusé.

— On a sa fierté. Qu'est-ce que dirait Areski ? Si on était ensemble, je dis pas... Et puis c'est de la couleur. Les taches ça se voit pas. Tu te souviens des chemises d'Areski ? Toujours blanches. Je ne l'ai jamais vu se tacher. Areski, c'était plus qu'un employé. Un frère. J'avais cent cinquante salariés sous mes ordres. Mais il n'y en avait pas un comme lui. Lui, c'était un ami. Le seul que j'ai vraiment eu. Parce que les camarades... Ils m'ont tous lâché. Normal, j'étais devenu chef.

J'ai entendu dix fois l'histoire mais si je veux qu'il m'emmène...

— Areski organisait la production des nouveaux produits. Et moi je me débrouillais pour les fourguer. Ça, il n'y avait jamais de surplus. On savait gérer nos stocks. J'hésitais pas à traquer le client jusqu'au bout du monde pour lui refiler notre camelote. Le train, l'avion, la bagnole. Fallait sans cesse trouver de nouveaux marchés. On savait y faire. Le fils du patron m'avait dit : « Chabert, vous avez le sens du client. » Il sortait de l'ENA et il venait me demander conseil à moi qui avais commencé à quatorze ans. Les études, ce n'était pas mon fort. Le travail oui. Le terrain oui. Les gens. Je suis bien avec les gens. C'est pour ça que je vais au bistrot. Pas pour la picole. Pour les gens. C'est pour ça que ça me ferait mal de finir ma vie tout seul. Si ce con ne m'avait pas licencié, je serais mort au boulot. Tous les copains auraient défilé devant mon cercueil recouvert d'un drapeau rouge... Ma carrière, je l'ai faite à la force du poignet. Maria me disait : ce n'est pas moi que t'as épousée, c'est l'usine. C'était pas faux. A la maison, je ne commandais pas, mais à l'usine, j'étais respecté. Autoritaire mais juste. On me demandait un service, je disais jamais non. J'aurais dû être plus méfiant. Moins con, oui !

Son licenciement, il ne l'a toujours pas accepté. Je danse d'un pied sur l'autre mais il faut laisser l'abcès se vider.

Il prend un lapin par les oreilles. Il se prépare à le tuer devant moi. Il fait exprès. S'il croit que je vais tourner de l'œil et lui tomber dans les bras...

— Je vais faire du pâté pour Noël, Karima. Une bonne terrine. Ça vaut tous les jours le foie gras.

Il lui arrache l'œil avec rage au-dessus de l'évier pour le faire saigner. Le sang noir remplit la bassine avec les mots.

— Chabert, me dit le patron un matin, un café ? J'ai un service à vous demander. J'aimerais que vous vous occupiez de mon fiston. Les gens sont méchants, vous savez, Léo — je peux vous appeler Léo ?— le fils du patron n'a pas le droit à l'erreur. Vous vous rappelez vos débuts ?

L'heure tourne, je vais finir par être en retard. Comment faire pour l'interrompre ?

— Moi aussi, j'ai un service à te demander, Léo.

Il ne m'entend pas, il a les yeux ailleurs.

— Ce petit gommeux m'a piqué mon boulot. Je lui avais tout appris. « Vous comprenez, monsieur Chabert, la société ne peut se permettre d'avoir deux personnes sur le même poste. Surtout en cette période. Votre âge et votre formation ne vous permettent pas d'être aussi compétitif qu'un jeune sorti d'une grande école. »

Il reprend son souffle.

— Areski, ils ont mis un ordinateur à sa place. Un ordinateur.

Il se lave les mains pleines de sang.

— Léo, il faut que je me dépêche. Tu sais bien. J'ai mon rendez-vous à Auchoix pour l'embauche. Si ça marche, je fais mon essai tout de suite.

— Ça marchera. Grâce à qui, hein ? Grâce à qui l'embauche ?

— Grâce à toi, Léo. Cécile m'a conduit les petites au Centre. Elle les ramènera à sept heures. Si tu as fini avant moi, tu peux les coucher, les faire manger et venir me chercher ? Je t'appellerai pour te dire l'heure à laquelle je finis.

Je sais bien qu'il ne dira pas non. Je peux tout demander à Léo. Il se gratte la tête. Ses cheveux sont pleins de pellicules. Il prend la bouteille de vin vide, la repose, hésite à en ouvrir une nouvelle, finit par se servir un bol de café. Les poches sous les yeux lui donnent l'air d'un Bouddha malheureux.

— D'accord sur tout. Je m'occupe des enfants et je vais te chercher. On fêtera ton embauche. Je crois même que j'aurai une surprise. Si j'arrive à finir à temps. C'est pour ça que je me suis couché à pas d'heure.

— Ne va pas faire de folies.

— Ce n'est pas tous les jours Noël.

Mais oui, ce sera tous les jours Noël. Et il y aura plein de poupées aux lèvres rouges dans ma hotte.

La voilà, La Mort, la voilà. Tu te rends compte, elle a une gosse. A l'âge où les autres ont des poupées, elle a une gosse. Ce serait marrant si elle était de moi. Une fille ! un rêve. Je ne la laisserai pas vieillir. Tu joues au foot, La Mort ? Essaie d'arrêter cette cannette. Goal. Je suis heureux, La Mort. Je suis heureux. Je ne serai plus jamais seul. Toute ma vie, j'ai été seul. En prison, j'étais seul. Pas de potes, pas de copains, pas d'amis. A part toi. Tu es ma meilleure amie. Tu m'écoutes. Tu m'aimes. Qui d'autre m'a aimé ? Même moi, je ne m'aime pas.

Qui est-ce qui crie comme ça ? Silence, je pense ! T'as entendu, ils me cherchent. Ce sont des gosses. Ils courent partout comme s'ils avaient la mort aux trousses. Vas-y, brave bête, aboie leur au cul. Eh, où vas-tu ? Bravo. Bon chien de chasse chasse de race. Elle est en retard, la petiote. Elle est la dernière. Elle boite. Va la chercher, La Mort. Elle a peur, elle accélère. Elle essaie de courir mais elle ne le peut pas. Tu lui fais peur. La peur la fait boiter que c'en est une pitié. Saute-lui dessus. Fais-la tomber. Bien. Tiens-la, j'arrive.

— Lâche cette petite, vilaine bête. Tu pleures ? Tu t'es perdue ? Ne pleure plus. Les autres ne t'ont pas attendue ? C'est chacun pour soi, ici-bas.

Elle saigne du genou.

— Ne la lèche pas, tu l'effraies. Je m'en occupe.

Tu sens la vanille. C'est ta maman qui t'a mis son parfum ? Dégage, sale bête.

Elle enlève son bonnet. Elle est rousse.

— Ne pleure pas, petite sœur. Je vais te soigner. Voilà, c'est propre, tu peux garder le mouchoir. Rejoins vite tes copains.

Viens-là, La Mort. Tu n'as pas honte d'avoir fait pleurer une cousine ?

— Au revoir petite, joyeux Noël.

Tu veux que je te dise, La Mort ? Si on commence à faire du sentiment, on ne passera pas Noël.

Grouille-toi, Cécile. Il est temps d'y aller. Viens à ma rencontre dès que ta sangsue de frangin t'aura lâchée. Tu ne le supportes plus, comme tu as raison. Oh, ma bien-aimée, ma frêle amoureuse à la peau blanche, viens vers moi, pas à pas. Chaque heure nous rapproche. Chaque geste. Chaque mot. C'est la loi des histoires. Fais le ménage dans ta vie dans ta tête et ce soir, dans la neige et le silence, nous nous épouserons.

7

Marion et les filles de Karima entrent dans le Centre en pépiant. Petits signes de la main comme des battements d'ailes.

— On peut y aller, chauffeur. Qu'est-ce que vous attendez ?

La tire ne redémarre pas. Je fais le tour. Qu'est-ce qu'on m'a taxé ? Je viens juste de monter un pot spécial et des accessoires chromés. Si ce sont les deux foncedés du fond de la courée... J'ouvre le capot. Fausse alerte. Le câble de la batterie est nase.

— C'est reparti, Madame la duchesse. Madame désire que je la dépose où ?

— Au *Mercitel*, vous savez bien.

Cécile râle mais elle adore que je la trimballe. Se promener en taxi, ça fait riche. Même si mon tax ressemble plus à une poubelle qu'au corbillard de la reine d'Angleterre.

— Vous êtes arrivée, Madame la marquise.

D'ordinaire, mes blagues la font rire. En ce moment, c'est le contraire. Il faut la comprendre. Les factures et les rappels n'arrêtent pas de tomber.

— Tu me liras la lettre de la vieille ce soir ? Il n'y a pas de mauvaises nouvelles dedans ?

— Non, au contraire. Ce n'est pas ça qui me cha-grine, Marco. C'est Noël. On n'a rien. Rien.

— Et bien, on fera avec rien.

— Et puis il y a Léo. Je ne le supporte plus. Il se mêle de tout. De ce que je mange, de comment j'élève Marion, avec qui je couche. Je ne suis pas sa femme.

— T'as une idée pour faire autrement ? Comment on ferait sans lui pour la baraque ? Tu crois que moi je le supporte davantage ? Je ne peux pas le foutre à nou-veau à la porte de chez lui.

Quand Léo avait levé la main sur notre mère, quand il l'avait frappée à coups de pied et coups de poing dans l'escalier, je l'avais pris par la peau du dos et je l'avais foutu dehors. Si tu veux te défouler, va cogner sur ton patron. Je suis ton père. Un homme qui cogne sur une femme n'est plus mon père. Pélican. Va faire le chef au boulot. Quand t'en auras un.

— Il est nul, le father, mais ce n'est pas le mauvais bougre. Quand il aura fini de construire son château, on aura la paix.

— Il est persuadé que je vais venir y habiter. Et toi avec. Une aile chacun.

— Il peut se brosser. Pour le Noël de la gosse, tu devrais lui demander. Pour sa petite-fille, qu'est-ce qu'il ne ferait pas ? S'il en avait fait la moitié pour nous... Si ça ne va pas, tu m'appelles sur mon portable. Je ne suis jamais loin.

— Même si c'est pour te demander à quelle heure on part en Amérique ?

— On n'est plus des gosses, Cécile.

— A New York, il y a un quartier qu'on appelle la petite Italie.

— Moi, je préfererais le Grand Nord ou la Californie. On y est riches plus vite. Ne t'en fais pas, on ira un jour. On invitera notre mère pour qu'elle garde nos mômes.

— Heureusement que tu es là, Marco. Si je ne t'avais pas à côté de moi, je crois que je... S'il m'arrivait quelque chose, tu t'occuperais de Marion, hein ?

— Qu'est-ce que tu veux qu'il t'arrive ?

— Par moments, je me dis que je vais mourir.

— Il n'y a pas plus solide que toi. Tu es tombée amoureuse d'un salaud qui ne t'aime pas ?

— Ça ne risque pas. Je n'ai même pas de quoi me payer une robe. Tu as vu de quoi j'ai l'air ? Qui veux-tu qui me regarde ?

— Moi, je te regarde et je te trouve plutôt bien balancée.

— Tu ne m'as pas répondu. Pour Marion.

— Mais oui, je serai toujours là pour Marion et pour toi. Pourquoi tu demandes ça ? On dirait que t'as la trouille.

— Je ne sais pas. J'ai un pressentiment. Cette nuit, j'ai fait un cauchemar.

— Tu me le raconteras demain au petit dèj'. Il faut que j'y aille. Ciao, ragazza, ti amo !

C'est vrai que je l'aime, ma frangine, mais il y a des moments où elle me prend la calebasse. Elle m'agace. Ne fais pas ci. Ne va pas là. Quand elle déprime, c'est pire. Elle peut rester des heures derrière la fenêtre à ne rien faire que fumer, fumer. Fumer et m'engueuler.

Il faut la comprendre, Cécile. Dix ans que ton père et toi, vous la tenez encagée. Si tu m'avais laissé finir, elle m'aurait suivie. Je l'aurais emmenée au paradis. Je vais te libérer, Cécile. Si ton frère se met au travers de mon chemin, je le tuerai. Il finira au cimetière. On ira le dimanche mettre des fleurs sur sa tombe. Avant, j'aimais bien aller au cimetière. L'allée qui longeait le canal était paisible. Les familles s'y baladaient, c'était la sortie d'après le repas. Quand les usines ont fermé, c'est devenu malfamé. On n'y croisait plus que les morts.

Pour moi, ce temps-là, c'était tous les jours dimanche. Je me perdais dans les méandres des jours et des saisons. Où est-ce que tu vas, La Mort ? Faire la causette à ce caniche ? T'es insatiable. Moi, je ne dis pas, j'ai fait dix ans de cabane. Mais toi ? C'est ça, laisse-toi lécher le cul devant tout le monde. Sans gêne, va. Tant que tu n'aboies pas... Tu me fiches le blues. Je trouve le temps long. A quoi ça sert d'avoir du temps libre quand on trouve le temps long ? Qu'est-ce que je te disais ? Ah, oui. Le cimetière. J'y allais un peu avant la fermeture. Je me laissais enfermer. Je m'attardais sur les tombes d'enfants. Je regardais les photos. Je lisais les noms. Je me posais des questions. Il y avait le nom d'une fillette sur une tombe sans pierre tombale, fraîchement refermée. Juste le prénom. Cinzia. Avec un C, comme Cécile. Elle lui ressemblait. J'étais allé chercher une pelle et des cordes dans la cabane du fossoyeur. Si tu avais été là, La Mort, tu m'aurais aidé à creuser. Avec tes pattes arrière, tu aurais soulevé la terre plus vite que moi avec ma pelle. Tu t'en fous, tu t'éclates.

J'avais ouvert le cercueil. Cinzia était toute belle dans une vraie robe de princesse avec des dentelles et des volants. J'avais retiré la grande poupée de sa boîte satinée. Tu es déjà allée dans une fête foraine, La Mort ? Tu vois les poupées que l'on gagne en achetant dix billets roulés très serrés dans un minuscule tube bleu ? C'était ça que j'avais dans les bras. Le même sentiment émouvant d'avoir gagné le gros lot. Le jupon s'était soulevé. Mes doigts avaient glissé dans son intimité glacée. Glabre. Ses seins ressemblaient à deux confettis sur une feuille de zinc. Je m'étais enfoncé. Elle n'avait pas crié. J'avais pleuré de bonheur. Elle s'appelait Cinzia, avec un C comme Cécile.

Tu as fini, La Mort ? On peut y aller. Marco ne va pas tarder à faire son entrée aux *Loups*. Il faut qu'on y soit les premiers. Je connais la mère Leloup. J'avais un ticket avec elle, il y a dix ans. Isabella. C'était une gamine mais elle était tellement forte qu'il aurait fallu deux comme moi pour en faire le tour avec les bras. Elle travaillait dans un cirque. C'est elle qui a dressé le loup qui est dans la cage au milieu du café. Elle sert au bar avec sa petite sœur, Vanessa, celle qui travaille au salon de coiffure. Elle l'aide à l'heure de midi quand les morveuses du Sacré-Cœur viennent picorer. Toutes des mignonnes, tu verrais, pomponnées, maquillées, des petites femmes qui rêvent d'être mannequin ou esthéticienne et montrent leur culotte.

J'en bave. J'allais m'asseoir dans le fond, près des toilettes. Il y en avait bien une qui allait faire un tour. Et, avec un peu d'argent...

Il est dangereux
Il a toutes les dents pointues
Il a pas de molaires
Il a que des canines
Il pue, il chlingue
Il renâcle
Il dégage
Il malaxe
Il macère
Tu veux te réveiller
Tu veux un coup de fouet

Il fait bon là-dedans, dommage qu'ils aient mis de la musique. Une vapeur de bonne humeur monte du sol. Je me verrais bien, derrière un bar, La Mort. Tu dormirais derrière le comptoir, Cécile servirait les clients. Je m'occuperais des clientes. Il y aurait une grande cave sous le comptoir. Vise le loup. Ça ne t'impressionne pas ? Si la cage s'ouvrait, qu'est-ce qu'il ferait de toi ? De la chair à pâté. Cette façon qu'il a de nous regarder. On jurerait qu'il lit dans nos pensées. Je n'aimerais pas rester seul avec lui. Si la cage s'ouvrait... Tu me diras, ce n'est pas une raison de l'enfermer. C'est aller contre sa nature. Il n'a pas demandé à moisir ici. Moi non plus, je n'avais rien demandé. Moi aussi, on m'a enfermé. Mais maintenant je suis sorti. Et d'ici ce soir, il y aura de la chair à pâté à bouffer. Vise les pattes. Il a dû en faire du chemin. Ça, c'est de la race. C'est comme Cécile. J'ai tout se suite senti qu'elle n'était pas comme les autres.

— Ça sera quoi pour vous ?

— Une bière de Noël, Isabella, et sers quelque chose au chien.

— Le Rouquin ? Ça alors ! Je ne t'aurais pas reconnu. Tes cheveux ont jauni. Tu as pris du poids, dis donc. Moi, c'est pareil. D'être tout le temps enfermée, ça fait de la mauvaise graisse. Le stress. Leloup est toujours dehors. Ce n'est pas comme celui-là. Je voudrais, je ne pourrais pas le tenir en cage. Ils t'ont laissé sortir ? Ils t'ont coupé les couilles ?

— Tu veux voir ?

— Je ne sais pas pourquoi ils vous foutent au trou. Vous en sortez pire qu'avant. Tu ne t'assieds pas ?

73

— Salut la compagnie.

La porte s'ouvre. Vent glacé. La neige tombe maintenant pour de bon. Mon histoire peut enfin commencer. Le frère de Cécile vient d'entrer. Ah, ça je ne l'ai pas oublié, le Rital. Pas parce qu'il m'a pété le nez. Pas parce qu'il a une tache au coin du pif. Cécile a la même. Non, pas de risque de me tromper, La Mort. Ces deux-là ont hérité de leur mère quelque chose de fin, quelque chose de fier. Des seigneurs, je te dis. Des princes des anciens temps. Eux aussi sont des bêtes sauvages à leur façon. Vois comme il bouge. Il serait dans la jungle, il ne ferait pas autrement.

8

— Ciao, Marco !

— Ciao, Bella ! Un café. Personne n'a besoin d'une bagnole pour aller en ville ? La boutique d'à côté, SVDI, ils ont fermé pour les fêtes ou quoi ? J'ai posé une télé la dernière fois et je n'ai plus de nouvelles.

— Tu t'es fait arnaquer, petit. Ils ont mis la clé sous la porte et sont partis sans laisser d'adresse. Leloup m'a dit qu'ils avaient un tas d'impayés gros comme ça. Et encore, on a eu de la chance, il a réussi à les faire cracher juste avant qu'ils taillent. Sinon, on y était de notre poche.

— Mon matos alors ?

— Un camion a tout emporté.

— C'est pas pour moi, la télé, je la regarde pas. Je préfère écouter de la musique. Non, c'est pour la môme de ma frangine. Combien je te dois pour le café ?

C'est le moment où jamais.

— Laisse, Isabella, c'est ma tournée. Remets-nous ça. Vous reprenez la même chose, monsieur...

— Marco. Marco Chabert. Merci, c'est sympa. Je peux prendre un croissant avec ?

— Deux, si vous voulez. Alors vous êtes taxi, monsieur Chabert ?

— Appelez-moi Marco, sinon j'ai l'impression que vous parlez à mon père. Taxi-taxi, non. Mais quand je peux dépanner...

— Ça tombe bien. J'ai un service à vous demander...

— Vous sortez de... ?

— Ça se voit tant que ça ?

— Les fringues. Sans vouloir vous offenser, vous avez l'air de venir d'ailleurs. Je veux dire, d'hier. D'avant-guerre. Vous en avez pris pour combien...

— Dix ans. Tu ne m'offenses pas. La prison, c'est le palais de la Belle au bois dormant. On ressort, on n'a pas changé. En fait, c'est dehors que tout est mort.

— C'est une façon de voir les choses. Où est-ce que je vous conduis ?

— Rue Carpeaux.

— Je connais, j'y ai habité. Ce n'est pas tout près. On en a au moins pour 100 balles.

— Tant que ça ?

— Tout a augmenté pendant que vous dormiez. C'est à vous ce chien ? On ne s'en est pas beaucoup occupé pendant votre absence. Ça fera plus cher. Je vous fais la course à 120 et on n'en parle plus, d'accord.

— D'accord.

— Payable d'avance. C'est pas que j'aie pas confiance. Mais vous avez des collègues, c'est pas des saints. Vous êtes tombé pour quoi, si ce n'est pas indiscret ?

— Une histoire de femme.

— On croirait pas à vous voir. Je vous aurais plutôt vu en tueur à la tronçonneuse.

Fous-toi de moi, fais le malin. Dès que j'aurais mis la main sur ta sœur, tu peux être sûr que je te rendrai la monnaie de ta pièce. Je vais te les tronçonner.

Pourquoi tant de haine
A l'intérieur d'un embryon
On s'est posé les plus grandes questions à son sujet
Pourquoi faut-il qu'il plaise
A ceux qu'ont rien dans le sifflet
Un peu comme la lèvre du dindon
Il a un gras qui pend sous le menton
C'est pas rugueux, c'est visqueux
Il a les yeux livides du triton
Qu'on a baigné dans un jus de citron
Il est moche, il est affreux
Sta bri, ya badam, Mama ilyo

— Ça vous dérange pas la musique ? C'est compris dans le prix.

Roule, petit. 120 balles. Faut être crétin pour vouloir arnaquer le destin.

— Vous connaissiez Roubaix ? Je veux dire « avant » ? Ça a changé. Depuis que je suis né, la ville est en travaux. Ça ne facilite pas la circulation. Pas étonnant que tout le monde grogne. Regardez-moi ça !

Je regarde, les gens ont des gueules à avoir des problèmes. Cassés de la tête. En prison, t'es pas obligé de regarder par la fenêtre.

— Visez cette beauté ! Comment elle est, celle qui vous attend ? Dix ans, faut qu'elle soit patiente ! Je sais pas comment vous étiez avant mais à part les fringues et la coiffure, vous êtes encore sortable. Si on aime le genre bûcheron en Alaska. La tôle, ça conserve. Remarquez, c'est zen. Dix ans sans voir une femme, sans télé, sans ciné, sans bière. Une vraie cure de jouvence, non ? Ça vous donne un air, un air... No future, si vous voyez ce que je veux dire.

De quoi j'ai l'air ? Les cheveux en pic. La zonzon les

a jaunis. On dirait qu'on m'a pissé dessus. Les yeux creux. Il faudrait que j'achète des lunettes fumées. Ça me fait un masque, les cernes, les poches violettes. Cécile pourrait avoir peur. Ce petit crétin a raison, je suis ficelé comme l'as de pique. Je vais me faire teindre les cheveux et me payer des grolles. Des rogers. Je n'ai pas changé de grolles depuis dix ans. A cause des taches. Je n'ai jamais voulu les enlever.

— Ce qu'il vous faudrait, c'est des lunettes fumées. Je ne sais pas si c'est parce que vous étiez à l'ombre, mais vous avez les yeux qui ont l'air de vouloir se barrer des orbites. C'est peut-être les poches qui font ça. Vous avez pas dû beaucoup dormir là-bas ?

Je te l'ai déjà dit, petit. Je suis la Belle au bois dormant. Tout le pays s'est endormi pendant que j'étais en zonzon.

— Les yeux clairs, c'est plus sensible à la lumière. Ma sœur a les yeux bleus Un rien les fait pleurer.

Ta sœur a les yeux bleus. Moi j'ai les yeux verts. Yeux verts, yeux de pervers. Deux billes vertes comme celles que j'avais quand j'étais môme. Les billes roulaient jusque sous les jupes des filles. Ne bougez pas, je tique. Cochon !

— Vous avez raison, Marco. Vous pouvez me poser devant un supermarché ? Je ne peux pas débarquer fringué comme ça. Il faut que je m'habille. Et puis je veux lui acheter un cadeau.

— Auchoix, ça vous va ?

Tu parles si ça me va. C'est là que Karima ta voisine s'en va travailler. Elle ne sait pas encore qu'elle va me rencontrer. Si elle le savait, elle irait quand même. On a beau faire le malin, on va toujours vers sa fin. Et devine qui va la conduire vers son destin ? Ton petit papa Léo.

— Mon père travaille à Auchoix. Il est magasinier.

Avec un peu de chance, vous allez le croiser. Mon père est le roi du Fenwick. Moi, je ne pourrais pas travailler là. Les chefs sur le dos, le rendement, les clients, la musique. Achetez, achetez, achetez. Dans mon taxi, moi je suis le roi du monde. Ma musique, le spectacle des gens qui se crèvent au boulot. Une belle fille de temps en temps. J'en vois des choses, vous savez, par la vitre. Ça rend philosophe.

Derrière ton pare-brise, tu te crois à l'abri. Tu te crois protégé. Tu vas vite déchanter, mon coco. Quand le feu va monter dans ta bagnole, tu n'auras plus qu'à te cacher à l'intérieur de ta boîte d'allumettes.

— Vous en avez pour longtemps ? Si je vous attends, c'est plus cher. Après tout, c'est vous qui payez. Alors, je vous attends ?

C'est ça, attends, attends. T'es pressé d'en finir avec la vie. Si t'appelles ça une vie. Je n'en ai pas pour longtemps ? A Noël tout sera fini. Le temps que tu croises Ludmilla et que je croise Karima. Elles nous attendent. Elles pleurent déjà avec des bêlements d'agneaux destinés à la boucherie rituelle. On ne peut pas attendre la mort et crier « au loup » quand elle vient. Cécile ne crie pas. Elle attend patiemment son roi mage. Il sera vêtu magnifiquement et lui apportera de précieux présents.

— Mais croyez pas que ça me dérange de vous attendre. Du moment que vous payez... J'ai le temps.

— Oh, le temps, je ne sais plus ce que c'est. Reprenez-moi ici, dans... disons, deux heures, ça vous va ?

— Deux heures, ça me va.

Dans deux heures tu seras brûlé vif. Tout sera prêt. L'incendie court et la flamme s'appelle Ludmilla. En attendant va tourner autour de la lampe avec les papillons.

9

Je suis le feu et l'eau tout à la fois
Même si le feu brûle et même si l'eau noie
Tout ça est bien en moi
Et c'est moi
Je suis

Maraude.

Putain qu'il fait froid dans cette tire. Pas un chat dehors. Faut croire que le calendrier a de l'avance. Où ils sont tous ? Pas au boulot tout de même ? Qui est-ce qui bosse à Roubaix la veille de Noël ? Ceux qui ne sont pas dans les supermarchés à tourner en rond entre les rayons au volant de leur caddie sont dans les ANPE à demander l'aumône ! Broum ! Moi aussi, je tourne, je tourne dans le vide, je tourne à vide.

Je suis autant la chute que l'envol
Mais bien plus la scoumoune que le bol

La musique couvre à peine le moteur. Le diesel, c'est économique mais bonjour le boucan. Ajoute l'odeur du clebs du client de la tôle et t'étouffes. Ce que ça pue ! Ce n'est pas vrai. Non seulement ce gros con a embarqué sa pestilence à pattes mais il a dû marcher dedans et il s'est essuyé les pieds sur mon tapis. Ma pauvre charrette, tu n'avais pas besoin de ça. Tu es la seule qui me soit fidèle et vois comme je te traite. Je te promets que dès que j'ai du fric, je te mets un pare-chocs neuf et je te change la vitre arrière. Remarque qu'on est cool. Personne ne nous prend la tête. Zebda chante rien que pour moi.

Je suis un peu le papier et un peu l'encre
Mais je suis aussi de la dynastie des cancres

Elle est bonne. A propos de papier, il faudrait que je passe au CCAS. Ce n'est pas le moment qu'ils me sucrent le « Rémi ». Je ferai ça après avoir repris le gros et son clébard. Drôle de type. Un peu fêlé. Pas étonnant qu'il ait fait dix ans. Du moment qu'il a du fric. N'empêche qu'il est bizarre. Je ne le monterais pas la nuit. Je me demande ce qu'il a pu faire pour écoper autant.

Et je me demande ce que je fous à l'Epeule ? Comme si j'allais trouver un client dans ce quartier du désespoir. Les fantômes ne prennent pas le taxi, Marco.

Celle-là, je la monterai bien gratos. Les obus ! Et elle fume comme un mec. La clope, il n'y a pas mieux pour la complicité.Vas-y, propose lui. Demande-lui du feu. Fais-lui le coup de l'allumette kabyle. Merde, v'là son mec. De toute façon, si c'est pour se prendre une veste comme d'hab'.

Et moi qui fais partie du genre humain
Je dis y'a pas de quoi faire à deux mains

Le boulot avant tout, Marco. Le gasoil diminue à vue d'œil et je tourne pour rien. Eurotéléport. Une vieille avec son sac. J'accoste.

— Bonsoir, madame. Il est lourd, votre sac ? Je vous dépose quelque part, si vous voulez ? Avec le froid qu'il fait, faudrait pas tomber malade avant Noël.

— J'attends mon bus !

— Il ne sera pas là avant vingt bonnes minutes, vous avez le temps de congeler. Vous allez où ?

— Mais qu'est-ce que ça peut te foutre, petit ? Tu crois que j'ai de l'argent à perdre ? De toute façon, si je prenais un taxi, ce serait un français.

C'est de la connerie que t'as à perdre, mémé. Des tonnes. Ce n'est pas un bus qu'il te faudrait pour la transporter mais un camion. Grosse comme t'es, tu m'aurais pété la suspension.

Quand je pense que ça m'a coûté 600 balles pour la changer. Des « Monroë »... Je suis pas Marilyn mais franchement je vois pas la différence.

Je suis l'éclat de rire et la colère
L'autre aurait dit entre ciel et la terre
Tout ça est bien en moi
Oui c'est moi
Je suis

L'immeuble des Assedic. Pas de panique. Ce type-là avec son costard, il me le faut. J'ouvre la vitre, un sourire. SBAM comme ils font à Auchoix. Sourire, bonjour, au revoir et merci, plus un petit mot de saison. C'est Léo qui m'a appris ça. Hop, c'est dans la poche.

— Vous avez l'air pressé, je vous dépose ?

— Oui, s'il vous plaît, jeune homme. Vous êtes mon

sauveur. Ça faisait une demi-heure que je cherchais un taxi.

— Je vous jette où ?

— A la tour Mercure.

— 50 balles, ça ira ?

— 30, c'est tout ce que j'ai.

Putain, plus c'est bourge, plus c'est radin.

— Ça sent là-dedans.

— Excuses, mais pour 30 balles, je laisse la Rolls au garage.

Baratin. Situation économique difficile. Et l'hiver... C'est ça, mon pote, compatis, compatis. Dans le sens du poil, des fois que t'aies pas de monnaie.

— Avec le RMI, on ne peut pas s'en sortir. Je suis obligé de faire le taxi pour conserver ma bagnole. J'en ai besoin pour ma famille. Ma sœur fait des ménages au black mais avec un enfant... Si on ne se bouge pas, on crève.

— C'est toujours un problème de trouver un taxi dans cette ville. A l'occasion, je peux vous appeler ?

— Pas de problème. Je vous donne ma carte ? Rue Daenincks, courée Roseback. Vous appelez sur mon portable, je rappelle et je rapplique. Avec Marco Chabert, le client jamais ne désespère. Merci pour le pourboire. 2 balles.

Roi des cons, j' t'en ficherais. Qu'est-ce que j'ai fait de mes allumettes ? Je te foutrais le feu à tes grands airs.

Je resterai le feu et l'eau je crois
Même si le feu brûle et si l'eau noie

Encore une heure à tuer. Direction, la gare. Demi-tour, rue de l'Alouette. Avec la neige, la grève des contrôleurs et les trains en retard, il y aura de la volaille à plumer. *A, a, aa, a, alouette, gentille alouette, alouette.* Pas le droit de tourner à gauche. Je tourne quand même. Désolé, petit père, mais chacun ses opinions.Un kebab en attendant le TGV de Paris. Tout le monde descend. Quelques clients potentiels mais les pros sont sur le coup. Il ne ferait pas bon se faire serrer par les tacots. La corpo n'est pas tendre quand on piétine ses plates-bandes. C'est FN et compagnie. Vaut mieux s'écarter. Il y aura bien un paumé qui aura fait un bout à pied. Avec leurs valises, c'est facile de les repérer.

Rue des Anges. Miracle. En voila une qui court vers moi. C'est un mirage ou quoi ? Qu'est-ce que c'est que cette gonz' ?

C'est la flamme, mon petit papillon. Elle va mettre le feu. L'incendie couvait sous la cendre des mots, le bois mort des lâchetés, le vent des bavardages. Tu parles trop, petit coq. Tu es un poulet que Ludmilla va écrêter. Tu caquettes, tu caquettes, mais tu n'as rien dans la tête. Tu n'es même pas un poulet, un chapon. Tes noix, y a longtemps que la trouille te les a fait bouffer. Tu as peur. Tu as peur de rencontrer l'amour. Peur de te brûler.

Familiale ou pas, tu auras beau faire, tu ne pourras pas faire entrer Ludmilla avec toi dans ta boîte d'allumettes. Elle va te faire craquer toutes les alloufs en même temps y compris celle que tu as dans la culotte et qui ne me servirait même pas à me curer une dent.

Trop tard pour fuir. Trop tard pour appeler les pompiers. Tu en as pour une nuit. Profites-en. Après ce sera l'Apocalypse. C'est l'héroïne mais tu n'es pas le héros. Le héros, c'est moi. N'aie crainte. Je ne la toucherai pas. C'est ma sœur en souffrance. Nous sommes deux anges tombés sur la ville. Ludmilla, ange rédempteur pour faire rêver d'un ailleurs. Moi, ange vengeur, d'un au-delà meilleur. Personne n'est innocent. Nous sommes tous coupables de la violence commise ici et là-bas.

10

Sous le lit de camp de Serge, il y avait une valise métallique d'un sinistre vert. Je l'avais ouverte. Qu'est-ce que j'y cherchais ? Je ne sais plus, la Ludmilla qui a fait tout cela ne me ressemble plus. Une adresse, un journal intime, un souvenir à emporter ? Un peu d'argent ? Je lui avais tout donné. Mon corps en cadeau. Mes illusions, mes espérances. En fumée.

Les Français avaient installé leur campement derrière la colline. Quand le vent était au nord, on entendait leur musique. Ils faisaient exprès de la mettre très fort comme les Américains dans les films de guerre. Parfois c'étaient des voix qui nous parvenaient. Des cris et des explosions aussi.

Nous étions trois étudiantes, Katia, Eva et moi, réfugiées dans ce village de la montagne, chez de lointains cousins de mon père, depuis le début des massacres. Ici, il y avait à manger. Le village n'avait pas pris parti dans la guerre. Pour l'instant. On murmurait que les hordes albanaises allaient déferler sur le coin avant l'année nouvelle. Que les forces étrangères étaient contre les Serbes, qu'elles ne lèveraient pas le petit doigt pour nous défendre. Ceux qui revenaient de la capitale affirmaient que les étrangers appuyaient la guérilla alba-

naise sur le terrain mais que les Français étaient pro-
serbes...

Ce soir-là, c'était Noël mais personne parmi les chré-
tiens n'avait le cœur à la fête. Chacun se préparait à
l'exode qui avait déjà jeté sur les routes des milliers des
nôtres. L'arrivée des Français inquiétait tout autant
qu'elle ne rassurait.

Eva envisageait à haute voix d'aller rôder autour de
leur camp quand une jeep orange avec quatre hommes
à l'intérieur freina devant nous. Cheveux ras, dents lui-
santes, menton bleu, peau blanche, on aurait dit de jeunes loups à la recherche de chair fraîche. De l'autoradio sortait une musique tonitruante.

Là-bas
Faut du cœur et faut du courage
Mais tout est possible à mon âge
Si tu as la force et la foi
L'or est à portée de tes doigts
C'est pour ça que j'irai là-bas

— Est-ce que quelqu'un parle français dans ce trou ?
— Nous trois, répondis-je sans réfléchir. Nous par-
lons français, anglais et italien.

C'était vrai. Depuis la chute du Mur, tous les jeunes
qui le pouvaient étudiaient les langues avec l'espoir de
partir à l'Ouest, rejoindre les oncles qui s'étaient exilés.

— Alors, montez, nous vous engageons, dit le plus
gradé. Je m'appelle Serge. Lieutenant Serge Lehmann.
Emmenez-nous chez le maire. J'ai des ordres à lui
transmettre.

Ce fut la journée la plus joyeuse que mes amies et
moi vécûmes depuis que l'université avait fermé. Après
une réunion avec les édiles, nous avions accompagné

les quatre Français de maison en maison afin de communiquer à chaque famille les dispositions qui avaient été prises au cas où les Albanais attaqueraient le village. Nous traduisions comme nous pouvions leur jargon. J'avais étudié la poésie et la chanson françaises pas les traités de guerre.

Dès que l'alarme serait donnée, il faudrait prendre une valise avec des vêtements chauds et se rassembler sur le stade. L'évacuation se ferait par camion. Toutes les armes, fusils de chasse et armes blanches, devaient être entreposés à la mairie dans une armoire blindée. Les Français délivraient un reçu.

Tout se passa dans la bonne humeur. Lorsque nous sortîmes de la dernière maison, la jeep débordait de victuailles pour « le Noël des soldats ».

Serge nous invita à passer la soirée de Noël avec eux, « en tout bien, tout honneur » jura-t-il. Nous serions rentrées avant minuit, promis.

— Sur la tête de ma mère.

Le temps de mettre dans un sac des babioles pour nous maquiller, la jeep nous emporta le long des multiples lacets de la route qui menait de l'autre côté de la colline. Les garçons chantaient à pleine voix et dans les virages nous retenaient plus qu'il ne fallait. Il y avait si longtemps que nous n'avions pas ri que nous n'avions guère envie d'être farouches. Demain, les barbus de l'UCK nous feraient peut-être payer cher notre goût pour la liberté et notre désir de vivre cheveux au vent et visage à découvert.

Notre arrivée dans le camp fit sensation. Nous fûmes traitées comme des reines. On nous photographia. On présida la table d'honneur du repas qui suivit la messe de Noël. On nous fit chanter, danser, boire, goûter à tout. On dut désigner le meilleur chanteur de karaoké.

Comme par hasard Serge eut l'unanimité des voix et gagna le prix, trois baisers sur les joues, qu'il me rendit aussitôt. Le troisième glissa sur mes lèvres.

Passé minuit, toute l'unité était passablement éméchée et braillait des chansons que des jeunes filles n'ont pas l'habitude d'entendre. Tout le monde était plus excité que de raison et je croyais naïvement que c'était la guerre qui leur faisait cet effet. Heureusement nous ne comprenions pas la moitié des paroles.

A une heure, le commandant ordonna la fin des festivités.

— Nous aurons une rude journée demain, les garçons. Je veux que tout le monde soit sur pied à cinq heures précises. En tenue de combat.

Il appela Serge et lui murmura quelque chose à l'oreille en nous regardant.

Serge salua et nous rejoignit.

— On rentre à la maison ?

Nous avions dansé comme des folles et nous tombions de sommeil.

— Pas de problème, miss. Vous m'accompagnez, les gars, ordonna-t-il à ses copains. On ne sera pas trop de trois pour raccompagner ces demoiselles. Eric, viens là, j'ai deux mots à te dire.

Serge le prit à part. Eric éclata de rire. Nous n'avions pas fait un kilomètre dans la montagne que la voiture s'arrêta brusquement. Serge remit le contact, le moteur toussa, hoqueta et mourut.

— Mince, je l'ai noyé, soupira-t-il. Les filles, tout le monde descend.

Les garçons ne riaient plus. Et nous non plus.

— Ne vous en faites pas, on vous accompagne jusqu'au bout.

— Jusqu'au bout, répéta celui qui s'appelait Eric.

C'était un grand costaud plus âgé que les autres, couturé de cicatrices et de tatouages. On fit quelques mètres dans la neige. Quand j'entendis le cliquettement des armes, je compris.

— Vous allez nous tuer ?

Mes amies me regardaient comme si j'étais devenue folle.

— C'est la guerre, dit Eric.

— On a des ordres, ajouta Serge.

— Vous ne pouvez pas faire ça. On ne vous a rien fait.

— C'est vrai ça, dit le troisième qui venait juste de comprendre. C'est bête de les tuer, elles ne nous ont rien fait.

Eric ricana.

— On pourrait « faire » d'abord et en finir après.

— Alors, discrétos, décida Serge. Que le Vieux n'en sache rien. Il piquerait une crise. Remontez dans la voiture, les filles, on fait demi-tour.

— Demi-tour ? Vous n'allez pas nous tuer ?

— On a une tête à tuer des petites filles ? On voulait juste vous faire peur. Pour que ce soit plus facile après.

— Plus facile de quoi ?

— De nous séparer.

— Mais on pourrait se revoir demain.

— Demain soir, on lève le camp. On finit la nuit ensemble et demain, en revenant de l'opération, on se dit adieu.

— Vos copains sont trop soûls. Si on reste, ça va mal finir. Je préfère rentrer à pied.

— On fera la fête dans ma tente, proposa Serge. Personne ne nous dérangera. Nous ferons notre petit Noël à nous. Nous avons des cadeaux pour vous. On n'osait pas vous les donner devant les autres.

— Mais si vous préférez y aller à pied... On a ordre de ne pas aller plus loin. Dans la vallée, on pourrait se faire piéger.

J'eus quelques secondes d'hésitation mais mes amies m'entraînèrent et bientôt nous entrâmes à tâtons dans la tente de Serge.

— Pas de bruit. Il ne s'agit pas que la garde rapplique, dit-il en allumant une lampe et des bougies.

Ils nous firent boire du champagne, manger du foie gras. Puis ils se mirent à fumer.

— De l'albanais, rigolaient-ils.

Il mit de la musique en sourdine.

— On n'a qu'une cassette.

Là-bas
Loin de nos vies, de nos villages
J'oublierai ta voix, ton visage
J'ai beau te serrer dans mes bras
Tu m'échappes déjà, là-bas

A mesure qu'il fumait, Serge riait moins. Sa mâchoire durcissait. Ses yeux devenaient fixes. Il parlait de la France, son « pays » où tout était merveilleux. A part les crouilles.

— Les crouilles ?

— Les Arabes, les étrangers.

Il me montra des *Paris-Match*.

— Tu verras, je te ferai tout connaître. Tu ne peux pas imaginer comme c'est beau. On y mange bien, on y boit bien, pas de ces trucs qui arrachent la gueule, comme ici. Je te ferai quitter ce trou. Je n'ai qu'un geste à faire et, si tu es gentille, « tchao Kosovo ! »

Il me montra un sauf-conduit.

— Je mets ton nom là. Comment tu t'appelles ?

— Ludmilla Panic.

— Ma signature, un tampon. Mets ton doigt là et signe.

— Jolie écriture. Voilà, tu peux quitter le pays sans soucis. Je te refilerai un uniforme au cas où. Tu es désormais « interprète officielle » à mon service. Qu'est-ce que tu en dis ?

Je n'en disais rien, j'avais trop bu. La fumée m'avait tourné la tête.

Serge me caressait les cheveux.

— Tu es belle, ma poupée, j'aime tes cheveux. Noirs comme la nuit. Brillants comme le satin.

Sa main se perdit. Il devint brutal. Je commençai à avoir peur. Les autres avaient emmené mes amies dans un coin. Je les entendais rire.

Comme je résistais, il ouvrit une nouvelle bouteille et partagea une tarte au sucre.

— C'est une spécialité de chez moi. De Roubaix. Répète : « Roubaix »...

Je répétais. Il riait. Il se mit à faire le pitre. Je fis de même. Je riais de choses qui ne m'auraient pas fait rire d'ordinaire. Katia et Eva avaient disparu sans que je m'en aperçusse. Il souffla les chandelles et ce qui devait arriver arriva.

Oh, ce ne fut pas Noël. Ni coup de foudre ni feu d'artifice. Il était bien trop soûl. Il me fit mal. Puis il s'endormit dans mes bras. Je fus plus longue à m'endormir. J'étais déçue et furieuse contre moi-même. Un ronflement me réveilla. Ce n'était pas Serge. Il n'était plus dans mes bras. Des camions montaient à l'assaut de la colline, des jeeps chargées d'hommes en armes.

Le temps de me rhabiller, le camp était désert. Les phares s'éloignaient, trouant l'aube. La guerre avait-elle commencé ? Allaient-ils évacuer mon village ? Je réveillai mes amies qui étaient seules elles aussi et nous courûmes sur la route. De peur que les sentinelles refusent de nous laisser passer, nous nous échappâmes par l'arrière du camp. Quand nous parvînmes en haut de la colline, hors d'haleine, le soleil s'était levé et chassait le brouillard givré qui pétrifiait la vallée.

Des camions civils étaient arrivés du sud. Je reconnus le drapeau et les trois lettres noires. La guérilla albanaise ! Les gens du village étaient rassemblés sur le minuscule stade à coups de crosse. Des hommes armés allaient de maison en maison et y mettaient le feu. Ce n'étaient pas les Français. Les Français ne faisaient rien pour empêcher les bandits d'accomplir leur sale besogne.

Des coups de feu partirent de la maison du maire. Mila sa fille aînée sortit, la robe en flammes. Les miliciens l'entouraient en riant. Quand elle tomba, ils ouvrirent leur braguette et éteignirent le feu en pissant sur la malheureuse. Le maire avait quatre autres filles. On les entendait hurler. Un enfant sortit en courant d'une cachette. Il fut abattu comme un lapin au milieu de la place. Des fillettes étaient poursuivies par des soldats débraillés.

Je reconnus Serge à sa haute taille et à je ne sais quoi de gauche dans la démarche. Armé d'une caméra, il filmait les miliciens qui ouvraient le feu sur les gens entassés dans le stade. Il ne cessa de filmer que lorsque le dernier homme fut achevé d'une balle dans la nuque. Avant de ranger sa caméra, ses camarades plantèrent un drapeau serbe au milieu du charnier. Un drapeau serbe ? Pourquoi voulait-on faire porter la faute à des innocents ? Je me mis à vomir. La colonne s'éloignait déjà en direction du village voisin. Il était situé à moins de trois kilomètres au sud.

Il fallait partir. Ils nous tueraient nous aussi. Nous revînmes au camp par le même chemin, nous précipitâmes vers la tente. Je mis la main sur le sauf-conduit que Serge avait rempli quelques heures plus tôt. C'est en cherchant un manteau pour me protéger du froid et un sac pour y fourrer de quoi manger que je trouvai la valise métallique. Elle contenait un revolver dans son étui, je sus plus tard qu'il s'agissait d'un Glock, un portefeuille avec de l'argent, la photo d'une blondasse avec un bébé dans les bras, le Polaroïd qu'Eric avait pris de Serge et de moi, des cassettes vidéo portant le nom de villages yougoslaves et des rouleaux de pellicules.

A quelques centaines de mètres du camp, commençait un sentier de chèvres qui nous mènerait à la ville. Après on verrait bien. On les dénoncerait. Les nôtres seraient vengés.

Je ne savais pas que personne ne voudrait nous écouter. L'armée française n'avait jamais mis les pieds dans mon village. Il devait s'agir de mercenaires. On me parla de corps francs financés par l'extrême-droite, qui avaient déjà sévi pendant la guerre en Yougoslavie. Je ne savais pas qu'il me faudrait tuer à mon tour avec l'arme de Serge. Je ne savais pas que je tuerais le camionneur qui voudrait abuser de ma faiblesse. Que je tuerais tous ceux qui voudraient faire de même. Je ne savais pas qu'Eva mourrait dans mes bras. J'avais dans la tête Mila, la fille du maire, dansant dans sa robe de flammes. Elle allait se marier en mai. J'avais dans les oreilles les cris de ses sœurs. Les rires des bourreaux au visage peinturluré. Les ciseaux tailladaient les chevelures des vieilles femmes. Les vêtements arrachés. Les ventres étripés. J'avais dans la tête la chanson qu'un haut-parleur du stade déversait à tue-tête au-dessus des innocents que l'on massacrait.

N'y va pas
Ici les autres imposent leur loi
Là-bas
La vie ne m'a pas laissé le choix
N'y va pas

Les forces du mal avaient lâché leurs chiens monstrueux sur les miens. Mes cousines arrosées d'essence ne cesseraient jamais de se consumer, mes cousins de se vider d'un sang rouge qui teignait la pelouse, les vieillards de supplier Dieu d'intervenir. Pourquoi Serge et ses amis nous avaient-il épargnées ? Pensaient-ils faire de nous leurs putains ? Voulaient-ils nous abattre après nous avoir violées comme ils l'avaient fait des autres ? Pensaient-ils nous donner à leurs hommes après avoir été les premiers ?

Je me perds si je reste là
N'y va pas
C'est pour ça que j'irai là-bas

Le ronron d'une voiture. Klaxon. Coup de frein. La voiture s'arrête à deux millimètres dans un nuage de fumée.
Mourir comme ça ou autrement.

Oualaoualaradine

Boum dans ma tête. Mon cœur est pris. Mon cœur épris. Je la contemple. Ses yeux dorés. Princesse à la beauté étrange. Le visage enveloppé d'un foulard bleu. Orange dans un papier de soie.
— Ça va ?

Elle me regarde à travers le foulard. Yeux en amande affolés. Elle ne va pas se sauver ?

— Je vous fais peur ? Vous n'avez pas de bagages ?

Geste des deux mains comme les ailes d'une colombe qui s'envole.

— On me l'a volée. On a volé ma valise. Des jeunes.

Quel accent. Elle ouvre la bouche et c'est la Méditerranée. Tahiti, la plage, les cocotiers. Elle est grecque, russe ? espagnole ? Tu vois le coup qu'elle soit italienne ? T'es con, Marco. Un ange qui tombe du ciel l'aile brisée vient de nulle part.

— Ici, les nains ne savent pas quoi foutre de leur peau. Alors quand ils tombent sur Blanche Neige. Vous voulez aller à la police ? Ça ne servira pas à grand-chose mais...

— La police ? Oh, non.

Je n'aurais pas dû parler de flics. Ça l'a affolée. Moi, ça m'arrange. Si elle n'a pas de papiers et ne sait pas où loger, c'est dans la poche. Bingo, le gros lot.

— Pas de panique. Je ne blaire pas les keufs. Montez, Madonna. La valise, on vous la retrouvera. Je connais tout le monde à Beyrouth. Montez devant, je vous dis, on va tester mes nouveaux sièges !

Elle s'assoit à côté de moi. L'émotion. Je craque une allumette. Etoile filante par la vitre. Je lui propose le kebab que je tenais à la main.

— On partage ?

Elle tire son foulard vers l'arrière. Visage transparent. Presque bleu de froid. Lèvres violettes. Je ne suis jamais allé à la messe avec ma mère mais ça doit être ça la Vierge, Mozart, Vivaldi et tutti quanti. Mon cœur lui préfère la techno. Cent quatre-vingt beats. Une allumette et je remets la radio à fond.

Paysages qui défilent
Quittons les villes
Les villes pour les campagnes
Les châteaux en Espagne

Mamma mia, si ça marche, dimanche, je vais à l'église de maman mettre un cierge, j'arrête la bibine et je me remets au foot dans l'équipe italienne.

Allez, encore une allumette. Ce soir, c'est fête.

Entre deux bouchées, je lui montre le quartier.

— C'était prospère, l'Alma. C'était le quartier des ouvriers du textile. Regardez cette façade, il y a de beaux restes.

Entre deux bouchées, elle ne dit rien. C'est normal, les princesses des contes de fées sont silencieuses. Je continue à parler, un flot de paroles pour ne rien dire.

— C'était un dédale de courées. Un vrai labyrinthe de boyaux. Ils ont tout rasé. Les hangars sont devenus des ateliers plus ou moins clandestins. L'Afrique, quoi...

Elle bâille.

— Je vous ennuie ? Quand je commence à parler, je ne peux plus m'arrêter. Je vous dépose où ?

— C'est écrit ici. Au dos de la photo.

— Barbieux ? Pas de problème. C'est qui sur la photo ? Un copain à vous ? Il joue à Rambo ? Sale gueule si je peux me permettre. Vous êtes sûre de vouloir le retrouver ?

— Je vais le tuer.

— Le tuer ?

Elle hoche la tête. Dans ses yeux, grésille la haine. Je garde la photo et sa main dans la mienne. Elle brûle. Je brûle. Vite une allumette.

— Vous dites ça parce que vous êtes en colère. Il

vous a plaquée ? Quand je vous disais qu'il avait l'air d'un salaud.

— Un salaud. Oui.

Elle hoche la tête, répète le mot qu'elle ne connaissait pas. La colère fait monter le sang à son visage.

Elle répète encore.

— Un salaud. Serge. Eric. Charlie. Tous les Français.

Je voudrais pas être à la place du mec quand elle va lui arracher les yeux. Si elle n'est pas italienne, c'est une Espagnole.

— Je suis pas français, enfin à moitié.

J'ai déjà sorti des conneries, mais là...

— Ma mère est italienne. Vous connaissez Rome ? Roma ?

— Bari. Brindisi. Torino.

— Bari ? Ça alors ! Ma mère est des Pouilles. Bari, Tarente, San Severo. Je n'y suis pas allé mais...

— Je ne suis pas italienne. Je viens du Kosovo. De Pristina.

— Pristina ? C'est où ça ?

— En Yougoslavie. Vous connaissez ?

Je fixe le volant au plastique écaillé. Le plus loin que je suis allé, c'est à Nice avec Cécile.

— Je n'écoute pas la radio. A part la musique. Je veux dire les infos. Et je ne lis pas le journal. Ça ne...

— Vous avez raison. Ce sont des mensonges. Tout ce qu'ils disent sur nous.

Ne pas croiser son regard. Ses yeux dorés m'intimident. Le rétro. Il faut parler. Parle, Marco, tchatche. Rien. La lessive. Plus blanc que blanc.

Toutes les gares se ressemblent
C'est toujours le départ
Pour un site lointain

98

C'est toujours l'arrivée
Dans la cité nouvelle

— Je ne voulais pas être indiscret. Vous voilà rendue. Vous me dev... Non vous me devez rien. Vous n'avez pas d'argent, n'est-ce pas ? Tenez, c'est tout ce que j'ai ramassé aujourd'hui. Bonne chance. Je veux dire : ce n'est pas la peine de le tuer. Vous lui crachez à la gueule, ce sera bien suffisant. Attendez. Je... Trop tard !

Elle revient. Je balbutie.

— Vous avez oublié quelque chose ?

Elle se penche sur moi. Elle va m'embrasser. Elle sent, elle sent la vanille et la sueur. Mélange explosif. Boum. J'explose.

— Allez-vous-en, monsieur. Vous ne m'avez jamais vue. D'accord ?

Elle me colle un deuxième baiser sur les lèvres et repart aussitôt en courant. Elle ne se retourne pas. Mais qu'est-ce que c'est que cette fille ? Qu'est-ce qu'elle me veut ? Elle ne peut pas me faire ça.

Revenez, tuez-moi si vous voulez, mais revenez !

Le temps est éphémère
Comme le sont les guerres
Demain sera peut-être
Jour de fête

Tu parles. Non mais je délire, qu'est-ce qui m'arrive ? Ce n'est qu'une meuf'. Quel con, mais quel con je suis. Comme un bleu. Je bégayais. Et qui c'est ce mec qui habite à Barbieux ? Une pédale en treillis. Standing et tout le tintouin sûrement. Il l'a eue à l'épate. T'as la bagnole, t'as la femme. Il lui a promis la lune. Tu peux causer, Marco. T'avais un quart d'heure pour la retenir. Tu aurais pu ralentir, te prendre tous les feux que tu pouvais. L'empêcher de descendre.

Le troufion sur la photo, comment il a fait dans son pays de barbares pour la trouver ? Moi je la croise, je la perds sur le champ. Je ne lui ai même pas dit mon nom. Je ne sais pas le sien. Alors que le glandu que j'ai pris aujourd'hui, je lui ai donné mon adresse et mon numéro.

Pourquoi je ne l'ai pas ouverte, ma gueule ? Pourquoi je suis resté les yeux rivés au rétro ? Marco le roi du baratin, t'as l'air d'un crétin.

Qu'est-ce qu'il veut celui-là ? Je ne prends personne. Je suis amoureux. L'aiguille est en dessous de zéro et j'ai plus un sou. Mélange pas le bizness et la drague, il t'avait dit, Léo. Jolie, la galanterie. Ah, la belle jambe que ça te fait. Chevalier Marco, ton destrier est raplapla. Quelle truffe. Elle était classe cette nana. Et le gros con au clebs qui va m'attendre. Mais qu'est-ce qui m'arrive ?

Mon royaume pour un plein. Je vais taper Léo. Ce n'est pas avec les poches vides et la bagnole en panne que je vais pouvoir lui faire le grand jeu si je lui remets la main dessus, à Esméralda.

Café *Le Limitrophe*. Coincé entre deux kebabs. Le gérant, un énorme Turc sert des thés à la menthe et des demis sur un plateau de cuivre ciselé.

— T'as rien pour moi, Marco ?

— Non, aujourd'hui, Marco n'a rien pour personne.

Mon vieux est là. C'est son QG. Accoudé à la table comme si elle lui avait toujours appartenu. C'est ça qui est bien avec Léo, c'est qu'il est partout chez lui. Surtout au bistrot. Et surtout dans ce bistrot. Et je te fais le chef et je t'arrange la situation de tous les paumés de la terre. Il a même arrangé la patronne, à ce qu'on dit. Et je te rends des services à qui n'en veut. Je me suis toujours dit : « Je ne serai pas comme lui. Je ne picolerai pas. Je ne resterai pas à Beyrouth. » Plus ça va, plus ça continue et plus je lui ressemble.

Il ne s'appelle pas Léo. Sa mère — feu ma grand-mère Emilienne — était tellement « contente » à la Libération qu'elle l'avait appelée Willy. La honte. Lui qui était plus anar que coco. Il s'était laissé pousser les cheveux. Les copains l'avaient baptisé Léo Ferré. Les cheveux sont tombés, Léo est resté.

Il ne m'en veut plus de l'avoir jeté de chez nous. Le *chez nous* qu'on avait rue Carpeaux, quand il était chef et qu'on formait une famille. La courée Roseback, c'est chez lui mais pas chez nous. C'est juste une niche.

Moi non plus, je ne lui en veux plus. Juste pour les raclées. Quand il avait perdu son boulot, il rentrait bourré des quatre pattes en gueulant le premier pour se défendre. Raclées gratuites à tire larigot. Aujourd'hui, quand je le vois, c'est pour lui piquer du fric et lui fiche une raclée à mon tour aux échecs ou au billard.

— Une pression, fiston ?

Je bois avec lui et j'écoute son baratin. Je voudrais lui dire : je suis amoureux, je suis dans la merde et je ne sais pas quoi faire. Je ne dis rien. Je dis :

— Faut que je te parle, Léo.

Il ne m'entend pas. Il cause. De rien, de tout, de la mort. Il pérore, dit Cécile qui a lu tous les bouquins et connaît tous les mots. Il ment. Tout le temps. Pas méchamment. Il ment comme il respire. Il respire mal, entre deux toux. Faut bien se raccrocher à quelque chose.

— Je te promets, mon gars... Parole d'honneur, camarade...

Léo promet tout et à tout le monde. Il aime se sentir utile. Il parle de choses qu'il ne connaît pas et fait des choses qu'il ne sait pas faire. Il a les mains en sang.

— C'est à Auchoix que tu t'esquintes les mains comme ça ?

Il regarde ses mains avec fierté, secoue la tête.

— Ça, fiston, c'est un secret. Surprise pour Noël. Qui c'est qui sera le père Noël de toute la courée ? C'est le père Léo.

Rires, toux, crachats. Clins d'œil aux copains. Je crois qu'il ne m'a jamais parlé du château qu'il se construit au bord du canal, uniquement pour faire son fier le jour où il me le fera visiter. Pour ce qu'elle servira, sa baraque. La pression est prête. Elle me fiche la bouche amère. Une deuxième est déjà là.

— La prochaine, c'est ma tournée.

Je n'ai toujours pas pu placer un mot au sujet de la fille.

— Et ta sœur ? Ça allait aujourd'hui ? Je ne l'ai pas vue hier soir.

Ils ne se parlent plus. Ou c'est pour s'engueuler. L'éternel souci de mon père. Avec ma mère. Après son départ, elle ne lui a jamais écrit. Ils n'ont pas divorcé. Il a encore son alliance au doigt. C'est donc toujours l'amour ou c'est pareil que la baraque, un mensonge de plus pour la façade.

— Cécile a besoin de fric, Léo. C'est Noël demain et Marion...

— Passe me voir demain midi à Auchoix. Avec les fêtes, il y a toujours quelque chose à gratter. La petite va bien ?

— Elle est marrante. Tu sais comment elle fait pour chiper des bonbons chez Catteau ?

— Tu lui dis que si je la vois, elle peut être sûre que...

— Tu fais un billard vite fait ? Faut que je te cause, je te dis.

— Tu me causes, non ?

Les vieux parlent fort en tapant les dominos sur les tables chancelantes. Les lèvres affamées de mots du pays.

— C'est quoi la surprise que tu nous réserves pour Noël, Léo ? Tu vas te marier avec Karima ?

Re-rire, re-crachat, re-toux. Il est encore plus rouge que d'habitude.

— Surprise, je t'ai dit. Revanche ?

Le juke-box est à fond.

Que sont devenus tous mes amis
Je me rappelle et c'est pas si loin
De l'âge ou on mettait le feu à tous les coins
Je ne peux pas dire que je ne regrette rien
A quinze ans t'as la tête comme un gourdin

Auréoles de fumée au-dessus des têtes des joueurs. Les angoisses sèchent et s'évaporent. Au *Limitrophe*, tous les clients sont des saints. Le Turc pose les bières sur le billard.

— Pas de cigarettes, Léo ?

Léo a l'habitude de lui fourguer les cartouches que les camions lui ramènent de leurs voyages à l'Est.

Ici, c'est le palais de la discrétion. Passe de table en table, dans l'indifférence, la récolte du jour, autoradios, scopes, télés ou vêtements de marque. Les parties de poker et de billard finissent tard. L'argent du ménage passe de main en main. La police ferme les yeux.

On joue. Comme père et fils. Deux parties gagnées, un verre. Je ne devrais pas boire. Envie de vomir. Qu'est-ce que je fous ici ? Mon client et son clebs vont m'attendre.

C'est d'Elle dont j'ai envie de te parler. Elle. Elle. Elle. La peau de croco qui me protégeait le cœur a disparu. Qu'est-ce qui m'a pris de m'embarquer dans cette galère ? Elle n'est même pas jolie. Elle n'est pas mon type. Elle est maigre, elle a des jambes comme des baguettes et ses ongles sont trop longs. Pourquoi je joue les bons Samaritains ?

— Je m'en vais.

— Mais où tu vas ? On n'a pas fini. Et ta tournée ? Au fait, qu'est-ce tu voulais me dire ? Qu'est-ce qui lui a pris ? Quelle heure il est ? Il faut que je retourne à la courée, les petites ne vont pas tarder à rappliquer. Cécile va être furax si je suis en retard. Marco, attends-moi. Il ne m'entend pas. Tu ne peux pas baisser ton bastringue, le Turc ?

On est montés sur tous les arbres à bout de bras
Les pommiers, les acacias
Mon frère, toutes les branches se rappellent de moi

A la sortie du bistro, le Turc me glisse des billets. 1 000 balles.

— J'ai besoin de bibine pour Noël.

Acheter au supermarché évite d'attirer le fisc. Il suffit de transvaser le liquide dans les bouteilles estampillées. 1 000 balles. Ça tombe à pic. Je retrouve mon inconnue et je l'invite à bouffer.

Mais y a deux ou trois choses que je regrette
Pour une porte qui s'est un peu ouverte
Un sourire qui disait, il est pas si con

Je suis le loup, Karima. Je tourne autour de toi. Promène-toi dans les bois du passé tant que je n'y suis pas et surtout ne crie pas. Loup, y-es-tu, que fais-tu, m'entends-tu ? Je ne répondrai pas. Ça ne sert à rien. Personne ne te voit. Personne ne me voit. Les gens qui souffrent sont invisibles. Du moins, personne ne veut les voir. Personne ne voit la douleur dans l'œil du prochain. Personne ne nous appelle par notre nom et nous dit : viens, je vais t'aider.

J'ai un nom et un prénom comme tout le monde, mais depuis quand ne l'a-t-on pas prononcé ? Depuis mon procès. Avant jamais. Après jamais. On m'appelle Rouquin. Et toi, La Mort, comment on t'appelle, dans ta langue de chien ? Ta mère, elle t'appelait comment quand elle te léchait la couenne ? La mienne, elle disait comme les autres. Le Rouquin.

J'ai tout entendu. Elle disait : un roux, ça pue quand il pleut. Ce n'est pas vrai. Je pue comme tout le monde, je pue quand je ne me lave pas. C'est le monde qui pue. La pourriture colle à la peau même quand on se lave. Comme la merde.

Cécile sentait bon. J'ai son odeur dans les mains dix ans après. Je reconnaîtrais son parfum les yeux fermés. *Coco*. Pourvu qu'elle n'en ait pas changé. Je vais en acheter. Le même. Un flacon pour toi et un flacon pour moi. Je m'en mettrai partout.

Nous aurons des lits pleins d'odeurs légères,
Des divans profonds comme des tombeaux,

Et d'étranges fleurs sur les étagères,
Ecloses pour nous sous des cieux plus beaux

J'en ai lu des choses dans ma cellule en pensant à toi. Chaque nuit, tu te glissais sous ma couverture et tu me disais que tu m'aimais. Chaque nuit, je gémissais ton nom dans mon sommeil. Chaque nuit, je mouillais mes draps. La première fois, mon voisin de cellule s'est marré. « Cécile, je t'enfile ! » il a ricané. Il n'aurait pas dû prononcer ton nom. Il l'a sentie passer. Si on ne m'avait pas retenu, je le tuais. Huit jours de mitard. Tu vois, ma Cécile, même de loin, je te défendais. Mais continuons l'un et l'autre à faire le ménage et quand il n'y aura plus que nous deux au milieu du tapis de neige, nous nous retrouverons et nous nous aimerons.

— J'aime bien ton parfum, tu me diras. J'aime bien aussi ta couleur de cheveux. Tu es beau comme un prince.

— Tout ça, je l'ai fait pour toi.

J'y vais de ce pas. Ton père est passé par là. Il a laissé Karima. Le monde des histoires est minuscule. Le monde de l'amour est tout aussi étroit.

11

Sur le parking d'Auchoix, la bruine m'a plaqué les cheveux. J'aurais dû me laver la tignasse. Je m'encourage. Il me faut ce contrat. Il me le faut. Je marche dans une crotte de chien. Du pied gauche. Il y a de l'espoir. Un vieux *Nord-Eclair* qui traîne pour m'essuyer. *Bain de sang en Algérie...* Je n'ai pas le choix.

— Le responsable des relations humaines, s'il vous plaît.

La secrétaire-hôtesse. Bégueule. Elle met des guillemets partout avec ses lèvres en cul de poule. Rouge vif cerné d'un trait de crayon brun.

— Monsieur Pignon va vous recevoir. Un instant.

Elle me regarde de bas en haut. Je dois avoir l'air d'avoir passé la nuit en enfer. Petite plaque avec son nom, épinglée sur les seins, « Agathe ».

T'étais qui avant d'être à Auchoix, hein ?

— Si vous voulez un café, vous avez une machine en face. Tenez un jeton.

— Merci.

Toute décolorée qu'elle est, elle n'est pas si... Le café est brûlant. Si je me crame la langue, je ne pourrai plus parler. J'aurais dû prendre le petit déjeuner chez Cécile. Mais quand je suis déprimée, Cécile me déprime

107

davantage. Deux caissières rouge Auchoix passent en bavardant. Une porte s'ouvre.

— A votre poste, mesdemoiselles. Au lieu de bavasser. On dirait des commères.

La porte claque.

— Commère toi-même. Il nous fait chier avec son poste.

La porte se rouvre.

— Vous oubliez qu'il y a des caméras ? Je passe l'éponge pour cette fois mais à la prochaine réflexion, c'est l'avertissement puis la porte ! Vous m'avez compris, mesdemoiselles ?

Re-porte qui re-claque.

— Compris. Je prends ma pause.

— T'as pas commencé.

— Je prends ma pause quand je veux. Le tapis roulant ne va pas s'arrêter pour autant. Tu ne peux pas savoir ce que j'en ai marre. De toute façon ma prime a déjà sauté. Ici, si tu ne couches pas...

Regard vers la caméra.

— Chut.

Sourire vers la caméra.

— Je lui mets mes fesses sous le nez, tu vas voir. Il va devenir un vrai mouton. Bêê. Vieux porc !

Sonnerie.

— Il veut peut-être nous proposer un poste de responsable du personnel ?

— Du très personnel même.

Rires. J'ouvre le livre que j'ai emporté. Yasmina Khadra. Ça me fait rire et pleurer à la fois. D'habitude j'en lis une page le matin, en buvant le café.

— Mademoiselle Ghacem ?

Blanc.

— Excusez. Ça fait une éternité qu'on ne m'a pas

appelée comme ça. « Mademoiselle ». J'ai deux enfants vous savez.

— Pardonnez-moi, vous faites si jeune. On peut se tutoyer. A Auchoix, tout le monde s'appelle par son prénom et se tutoie. Je m'appelle Agathe.

— Je le savais. Moi, c'est Karima.

— Le RRH t'attend, Karima. Lui, c'est Pierre-Henri.

Porte et murs de verre. Bureau aussi fonctionnel que le monsieur derrière. Costume Auchoix. Veste Auchoix. Sourire Auchoix. Son eau de toilette est trop forte. Il sue sous les bras. Même assis, il est très grand. Je me sens toute petite. Allez, Karima, t'en as vu d'autres.

— Entre, Karima !

Mon Dieu, quelle voix de stentor. Il me la joue Superman.

— Bonjour, m... Bonjour, Pierre-Henri.

Il apprécie que je l'appelle par son prénom.

— Un bon point pour toi. Je vois qu'Agathe t'a mise au courant des habitudes de la maison.

Il lit mon CV. Franchement, il aurait pu le faire avant. Comme chante Marco à chaque fois qu'il se ramasse un bide à l'ANPE :

J'ai bichonné un excellent curriculum vitae
Couleur et Macintosh enfin toute la qualité
En prime : irréprochable situation morale
Et même quelques feuilles de salaire : la totale.
A-t-il senti que je ne lisais pas la Bible, il m'a dit.
Je crois que ça va pas être possible

Pas un regard, il veut m'intimider. Tiens un sourire, enfin.

— Et bien, Karima... tu as déjà travaillé dans la vente, n'est-ce pas ?

Tu parles, tu as mon CV devant toi.

— J'ai travaillé à la boulangerie du quartier. Pas longtemps. L'été dernier. Chez madame Catteau...

— Madame Gâteau ?

Il se marre. C'est gagné.

— Tu aimais ton travail ?

— C'était sympa. L'odeur du pain. Les clients de bonne humeur. Ça rend n'importe qui de bonne humeur d'acheter du pain chaud. J'étais un peu la patronne. Je m'occupais de tout. Il fallait qu'il ne manque jamais rien sur les plateaux. Il fallait prévoir. Avoir de l'intuition. Mais c'est la caisse que je préférais tenir. Mon mari était comptable.

Son œil s'allume.

— La caisse ?

— Oui, je suis douée pour le calcul mental. Il ne manquait pas un centime à la fin de la journée. Pas besoin de machine. Tout cet argent qui passe dans la main, même quand on gagne presque rien, on se sent propriétaire. Je veux dire...

— C'est très bien tout ça. Tu as deux enfants. Ton mari est mort, n'est ce-pas ? Il y a un an. Tu lui as trouvé un remplaçant ?

Qu'est-ce que c'est que cette question à la con ?

— Je vis seule, je réponds indignée. J'aimais mon mari.

— Je ne voulais pas t'embarrasser. Moyen de locomotion ?

Vaut mieux pas que je lui parle de Léo. Vu son air vicieux. Il pourrait insinuer des choses.

— J'aime marcher.

— Et bien tout ça est parfait. Nous allons faire un

essai, tu veux bien ? Tu commences maintenant. Et si tout se passe bien, tu finiras vers dix heures ce soir. Ça te va ? Si l'essai est concluant, pour les horaires de demain, tu verras avec Lucette. Ta chef d'équipe. Je vais l'appeler. Elle va t'accompagner.

— Voici ton badge avec ton nom.

Il fouille dans un tiroir.

— « Jacqueline », ça t'ira pour aujourd'hui ? Tu es blonde, tu as la peau claire. Jacqueline, c'est parfait. Karima, c'est moins vendeur. Tu me comprends, n'est-ce pas ? Ne le perds pas, il te permettra de passer partout. On va aussi te prêter un uniforme et une pince.

En passant devant la porte, sa main s'attarde sur mon épaule.

— Oh, ça ne va pas ?

— Décontracte-toi, « Jacqueline ». Tout va bien se passer.

Jacqueline ! Qu'est-ce que tu vends ici ? Des esclaves ?

— S'il y a le moindre problème avec tes collègues, tu viens m'en parler.

Où donc courent les hommes
Que vont-ils acheter
Dans le supermarché de leur petit quartier ?

— Je me change où, Lucette ? J'aurai un badge avec mon nom à moi si je suis engagée ? Je pourrai garder la veste ce soir ? Elle a besoin d'une retouche. Oui, je sais coudre.

Veste rouge, chemisier blanc, jupe droite. J'ai l'air d'une vraie caissière. Une vraie idiote. En avant, marche.

Caisse 13, quatre chariots attendent.

— C'est très simple, m'explique Lucette. L'article a un code barre, tu le fais passer au-dessus de la borne. Si ça ne passe pas, tu tapes le prix ou le code. Je reste derrière toi au cas où. Il faut que tu fasses en moyenne vingt-sept articles par minute et cent cinquante clients de la journée. Moi je faisais cent quatre-vingt-trois. Et je suis passée chef de caisse. N'oublie pas une chose. SBAM. Sourire, bonjour, au revoir et un petit mot gentil. Du genre joyeux Noël, madame ou bonne soirée, monsieur. Et méfie-toi de la démarque.

— La démarque ?

— Les vols. Vérifie bien les chariots et demande-leur d'ouvrir leur sac. Ne t'en fais pas, ça va bien se passer. Au début, on est toutes perdues.

Toutes et bien pas moi. Tu vas voir ce que tu vas voir. Je vais te faire l'essai du siècle.

— Merci, Lucette. Tu es vraiment sympa.

— Oh, tu sais, à Auchoix, on n'est pas racistes. Du moment que les gens bossent.

Chameau. Sourire. J'ai appris vite. SBAM. Bonjour, messieurs dames, vous allez être les cobayes pour mon essai. La tronche qu'ils tirent. Tu crois qu'ils répondraient à mon sourire, même pas ? J'ai déjà passé la moitié des articles. Je vais jeter un coup d'œil pour voir la réaction de Lucette. Elle a l'air ébahi. Ça y est, c'est fini. 46 999 francs, s'il vous plaît. Je décoche mon plus beau sourire. Et je rends la monnaie. Sans me tromper. La championne du calcul mental, c'est moi.

Il y a ceux qui vident leur chariot sur le tapis, comme ça en vrac, comme s'ils venaient rapporter le butin d'une chasse au trésor. Une manière de dire qu'ils n'ont rien piqué. Ceux qui achètent pour une personne et qui me demandent ce que je fais ce soir. Ceux qui ordonnent sur le tapis les aliments, les emboîtant les uns dans les autres. Jusqu'à ce qu'on ne voie plus le tapis. Ceux qui empilent. Pyramide. Ceux qui déposent par catégorie : produits laitiers, légumes, charcuterie, produits d'entretien. Les soigneux, stratégiques, qui élaborent un plan de bataille contre la caissière. Je les ai à l'œil. Rien ne me perturbe, ni le père Noël et ses corbeilles de bonbons ni les chansons en boucle.

C'est ainsi chez nous et c'est pareil ailleurs
Tout ce que ce vilain monde a fait de meilleur
Se trouvait là juste pour le plaisir

SBAM. Qu'est-ce qu'il fabrique celui-là ?

Drôlement efficace, la caissière. Elle me regarde comme si j'étais l'homme le plus beau du monde. Elle occupe la caisse 13, ça ne s'invente pas. Souriante, élégante, chemisier blanc, jupe noire au niveau des genoux, la veste rouge. C'est quoi Auchoix, une secte, un ordre religieux ? J'ai lu des trucs là-dessus en zonzon.

Elle a une belle poitrine et de belles hanches comme ma mère. Le psy a dit que c'était une femme « castratrice ». Qu'elle a fait de moi un fou. C'est faux. Elle a fait un assassin. Je ne suis ni fou ni normal. Elle avait réduit mon père à l'état de larve. Il était parti sans oser la tuer. Elle criait si fort... Je ne veux pas t'assassiner, la belle caissière. Pas tout de suite. Je vais attendre que tu sortes de ta caisse. Tu es une crapaude. Toutes les filles se transforment un jour ou l'autre en grenouilles visqueuses. Je leur coupais les nerfs. Je les regardais tourner en rond, avant de les empaler sur un bout de bois. Elles mouraient sans un cri. Les filles ne meurent pas comme des grenouilles. Elles vivent comme des grenouilles. Elles bavent.

La première, je lui ai enlevé ses yeux moqueurs. Ils roulaient comme des billes dans les orbites. Ils voulaient me dévorer. Les flics les auraient examinés, ils m'auraient vu tout petit à l'intérieur des iris. Elle miaulait comme une chatte en chaleur. Elle n'aurait pas dû. Elle aurait mieux fait d'avaler sa langue. La deuxième, je ne lui ai pas laissé le temps. Je l'ai embrassée sur les lèvres et quand elle m'a mis sa langue gluante dans la bouche, je l'ai mordue et je l'ai coupée.

Ma mère aussi miaulait tout le temps. Comme mon père a souffert ! Sa souffrance me hante. Il souffrait en silence. Sans cesse, ma mère ramenait sous son nez tous les chats de gouttière du quartier. Elle le griffait, l'humiliait, lui crachait au nez. Ah, si une femme, une seule, me donnait l'occasion de revoir mon jugement. Si une seule femme se taisait comme tu t'es tue, Cécile... Tu es la seule Juste de Sodome.

La caissière est rouge sang. C'est la deuxième fois que je passe à sa caisse. J'essaie de susciter en elle de la compassion mais rien n'y fait. Elle est gentille mais elle ne me voit pas. Je pose mes achats sur le tapis. Elle passe l'article, relève sa mèche, fixe mon nez cassé qui me donne une voix de canard. Machinalement, elle rectifie son chemisier qui bâille aussitôt.

— Bonjour, monsieur, me dit-elle d'une voix si douce qu'elle est à peine audible.

— Bonjour, Jacqueline. Vous n'avez pas une tête à vous appeler Jacqueline.

— Je ne m'appelle pas Jacqueline. C'est un nom d'emprunt. C'est mon premier jour. Je m'appelle Karima.

— Karima... Vous êtes arabe ?

— Non, kabyle.

— C'est pour ça que vous êtes aussi habile ?

12

En voilà un rigolo. Il me drague ou quoi ? Il en a
une couleur de cheveux. Qu'est-ce que c'est que ce guignol qui traîne ses achats comme si les chariots n'exis-
taient pas ? A croire que je me suis tapée tous les lou-
foques des environs. Fallait qu'il revienne à ma caisse.
C'est la deuxième fois qu'il passe. Tout à l'heure,
c'étaient des vêtements et pas n'importe quoi, que des
marques. Quelle horreur, il est allé se faire teindre les
cheveux en roux. Il s'est changé. Ça ne lui va pas du
tout. Il a l'air d'un clown. Il me sourit. Sois aimable,
Karima. SBAM.

— Ça vous va bien, cette couleur. Le rouquin, ça va
avec tout.

La gaffe ! Il ne réagit pas. Ouf... Qu'est-ce qu'il a jeté
sur le tapis cette fois ? Des accessoires de toilette. Du
parfum. Une énorme peluche. C'est marrant, il a vraiment pas la tête à avoir des gosses, et encore moins à
leur offrir des cadeaux. Il n'a pas non plus la tête à
s'habiller avec des vêtements de marque. Comme quoi,
on peut se tromper.

— Vous pouvez me donner le code-barre de l'ours,
s'il vous plaît ? Je ne le vois pas.

Mince, il ne sait pas ce que c'est. En plus, il est de-meuré.

— Ce sont les petits numéros sur le côté ?

Ben voilà, il est pas si bête que ça. Ce qu'il y a de plus cher. Il a gagné au loto, ma parole.

— Merci. Ça fera 4 999,50 francs. Vous payez comment ?

— En liquide.

En liquide ? Il est interdit de chéquier ? Il est vrai-ment bizarre. Mais bon, du moment qu'il paye. Il n'a pas l'air méchant. Plutôt l'air d'un gros ahuri. Tout en billets et en pièces, faut le faire.

— Et 50 centimes qui font 5 000. Merci, au revoir, monsieur et joyeuses fêtes. Pour le papier-cadeau, c'est à l'accueil.

Au suivant. Faut tenir, Karima. C'est pas gagné. J'ai dû me renseigner trois fois à la caisse d'à côté. Pour les chèques, les cartes Crédiochoix et les bons d'achat. On doit me prendre pour une mongole.

— 1 522 francs et 75 centimes, s'il vous plaît.

Pitié, faites qu'il paie en chèque...

— Par carte, s'il vous plaît, mademoiselle.

Bingo.

— Mehdi, tu peux me montrer une dernière fois s'il te plaît ?

Ouf, il sourit. Il est mignon. Il me rappelle Areski. Ici, il se fait appeler Patrick.

— C'est bon, Jacqueline, dit Lucette. Tu peux t'arrê-ter. Cela me paraît être un essai concluant.

Mehdi-Patrick me fait un clin d'œil.

— C'est la pause. Tu l'as bien méritée.

Je n'ai pas vu le temps passer. Il faudrait que j'ap-pelle Léo pour lui dire que ça a marché. Je le ferai plus tard. Je n'ai envie de partager ce succès qu'avec toi,

Areski. Je ne pense qu'à toi. Je ne peux oublier à quel point je t'ai aimé, ni combien de choses j'ai sacrifiées pour toi et toi pour moi. Ma famille qui n'a pas voulu comprendre qu'une Kabyle puisse tomber amoureuse d'un Arabe. Comme si l'amour ne s'étendait pas au-delà des races et des frontières.

L'amour coûte cher. Le bonheur bien davantage. Nous avions tout pour être heureux. Nous voulions avoir un troisième enfant. Un garçon, bien entendu. Il nous aurait réconciliés avec nos parents. Et maintenant, plus rien. Un an que je suis vide. J'ai perdu mon homme, j'ai perdu mon enfant. Tu étais un grand enfant, Areski. Nous sommes restées là, Yasmina, Rachida et moi à vous pleurer. Est-ce qu'une femme naît pour pleurer les hommes qu'elle perd ?

Je suis venue et je ne savais pas encore
Qu'ici on avait peur de ses voisins
Et de toutes les maisons, je n'ai vu que des stores
Qui ne m'ont jamais dit « allez viens »

— Allez viens. Lucette t'attend.
Déjà. J'y retourne.
Mais qu'est-ce qu'il veut encore celui-là, à traîner autour de moi avec ses cadeaux ? C'est le gros type de la peluche. Ce n'est tout de même pas pour moi qu'il l'a achetée ?

13

— On peut y aller Marco. Monte derrière, La Mort.

— Excusez le retard. Avec Noël et les travaux, on circule moins bien. Par dessus le marché, il y avait la queue à la pompe à essence. Heureusement que ce n'est pas tous les jours Noël. Ben, dites donc, le coiffeur ne vous a pas raté. C'est marrant, cette couleur orange. Ça vous rajeunit. Il faut oser. Et pour le costard, chapeau ! Vous ressemblez à une vedette du groove, une star de la funk. Avec un côté vampire, à cause du manteau. En plus grunge. Superhéros, quoi.

Tu n'as pas tort, Ducon, je suis le Vengeur masqué. Mais celui que je vais venger, c'est Bibi. Je te le plante ce bavard, dès que j'ai mis la main sur Cécile. Il ne devrait pas brailler comme ça. Je n'aime pas qu'on braille. Il y a déjà trop de cris dans ma tête. Trop de bruit. S'il continue, il va prendre pour les autres, les matons qui m'ont cogné dessus, les taulards qui m'ont enculé en gueulant. Et je te mets l'autoradio par-dessus le marché.

Tout semble si paisible dans ma ville
Si je suis fou, que cache cet asile ?
Mais j'y crois pas, tout ça c'est trop facile

— Ça balance. Vous aimez ? On les entend partout en ce moment.

Je vois bien qu'il a peur de moi. Comme les autres. C'est pour ça qu'il braille. Ma mère aussi criait quand elle avait peur. Si les gens mettent la télé à plein tube c'est parce qu'ils ont peur. Leur musique dans les supermarchés, c'est la trouille. Leurs moteurs, leurs machines, leurs klaxons, les chocottes. Ils ne supportent plus d'entendre leur cœur battre. Ils parlent à leur portable, en pleine rue, aux arrêts d'autobus, dans leur voiture, la tête baissée, le cou penché sur le côté. Les femmes sont les pires. Si elles se taisent, elles crèvent de peur. La sonnerie les sauve. Hormis Cécile la silencieuse, elles sont pleines de vent. Nauséabond. Des péteuses. Hein, La Mort ? Tu es un chien silencieux. Les autres sont des roquets.

— Ça ne va pas ? Vous êtes tout pâle.

— C'est ce monde, le bruit, la circulation. Je n'ai plus l'habitude. J'aurais dû manger quelque chose.

— Vous voulez que je vous arrête quelque part ?

— Non, ce n'est pas la peine. Je suis pressé d'arriver. Elle m'attend.

— L'amour, l'amour. Vous savez, vous me devez me porter chance. Pendant le temps où je vous ai laissé, je suis tombé amoureux. Si je vous racontais l'histoire, vous ne me croiriez pas.

Je la connais ton histoire. Tais-toi. Tu me gonfles. Je me sens lourd de mots. Comme si je pesais du plomb. Malgré la teinture et le costume, j'ai l'air d'un spectre. Kasper le fantôme. Dès que j'ai retrouvé Cécile, je l'emmène au soleil. Nous irons nous baigner tous les jours. J'aime bien la plage. Il y a des gamins en maillot de bain. Il y en a même qui ne mettent rien. Et dans le Sud, on les a pour trois fois rien.

— Vous êtes arrivé, monsieur. Je vous laisse là. C'est marrant, j'ai habité longtemps dans le coin, avant ! C'est un peu bourge mais c'est sympa. C'était sympa... avant qu'ils ferment la filature. Parce que depuis, c'est comme tout le reste, ça a dû dégringoler. Je ne vous attends pas ? Vous avez de la monnaie ?

— Gardez tout.

— Merci, monseigneur. Vous avez mon numéro et mon adresse si vous avez besoin d'un taxi. Je fonce. Moi aussi je suis fou amoureux. Je ne sais pas de qui et je ne sais pas où elle est mais je vais la trouver. Merci pour la thune.

Ma rue, ma famille
Les mamans qui s'égosillent
C'était : va jouer aux billes
C'était ma rue

— Oui, je les connais les Chabert, me dit une vieille pipelette. Elle, avant de se marier, elle s'appelait, attendez, euh, Tonelli. Une Italienne. Ça fait longtemps qu'ils ne vivent plus là. S'il ne travaille pas, vous trouverez le père au *Limitrophe*. Il y passe sa vie. Je le sais, c'est là que je vais faire mon Loto. Il s'est mis à boire après qu'ils l'ont viré. Faut pas le blâmer. Je bois mon coup moi aussi. Le malheureux, tout ce qui lui est tombé dessus en même temps. Son grand qui se droguait s'est suicidé ou s'est fait tirer dessus, je ne sais plus. Sa femme a fichu le camp. C'est tout de même bien de la misère tout ce chômage ! De temps en temps, il repasse dans le coin. Toujours un mot aimable. Il se mettrait en quatre pour aider les gens. Vous le verriez, vous ne le reconnaîtriez pas, tellement il a grossi. L'alcool et le chagrin font pas bon ménage. Il s'est installé dans une courée, pas loin du canal. La courée Roseback. Vous trouverez facilement. A côté du cimetière. Avec ses deux enfants, oui. Marco et Cécile. Ils sont grands maintenant. La pauvre gamine, quand elle vivait ici, un sadique l'avait violée. Si, si. Je vous jure, c'était dans le journal. Faut dire qu'elle était bizarre. Elle ne disait jamais rien. Ni bonjour ni merci. Tout le contraire de son père. Une sauvage. Et le deuxième va sur le même chemin que son aîné. Un voyou. Il trafique par-ci par-là. La drogue sûrement. On n'entend plus parler que de ça. Quand les parents démissionnent, faut s'étonner de rien. Si il y avait du travail pour les occuper. Mais ils voient leurs parents à rien faire. La mère, c'était une belle femme. Trop belle, si vous voyez ce que je veux dire. Mais elle n'était pas d'ici, vous comprenez. Elle ne s'habituait pas. On dit que les Italiens parlent tout le temps, et bien, elle ne disait rien. Polie, ça je ne peux pas dire le contraire, mais à peine aimable, bonjour bonsoir. Et triste avec ça. Elle ne se plaignait jamais, vous n'allez pas me dire que c'est normal. Ici, à Roubaix, ce n'est pas les raisons de se plaindre qui ont jamais manqué. Au lieu de nous faire des trous partout, ils feraient mieux de surveiller les jeunes. On n'est pas tranquilles. Moi, je suis bretonne. Avant, je vivais à Lorient. Mon défunt mari avait été nommé là-bas, dans l'équipement. Je ne vais pas dire que c'était mieux, tous des sauvages, mais au moins on avait vue sur la mer. J'avais une voisine, et bien sa fille avait tué son frère et puis, elle avait essayé de tuer sa mère. A coups de ciseaux. Ah, je ne suis pas restée. Je n'avais pas envie de mourir. Comme quoi, c'est pas parce qu'on est dans le Nord. C'est l'époque qui veut ça. Et vous, vous êtes d'où ? Vous lui vouliez quoi à la famille Chabert ? Laissez-moi deviner. Vous seriez pas dans les Pompes Funèbres. Je dis ça rapport à votre beau costume. Elle n'est tout de même pas morte, madame Tonelli ? Pourriez répondre. C'est bien la peine...

Tonelli, c'est joli. Ça fait penser à des pâtes. J'aime bien les pâtes. C'est gentil. L'eau frémit et c'est cuit. Un verre de chianti, du parmegianni. Si tu veux, Cécile, je t'emmènerai à Venise dans un train qui glissera sans bruit.

Je vais aller au *Limitrophe*. T'as pas faim, La Mort ? on mangera un morceau. Je vais le faire causer le père Chabert. Les ivrognes, c'est facile. Il suffit de les arroser. Viens, La Mort, on brûle, on brûle. Cécile se rapproche. Et cette fois, ce n'est pas son frangin qui va nous emmouscailler, d'ici peu, il va se retrouver en de bonnes mains, des mains pleines de pavés. Ça me rappelle une chanson.

> *J'écraserai tes yeux, ton front*
> *Entre deux pavés qui feront*
> *A ton cœur une déchirure*

Vas-y, mon ange, ma sœur, écrase le serpent sous ton pied.

14

Un tas de pavés près d'une tranchée. Les pavés de Roubaix. Serge m'en avait parlé. Non, ce n'était pas Serge. A cause d'une course de vélos. C'était Eric qui en avait parlé à Eva. Il possédait une boutique de vélos, je crois.

Celui-ci fera l'affaire. Enveloppé dans de la soie, ce sera un joli cadeau pour un salaud. Ce mot lui va bien. Serge le salaud. Suis-je chez ce salaud de Serge ? J'hésite devant la porte. C'est une maison cossue à la façade austère. Briques émaillées, fenêtres en demicintre. Têtes de lions hargneux et fleurs d'émail tarabiscotées. Par les fentes des volets clos filtrent de méchants traits jaunes. Une chanson traverse les murs. Toujours la même.

> *Là-bas*
> *Loin de nos vies, de nos villages*
> *J'oublierai ta voix, ton visage*

Je n'ai pas oublié. Je monte les trois marches. Une couronne de houx, nouée de faveurs rouge sang, est attachée au heurtoir. Une plaque de laiton. « M. et Mme Lehmann et leurs enfants ».

Leurs enfants ? Je croyais qu'il n'y en avait qu'un.

Je redescends les marches. Une, deux, trois. Leurs enfants. Je remonte. Monsieur et madame. Une, deux, trois. Il faut que je voie le visage de M. Lehmann. Qu'il me regarde en face et me demande pardon. Qu'il s'agenouille, qu'il pleure. Qu'il me supplie. Qu'il explique. Et quand il aura tout dit, je lui écraserai le visage. Pour que ses enfants sachent à jamais que leur père est un bourreau.

Je cogne. Un coup, deux coups, trois coups graves. Le cœur à cent à l'heure. La couronne se détache et me reste dans la main.

— Mon poussin, on a sonné. Va ouvrir. J'ai les mains mouillées.

Des pas ? Qui va ouvrir ?

Le verrou. Serge nimbé de lumière. Ses cheveux ont poussé. Sans le béret et le treillis, il a l'air de n'importe qui. Malaise. Il ne me regarde pas dans les yeux.

— Qu'est-ce que tu fous là ? me dit-il à voix basse. T'es seule ? Tu vends des couronnes de Noël ?

Qu'est-ce que je fais là ? Comment répond-on à ce genre de questions ? J'ai mal au ventre. Il n'a pas l'air du tout coupable. Mais ennuyé. Comme si j'étais un représentant en assurances. Il baisse encore la voix.

— Tu es arrivée quand ? Qui t'a donné mon adresse ? T'es venue seule ?

Il se retourne, occupe toute l'ouverture de la porte comme s'il ne voulait pas qu'on me voie.

— Qui t'envoie ? C'est de l'argent que tu veux ? Qu'est-ce t'as fait de ma valise ? C'est toi qui l'as ?

— Qui c'est, mon lapinet ?

Une jeune femme grassouillette, un enfant obèse dans les bras, un chien blanc boudiné entre les jambes. Un rottweiler. Elle a les cheveux raides et de grands yeux ronds maquillés, les seins qui tombent et une bouche qui coupe quand elle crie.

— Qui c'est, mon lapin ? crie-t-elle plus fort. Pousse-toi, je ne vois pas.

— Va-t-en, souffle-t-il. Je te verrai plus tard. A huit heures au café *Les Loups*, près de la prison de Loos. Avec la valise. Je te donnerai ce que tu veux. Après tu dégages.

— Non.

— Comment ça non ? Qu'est-ce que tu as fait de la valise ? Tu veux me faire chanter, c'est ça ?

Il me regarde mais ne me voit pas. Il n'y a que la valise qui l'intéresse. La grassouillette me dévisage comme si j'étais une mendiante. Ou une voleuse d'hommes. Le bébé bave.

— Qui c'est celle-là, mon lapin ? On n'est jamais tranquilles. Qu'est-ce que vous voulez, mademoiselle ? Qu'est-ce que vous faites avec ma couronne ?

— Elle est tombée. Tu l'avais mal attachée.

Elle me l'arrache des mains.

— C'est pour quoi ?

— Mademoiselle vient pour un sondage.

— Ah oui ? Et on gagne quelque chose ?

— C'est sur le tabac. N'est-ce pas, mademoiselle ?

— Vous n'avez pas de chance. Personne ne fume ici. Mon poussinet, n'oublie pas qu'il faut qu'on aille chercher ta mère. Au revoir. Essayez à côté, ce sont des chômeurs. Ils fument sûrement. Des basanés. Ces gens-là ont tous les vices. Faut bien qu'ils dépensent l'argent que leur donne le gouvernement à quelque chose. Moi je leur couperai les vivres et autre chose tant qu'on y est. Comme ça, on n'aurait pas à leur payer les allocations familiales. Vous n'imaginez pas ce qu'on paye comme impôts pour ces fainéants. Essayez, je vous dis.

125

Vous verrez, c'est pittoresque. Des bêtes. Les odeurs, je ne vous dis pas. Vous aurez quelque chose à mettre dans votre sondage. Au revoir, mademoiselle. Je ferme, pupuce, il y a tout le froid qui entre. Tu viens ?

Elle a une voix à rayer les vitres. Serge ne bouge pas.

— J'arrive, Maryline, j'arrive. Fiche-moi la paix une minute.

— Mais, mon lapin, puisque tu ne fumes pas...

— Rentre, je te dis et fous-moi la paix.

— Lapinet ! larmoie-t-elle.

— Tu caltes ou je...

Le bébé se met à hurler.

— Je ne veux pas entendre ce môme.

Elle part en tortillant du cul, claque la porte. On entend un deuxième enfant qui se met à pleurer.

— Et baisse la chaîne.

Serge s'approche de moi et me fait descendre les marches en me poussant de l'index.

— Toi aussi tu dégages ou j'appelle les flics. Tu entends ? La po-li-ce. Le chantage, c'est puni par la loi.

Je ne bouge pas.

— Les films, ça ne prouve rien. Ça se truque. C'est du cinéma. De la fiction. De toute façon, c'étaient des bougnoules. Des péquenauds.

Dégoût. Il hausse le ton.

— Il ne s'est rien passé, là-bas. Rien. Quand on est arrivés, c'était fini. Ce sont tes amis qui ont fait ça. Ils voulaient faire porter le chapeau aux Albanais. On le savait mais on avait ordre de ne pas intervenir.

Des milliers de kilomètres de dégoût.

— On était là en observateurs. On a compté les points.

— J'ai tout vu.

126

Il réfléchit si vite et si fort que je l'entends presque penser.

— Pour en finir plus vite, on les a un peu aidés, c'est tout. Tu ne peux pas comprendre, poupée, c'est de la politique.

Une porte se rouvre. Les pleurs ont cessé.

— Pupuce, t'exagères ? Qu'est-ce que tu lui racontes à cette pouffe ? Tu ne fumes plus depuis que t'es revenu. Qu'est-ce qu'elle veut ? Tu y crois, toi, à ses histoires de sondage ? Elle n'a pas l'air d'une sondeuse. Tu as vu comment elle est fringuée ? Une romanichelle !

— Ta gueule !

Elle bat en retraite en pignant. Il esquisse un sourire.

— A huit heures, alors ? Je t'expliquerai le reste. *Les Loups*. N'oublie pas la valise. Je te filerai un peu de fric. Ils ont des chambres.

Je n'ai même plus envie de le tuer.

— Je ne veux rien. Je m'en vais. En Amérique. Je venais juste te dire au revoir.

— Attends. Tu ne peux pas. Eva !

— Moi, c'est Ludmilla. Eva est morte.

Je redescends les marches. Une, deux, trois. Droit devant moi. je l'entends qui saute. Il m'agrippe par l'épaule, déchire mon col.

— Tu ne penses pas que je vais te laisser partir comme ça. Pour que tu ailles raconter partout tes salades. Qui est-ce qui t'envoie ? A qui as-tu parlé de moi ? Où sont les films ? Comment tu as fait pour arriver ici ? Tu n'avais pas un rond.

Il me secoue. Une gifle part. Les questions recommencent. Une autre gifle.

— Qui t'a donné l'adresse ? Dans quel hôtel es-tu descendue ? Qui t'attend ? Parle. Ne crois pas t'en tirer comme ça. J'ai des amis, ici. Ils sauront te faire parler. Combien tu veux pour la valise ?

Il me lâche, ouvre son portefeuille.

— 2 000, ça ira ? Plus 1 000 balles pour ton billet de train. Là-bas, tu seras la reine. 4 000, je n'ai pas plus. Dis ton prix, nom de Dieu, ou je te tue.

J'essaye de me retenir mais mon visage est une fontaine. Le froid m'enveloppe. Cercueil de cristal pour belle morte, la pomme dans le gosier. Je m'enfonce dans le trottoir, m'enlise dans le bitume. La ville m'est tombée dessus. Je soulève le pavé enveloppé de soie bleue et de toutes mes forces, je lui écrase le nez. Il pousse un cri. Il porte la main à son visage.

Sa femme se précipite.

— Pourquoi tu cries, mon chou ? Qu'est-ce qui se passe ? Mais tu saignes. Qu'est-ce que vous avez fait à mon mari ?

— Eva est morte, Serge. Mes cousins sont morts. Mes neveux sont morts. Mes parents sont morts.

— Mais vous êtes folle. Appelez la police ! A l'assassin ! Mais faites quelque chose. On veut nous tuer.

Qu'elle se taise. Qu'elle se taise. Sa bouche grande ouverte, ses lèvres trop maquillées. Elle est sur moi, me tire par la robe, par les cheveux.

— Salope, putain !

Je n'ai pas lâché le pavé. Je le lui balance sur les dents et je m'enfuis.

— Serze, fais quelque çose, rattrape-la. Elle m'a caçé les dents. Serze, tu ne bouzes pas ? C'est bien la peine de zouer les durs. Moi, ze vais appeler la poliçe.

— Non. Tu ne feras rien. Rentre à la maison. Il ne s'est rien passé.

— Mais, pupuçe... Elle t'a... Elle m'a...

— Rien, je te dis. Rien, tu entends. Ferme la porte et fous-moi la paix !

Elle a tout laissé,
Ele est partie
Paumée dans la ville
Elle s'est enfuie

C'est elle. J'ai failli l'écraser. Mamma, tu avais raison, le bon Dieu existe. Tu n'y crois pas et puis tu y crois. Le jour où tu te dis qu'il ne peut rien t'arriver que des merdes. Au coin d'une rue, boum, c'est l'accident, tu te cognes dans le bonheur.

— Sauve-moi !

— Montez.

Elle est montée derrière. Elle est livide. Elle grelotte. Elle ne va pas me clamser sur le siège ?

— Une cigarette ? Je vous l'allume ? Il ne faut pas pleurer, miss. C'est la vie, ça va s'arranger. Un Kleenex ? Vous avez perdu votre foulard bleu ? Vous voulez qu'on retourne le chercher ?

— Oh, non.

— Vous avez du sang partout. Vous vous êtes blessée ? Je vous emmène à l'hosto ? Non, il ne vaut mieux pas. Ils vous demanderaient vos papiers. Tenez, enlevez ça et mettez mon blouson, vous tremblez. Je m'appelle Marco. Et vous ?

— Lud... Ludmilla.

Œillade au rétroviseur. C'est quand elles pleurent qu'elles sont les moins farouches. Je la vois ôter en un tournemain pull et chemisier tachés. Ses seins nus me tuent. Pan, pan. Je suis mort. Brûlé vif. Les aréoles brunes, deux balles en plein cœur.

129

L'embrayage hurle. Je mets le radiocassette à plein volume.

Elle a tout laissé
A l'adresse indiquée
Sur papier d'identité
Qu'elle vient de déchirer

Elle s'est paumée dans la ville
Qui saura l'aimer

Moi bien entendu. Je l'aimerai quarante jours, quarante nuits dans mon taxi. Je roulerai jusqu'à la mer, jusqu'au bout du monde. Elle s'apaise.

— Vous allez où ?

— En Amérique.

— C'est parti. C'est pas la porte à côté. Il va falloir que je refasse de l'essence. Vous n'avez pas faim ? On va fêter ça. Vous êtes la première Ludmilla que je transporte. Ne vous en faites pas, c'est moi qui invite. L'Amérique, c'est pas donné. Vous êtes riche ou vous avez braqué une banque avant de partir ?

— Braquer ?

— Braquer... Vous comprenez ? « Haut les mains ou je tire ! » Non, je ne vous vois pas avec une arme dans les mains.

— Je l'ai perdue avec la valise.

— Je blaguais. Je disais ça à cause du sang sur vos affaires.

— J'avais une arme. Je voulais vraiment le tuer.

— Et vous l'avez fait ?

— Non, je lui ai juste cassé le nez. Et j'ai cassé les dents de sa femme.

— Moi aussi j'ai cassé le nez de quelqu'un, il y a longtemps. Ça pisse le sang, hein ?

— Si j'avais eu le revolver, je ne sais pas si j'aurais...

— Ce n'est pas la peine d'y repenser. Le sang a coulé. La dette est lavée. C'est fini. Oubliez tout.

— Lui ne va pas oublier.

— Je vous cacherai.

— J'ai froid.

Le ventilateur souffle tout l'air chaud qu'il peut, la musique fait rage.

Qui s'en ira la chercher
Qui saura la retrouver
Qui voudra bien lui parler
Qui saura l'aimer
Qui saura la consoler
Qui saura la cajoler
Qui saura la caresser

Un diamant dévale sa joue quand la chanson s'arrête. Elle commence à parler.

Elle était enceinte de lui. Elle a accouché en Italie. Le bébé est mort durant le voyage vers la France. De froid. Dans la remorque d'un camion. C'est après qu'elle a tiré sur le camionneur.

Coupe la musique, Marco, coupe le moteur, laisse ses mots prendre le pouvoir.

— Tout ça, c'est la faute à Serge. C'est pour ça que je me suis arrêtée à Roubaix. Pour que ça cesse. Maintenant, il faut que je reparte. Vite, avant qu'il ne me tue.

Mon bras finit par tendre au bout de ma main un Kleenex à la menthe. Mes doigts essuient les larmes.

L'ombre d'un sourire. Elle pleure. Et toi tu fonds comme un sucre.

— Je vais t'aider. Je peux pas m'empêcher d'aider les gens que je ne connais pas. Je tiens ça de mon père.

Une explosion la fait sursauter.

— Ce n'est rien. Le pot d'échappement se casse la gueule.

Le sourire l'illumine. Putain ce que j'ai envie de l'embrasser, je ne sais même pas ce qu'elle est en train de me raconter. Je lui mets la main sur l'épaule. Elle se tait. Qu'est-ce qu'elle disait ? Les photos, les morts, la fusillade. Elle ne tremble plus. Je tourne la cassette.

Des tresses dans tes cheveux
Détresse dans tes yeux
Long est le chemin
Triste et sale

Au bord de ce chemin
Ma princesse de rien
J'aurais voulu ta main
Pour danser sans fin

Un chocolat à la cafétéria d'Auchoix nous réchauffe de l'hiver chagrin.

— Il fait toujours froid ici ?

— Il fait froid en hiver. Ce n'est pas l'Amérique et ses cocotiers.

Elle rit.

— Il n'y a pas de cocotiers en Amérique.

— A Hawaï, si. Palm Beach. C'est là que je pourrais vous amener.

Elle dessine sur la table la carte du monde en trempant son doigt dans le chocolat. Elle a des cousins partout. Surtout en Amérique. La plupart au Canada.

— Pourquoi aller si loin ? Pourquoi pas le Sud ? L'Italie, on irait voir ma mère, ou l'Espagne, la Tunisie ? Un pays chaud quoi. New York, je dis pas, il y a des Italiens en pagaille ou la Californie, t'as le Mexique à côté mais le Canada, c'est pôle Nord, igloos, phoques et compagnie. Autant rester ici.

Elle parle du Canada. Elle sait tout sur le Canada. Dix millions de kilomètres carrés. Trente millions d'habitants dont six parlent français. Capitale Ottawa et de vrais Indiens en veux-tu, en voilà. Sans oublier les baleines, l'or de l'Ontario, la neige et les forêts.

Une chanson acidulée sort des baffles de la cafète. Les paroles tombent pilpoil. Ludmilla se marre et moi aussi.

J'irai marcher dans le froid.
Couvrir mon visage de neige
Glacer mon corps dans l'immobilité
Et m'endormir sans le savoir

Je ne l'écoute plus. Je rêve à haute voix. Ça fait combien de temps que je ne rêve plus ? J'en crevais de ne pas rêver.

— Oh putain — pardon — si je pouvais aller au Canada, faire l'amour tous les jours avec une fille comme toi, claquer de l'argent sur des super fringues, et bronzer à, comment tu dis ? Vancouver, hein, pourquoi je n'aurais pas le droit ? Demain matin, on se fera les agences de voyages en Belgique, c'est donné. Et à Noël, on part faire le tour du Canada, et quand on aura trouvé le paradis, on s'y installe. D'ailleurs, écoute, écoute la chanson, ce n'est pas un signe.

Ailleurs il fera chaud
Chaud comme dans le ventre d'une mère
Et des enfants naîtront sans le savoir

Elle tangue pour, me calcule. J'y vais, j'y vais pas, j'y vais, je touche ses mains. Allez, juste un baiser, pourquoi tu me regardes comme ça ? On n'est pas des mômes. Tu ne sais plus ce que c'est qu'un baiser ? Moi, je sais encore. J'enroule ma langue dans ta bouche. Je te caresse les cheveux. Noir nuit. Ma main s'aventure entre tes jambes, remonte jusqu'à ton ventre. Ta poitrine.

Ses yeux se mouillent. Sa bouche se tord. Elle pleure. Je retire les mains. Je rougis. Elle sourit. J'ai envie de chialer. Je suis minable.

Elle pleure et je pleure avec elle.

— Pardonne-moi. C'est moi qui ne sais pas ce que c'est que l'amour. Je viens de naître, je suis un bébé de l'amour, c'est pour ça que je chiale. Avant toi, Ludmilla, il n'y avait rien. Pas d'amour, en tout cas. Je tournais en rond dans mon cercueil à roulettes. La vie me colle une bombe entre les mains. Je ne sais pas comment je fais. Boum. Tu m'exploses. Comment je fais pour te garder ? Comment je fais pour que tu m'aimes. Viens, on va t'habiller. En Amérique, tu ne peux pas arriver nippée comme une romanichelle. Et puis tu vas manger. Tout ce qui te plaît. C'est Auchoix qui va payer. Normal, quand on reçoit une princesse, on ne compte pas.

Mes larmes sur ton visage
Sont des vagues
Et mes mains comme des lames de fond

— Tu as encore faim ? Sers-toi. Tout est à toi. Regarde. C'est écrit « cadeau » partout.

Une brunette, toque blanche sur les cheveux, n'arrête pas de hurler dans son micro :

— Approchez, messieurs dames, goûtez mes bûches ! Allez-y ! Pour les fêtes, n'hésitez pas ! Trois parfums ! Les meilleures du Nord ! En réclame, mes bûches ! Moins 20 % ! Goûtez-les, ça ne coûte rien !

— Café pour moi, et toi Lud ?

— Chocolat.

— C'est vrai qu'elle est bonne ! Je peux en reprendre ?

— Mais oui, c'est pour les clients.

— Qu'est-ce que je te disais... Cadeau. Mademoiselle est princesse. En Sylvanie, c'est ça, non ? Et bientôt, elle sera reine au Canada.

— Ça ne se voit pas trop.

— Elle a eu un accident. Elle est tombée du trône. Mais attendez un peu qu'elle s'habille, vous verrez. Paf, les plombs vont sauter. Vous imaginez la panique ?

— Oh, c'est déjà arrivé. Des gitans qui avaient fait sauter le transfo à l'extérieur.

— Salut, Marco. Tu cherches ton père ? Je ne l'ai pas vu aujourd'hui. T'es encore amoureux ? Allez-y, ma belle demoiselle, prenez ce que vous voulez. Avec une tranche de pain de seigle, c'est meilleur. Il y a du monde, hein ? Je ne sais pas où les gens vont chercher la thune mais les chariots sont pleins.

— Du parfum, mademoiselle ? Le bonheur, ça sent bon. Vous êtes tellement belle. De quelle origine ?... Là où il y a la guerre ? Ça ne doit pas être Noël là-bas. Tenez, cadeau de la maison. Servez-vous.

— Attends.

Je tends la main vers un flacon rose. Le plus cher.

J'en vaporise entre ses seins. Je le laisse glisser dans sa poitrine.

— Servez-vous, t'a dit la dame. Viens t'habiller. Non, commence par les sous-vêtements. Prends les plus chers. Les plus beaux, les plus légers. Il faut que tu aies l'impression de changer de peau. Ne rougis pas, va les essayer. Laisse-moi te regarder. Formidable. Comme dans les pubs. 3615 Ludmilla. La robe maintenant. Du blanc, il y a rien de mieux pour commencer la vie. C'est un peu tôt pour la robe de mariée, tu ne crois pas ? Essaye ça plutôt.

— C'est trop cher. C'est pour les riches.

— Non, ne va pas croire. Les gens riches ne vont pas à Auchoix. Les pauvres non plus.

Elle resplendit comme si les vêtements lui donnaient une nouvelle vie.

— Habits neufs, vie neuve. Vois, c'est tout le super-marché qui te souhaite la bienvenue. T'entends cette veste ? Elle te dit : « Joyeux Noël, Ludmilla, je suis à toi ! » Ne rigole pas, c'est vrai. Et cesse de regarder la tache qu'il y a sur mon nez. Je sais qu'elle n'arrête pas de bouger. Ma mère me disait : « Marco, les grains de beauté, c'est comme les dents de lait écartées. Ça porte chance. » C'est toi ma chance. Je ne sais pas si on pourra avoir quelque chose ensemble. Je ne sais pas si je pourrai jamais te donner ce que tu veux. Tu me donnes trop, tu me donnes tout, tu es trop. Je te donnerai Auchoix tout entier, ce ne serait pas assez. Je suis un idiot mais je t'aime. Tu m'apprends à aimer. Tu es belle.

— Non, je ne suis pas belle. Elles, elles sont belles. Les Françaises sont belles.

— Toi, tu n'es pas comme elles. Même si tu mettais un jean, un pull et des baskets, tu n'arriverais pas à leur

136

ressembler. Même si tu t'habillais en gris, tu ne te fondrais pas dans le paysage. C'est pour ça que tu ne pourrais pas vivre ici. C'est trop petit et tes rêves sont trop grands. C'est trop gris et tes rêves sont en couleur. Ça sent le vieux et tes rêves sont jeunes. Les maisons sont noires, l'hiver est mort, les gens sont cassés. Fichons le camp. Les rêves ne s'achètent pas. Les rêves, c'est cadeau. Monte sur mes épaules. Je veux que tout le monde voie comme tu es belle. Tourne leur la tête, tourne, tourne. Musique, maestro !

Vous voudriez bien devenir comme elle
Sourire à la lumière
Devenir éternelle
Elle est belle
Elle est model

— Les chaussures. On oubliait les chaussures. A Roubaix, je dis pas mais à Toronto, t'as intérêt à être bien chaussée. Faut que tu sois classe comme meuf si tu ne veux pas qu'on t'écrase les arpions. Ces rouges avec de longs talons, elles sont graves. Non ? T'as raison, elles ne sont pas si super que ça, essaie les bleues avec des boucles dorées. Classe ! Ne remets pas les anciennes, elles ont fait la guerre.

— Je te pose là, devant les télés. Attends-moi là. Je reviens ! Non, je te dis, reste !

Je reviens les bras chargés d'un tas de choses prises dans les rayons.

— Ils insistaient pour me les offrir. « Je peux vous aider, monsieur ? Un coup de main ? Il faut vous l'envelopper ? » La vie est un cadeau quand on est amoureux. Pourquoi tout le monde n'en fait pas autant ? Tout le monde autour de moi agit de façon si banale.

Seuls les enfants sont encore des enfants. Regarde-les, ce sont des oiseaux au paradis.

Elle ne m'écoute pas. Elle a les yeux rivés sur les écrans de télévision qui ressemblent à des écrans de cinéma. Images épouvantables du Kosovo, de l'Algérie...

— On s'assoit ?

Le vendeur s'approche. Le regard pointu, la voix de fausset.

— Vous voulez peut-être un verre avec ? Cognac, whisky ? Champagne pour mademoiselle ? Boire. Glouglou.

—Mademoiselle ne boit pas, elle est musulmane. Moi, si vous insistez, je veux bien une bière.

— Fichez le camp ou j'appelle la sécurité

— Viens, Lud. Monsieur a peur qu'on use ses télés à trop les regarder. C'est une bonne idée ça de sabler le champagne. Dommage que tu ne boives pas.

— Je ne suis pas musulmane.

Des étages et des étages de bouteilles.

— Ah, bon, je croyais.

— Je suis chrétienne et serbe.

— Je ne comprends rien aux guerres. C'est pour ça que tu es partie ?

Un gros rougeaud remplace de l'évian par de la vodka. Il nous tend une bouteille.

— Tenez, les amoureux. A la santé d'Auchoix.

— Vous voulez un coup de main ?

Lud prend peur. Les têtes rasées en uniforme, elle connaît. La bouteille tombe. Un Fenwick dérape. L'étagère tangue.

— Attention, cette gonzesse est dingue. La gondole va se casser la g...

La guerre, les bombes explosent. Les hommes se

bousculent, les enfants cherchent un coin où se réfugier. Les femmes les protègent du mieux qu'elles peuvent. Les vieux ne demandent plus rien. Ils sont perdus. On creuse des fosses. On entasse les cadavres. Un homme tient la main de sa femme. C'est l'orage. Non. Ce sont les missiles. On entend les bombardements de l'autre côté de la colline. Rafales de mitraillettes. Allumez des bougies. Non, éteignez tout. On s'endort à même le sol. Yeux clairs dans lesquels on voit comme en plein jour. La mort est tellement bruyante.

Les sirènes se mettent en marche.

— Marco, sauve-moi !

— Lud, qu'est-ce que tu racontes ? Qu'est-ce qui t'arrive ?

— N'ayez pas peur, messiers dames. Nous sommes le Comité des chômeurs du Nord-Pas-de-Calais. Nous avons faim. Nous vous demandons seulement...

C'est ça, roulez manège. Merci, les chômeurs. On en profite pour filer. On s'amuse. On s'amuse. Embrasse-la encore. Le baiser de la mort. Ta dernière allumette. Fais lui ses dernières volontés. Danse, danse sur le parking d'Auchoix entre les chariots et les badauds. La valse va bientôt s'achever. Fais ton numéro, Marco. Tu auras beau dire, l'amour n'est qu'un peu de buée sur le miroir. Une fois dehors, tu n'es plus rien. Tu es sorti de la lumière, tu as été chassé du paradis artificiel du supermarché. Tu vas devoir te déshabiller. Elle te verra nu et tu auras honte. Tu auras beau blaguer, boire des coups, elle te verra comme tu es et elle doutera. Tu n'as pas le choix, cependant. Personne n'a le choix. Celui qui n'aime pas la vie se précipite dans les bras de la mort. Alors mieux vaut les bras blancs de Ludmilla que tes pattes noires, hein, La Mort ? Mieux vaut jouer à aimer que se détester, mieux vaut se réchauffer à la beauté que grelotter dans la laideur, mieux vaut se laver dans l'eau du rêve que puer par tous les pores la médiocrité des jours sans gloire. Tu pues, La Mort. Malgré le froid, malgré le gel, tu pues et moi je commence à sentir. Depuis ma sortie de prison, je n'ai guère eu l'occasion de me décrasser. Direction, la piscine. Sais-tu que, depuis le coup du savon, je n'allais plus à la douche. Rue Jules Guesde, rue étroite, enfants qui braillent, mères qui hurlent, sœurs qui vitupèrent leur malheur d'être au monde. Linge sale aux fenêtres. Le bled sans la joie, le froid en plus. Je connais. J'ai voyagé. J'ai fait la guerre. J'avais le droit de tuer sans compter. Les filles étaient dociles. Tu leur coupais la langue, elles se taisaient. La piscine Potennerie regorge de monde. On se croirait à Naples, Cécile, le soleil en moins. Passé ce bloc sans âme où errent des bandes sans but, commerce illicite, racolage incessant, une gamine vient vers moi.

— Tu cherches, tu cherches ?

— Je cherche, oui je cherche, mais quoi ? L'amour, le bonheur, l'évasion ? Tu vends quoi ?

— Du chichon en barre ou en demie.

Du chichon, c'est bien du roubaisien. Ils ne peuvent pas dire du shit. Après tout, pourquoi pas me décrasser la tête tant que j'y suis, le temps passera plus légèrement.

— File-moi une demie bien servie. Je me fous du prix.

La transaction se fait dans le parking de la piscine.

— T'es mignonne. Tu t'appelles comment ?

— Alison.

— On se reverra, Alison ?

— Ça dépend pourquoi... Du moment que tu payes.

140

Là maintenant, je n'ai pas le temps. Mais si tu veux me retrouver, tu viens chez moi. J'habite courée Roseback, près du cimetière. La dernière maison. Si je ne suis pas là, tu demandes Bernard.

— Je viendrai et je paierai. Toi aussi tu paieras. Ici tout se paye.

C'est du bon. Et maintenant, direction la piscine et la douche.

— Vous louez des slips de bain ?

Je me la savonne jusqu'à ce qu'elle fasse envie puis je fais mon marché. Il y a le choix. Les centres de loisirs sont encore là. Ça devrait être facile de prendre une proie par la main. Ça me détendra avant d'aller chercher Cécile à la sortie de l'hôtel. Elle a presque fini son petit ménage. Il ne faut pas qu'elle s'effraie. Il y a si longtemps que je la désire. Je pourrais m'emporter. Je m'emporte tellement facilement. Violence des passions trop longtemps inassouvies.

Une petite frisée perd sa bouée. Elle se débat sans laisser le temps au maître-nageur de lui tendre la gaule. Je plonge dans l'eau chlorée et la saisis d'une main vigoureuse. Elle s'agrippe à mon cou. Je suis saint Christophe sauvant la petite sœur de Jésus. Je suis la baleine qui avale la fille de Jonas. Elle s'agite, s'accroche où elle peut. Dommage qu'elle ne pense pas à s'accrocher à la barre d'acier de mon gouvernail, à l'aiguille magnétique de ma boussole. C'est bien, c'est bien, serre-toi contre moi. Ah, non, ne crie pas ou je te plonge la tête sous l'eau. Encore mieux, évanouis-toi. Abandonne-toi. Je t'aime pantelante et ouverte à tous les désirs. Je suis le consolateur des âmes noyées et des cœurs étouffés par l'eau sale de la vie. C'est bon, ce petit corps chaud et sucré. Un peu de bouche à bouche, mon petit caramel.

Attroupement, cohue. La monitrice me retire l'être cher, sans un remerciement. Je n'en demande pas tant. J'ai eu ce que je voulais. C'est l'essentiel. Non, madame, elle n'a pas eu peur. Elle n'a pas crié. C'est tout ce bruit qui a dû l'affoler.

Je profite de la bousculade pour suivre une noiraude aux grands yeux affamés et aux os saillants. Un billet de cent francs dans la bouche devrait suffire à la faire taire.

Chut !

Maintenant, mon corps est repu, je peux aller à ta recherche, Cécile, mon aimée, l'âme pure et le corps lavé de l'odeur nauséabonde de l'humanité. Je ne me lasserai jamais de te voir et de t'écouter.

15

Je sortais de mon bain. J'avais de longs cheveux, très longs, très épais. Mon père aimait mettre les mains dedans. « On dirait de la paille. Quand j'étais en Italie, je me souviens... » Et c'était parti pour un voyage gratuit dans les Pouilles. Il n'y était allé qu'une fois, avec maman pour connaître la famille. « Ils étaient pauvres, mais pauvres. Pas étonnant qu'ils voulaient tous partir. » Il m'appelait « la Pouilleuse » quand je ramenais des poux de l'école. La Puglia, disait ma mère. Cendrillon. Cinzia.

J'ai coupé mes cheveux le lendemain de ce soir-là. Toute seule devant le miroir, aux ciseaux. Il était huit heures. Mon père était rentré d'une réunion syndicale, bien cuit.

— Cécile, apporte-moi une bière.

— Il n'y en a plus. Il n'y a pas de lait non plus.

— Il n'y a plus rien ici. On se demande ce que vous foutez quand...

C'était l'époque où on venait de le licencier.

— Va m'en chercher au magasin. De la Pélican, avait-il gueulé.

— J'irai pas. Tu as déjà trop bu. On n'a pas de quoi bouffer et toi...

— Ah, tu ne vas pas t'y mettre toi aussi.

Maman s'était mise entre nous deux. Faut dire que quand on commençait, mon père et moi, c'était pire que chien et chat.

— Léo, il est tard et Cécile a les cheveux mouillés. Elle va prendre froid.

Elle avait un bleu sur le visage. La dispute de la veille. Presque violet.

— Tard ? Qui est-ce qui dit quand il est tard ici ? Il est tard et je suis trop vieux. C'est ça ? Enterrez-moi tout de suite tant que vous y êtes.

Il s'était mis dans une colère noire.

— Tu ferais mieux d'aller te coucher, ivrogne, avait fini par dire ma mère. Tu me fais honte devant tes enfants. Je comprends pourquoi ils t'ont foutu à la porte.

Il l'avait frappée. Comme il aurait cogné sur une porte fermée. Quand il s'était calmé, Maman avait couru vers les toilettes. Elle n'avait pas crié. Mais une fois dans les cabinets, elle avait hurlé. Je l'avais suivie. Elle n'avait pas mis la clenche. J'avais découvert cette chose, cette poche qui aurait dû être mon petit frère. J'aurais été plus grande, j'aurais tué Léo. Je suis ressortie. Il a baissé les yeux. J'avais une haine que je ne pouvais pas dire. J'ai regardé Marco. Il a pris notre père par la peau du dos et l'a jeté dehors. Sans un mot.

Mais c'était avant qu'on me dise dégage.
Et qu'on ne me parle plus au présent
Avant qu'on déchire mes pages et qu'on me dise
Avant c'était avant

Le parking est plein de limousines. Guignols cravatés et chauffeurs à casquette.

— T'as vu ? me dit Zohra, une fille de salle qui arrive en même temps que moi. Tous les patrons du coin se sont donnés rendez-vous au *Mercitel*.

— Vise les bourges. On leur a foutu un parapluie dans le cul qu'ils sont aussi raides ?

— Ne dis pas ça, s'ils t'entendaient !

— Comment ils nous traitent, eux ?

— On ferait mieux de passer par-derrière.

— Ne t'en fais pas, ils nous verront pas. Pour eux, on n'existe pas.

Une main sur mes fesses. C'est plus fort que moi. Je me retourne. Un guignol cigare et cravate me sourit. Dents blanches au milieu d'un visage qui n'a pas bronzé à Berck Plage. La gifle part. Le cigare du guignol vole. Il n'a pas le temps de se plaindre qu'une deuxième gifle est déjà partie. Zohra a disparu vite fait.

Le maître d'hôtel fonce vers moi. Il est colère. Il me postillonne au visage.

— Ça ne va pas, mademoiselle ? A *Mercitel*, le client...

Je ne le laisse pas finir.

— Le client te retournerait sur la table, Ducon, tu dirais quoi ? « A *Mercitel* le client est roi. » Ne réponds pas, je sais, il te l'a déjà fait. J'espère que tu as eu du plaisir.

— Tu es virée.

— Tu ne peux pas me virer. Tu ne m'as jamais engagée, je travaille au noir ici. Tu sais pour combien ? Je ne peux même pas payer un Noël digne de ce nom à ma fille. Mais avant de me larguer, ils vont m'entendre.

Je me dirige tout droit vers le buffet au milieu des regards ébouriffés. Je prends un verre de champagne. Le garçon ne sait pas où se mettre. Je m'en sers un second puis je prends la parole.

— Messieurs les patrons, s'il vous plaît !

Les ahuris, leurs lunettes leur en tombent sur le bas du nez et leurs cravates les étranglent.

— Combien, moi Cécile Chabert, femme de ménage au noir, je vous rapporte ?

— ...

— Combien on vous rapporte, les filles qui vous torchent le cul et les chiottes ? Combien ? Le premier qui me donne la réponse aura le droit de voir mes fesses.

— ...

Je ne saurai jamais la réponse. Je n'ai pas le temps de baisser mon froc, on me vire sur le champ comme une petite qui n'aurait pas été sage. Fou rire.

— Oui, oui, je sais, le client est roi. Mais moi, je suis la reine.

Je fais le tour de l'hôtel et rentre par l'entrée de service.

— Bonjour, Cécile. Tout va bien ? me demande Amadou.

— Ça, pour aller, monsieur Amadou, ça va. Droit dans le mur.

Pour une fois, je suis ravie d'enfiler mon tablier de bonniche à tout faire.

— Qu'est-ce qui te fait rire ?

Rire de plus belle.

— Je vais dans le mur et je klaxonne. Lady Di, c'est moi.

— Un jour, tu vas te faire virer, ma fille. Tu as toujours l'air de te moquer de tout. Les patrons n'aiment pas ça.

— De toute façon, qu'ils aiment ou pas, je ne vais pas rester. Pour ce que je suis payée.

— Où tu iras ? Y'a du boulot nulle part.

146

C'es vrai ça, où j'irai ? La lettre de ma mère tourne dans ma tête.

Pardonne-moi pour ce long silence. Tu sais, je deviens paresseuse, je remets tous les jours à demain puis les jours passent. Je me suis retrouvée en maison de repos où j'ai été bien soignée. Après, je suis allée en cure thermale en Sicile. J'ai reçu ta lettre et je me suis assise dans mon fauteuil. Tu me dis faire des rêves fous et qu'ils se réalisent. Je ne te dis pas que mes yeux étaient clairs mais brouillés. Maintenant je ne te r'écrirai plus car le courrier ne marche pas bien. Alors je t'attends, je pourrai te serrer enfin dans mes bras. Le souvenir de ton père, de Marco, de Marion et de toi est marqué en moi. J'espère que tu vas être sage et heureuse de recevoir cette lettre qui te fera passer deux minutes peut-être pas sans verser quelques larmes mais que veux-tu, ton père, je l'aimais. Si je venais à fermer les yeux... Ça viendra tôt ou tard...

Nettoyage des chambres, le chiffon dans une main et le produit dans l'autre. Je pense à autre chose. Je pense à Marco. Il n'a pas l'air bien. Il a envie de dire quelque chose et il n'y arrive pas. Il s'éloigne de moi et en même temps il est jaloux. Je croyais avoir un frère, voilà que j'ai un homme. Dès que quelqu'un me regarde ou me parle, il me le reproche. C'est bien d'aimer sa sœur mais tout de même. Un de ces jours, je le ficherai dehors. Ah, s'il pouvait tomber amoureux ! Et moi donc.

J'entre dans la suite « VIP ». Si ça se trouve, le porc qui m'a mis la main aux fesses y dormira ce soir. Attends, mon cochon, t'as pas fini de rigoler. Je mets les draps en portefeuille avant de remettre le couvre-lit.

Avec une bombe de mousse à raser oubliée par le précédent client, j'écris sur les miroirs de la salle de bain : *Au prix que tu me payes, fais-le toi même !*

Une boîte de chocolats sur la table de nuit. C'est Noël, ils en ont distribué dans tout l'hôtel. Merci qui ? *Mercitel.* J'en mâche un et je dessine des virgules dans les W-C. J'en écrase deux ou trois entre le pouce et l'index et les colle entre les draps. De l'Ajax sur l'oreiller. Ça nettoie les tuyaux. Ce que ça fait du bien de rigoler. Un coup d'aspirateur dans le couloir et je redescends me faire payer.

— Vous savez, monsieur Amadou, que c'est interdit de payer les gens au noir ?

— Au noir ? répète-t-il.

Fou rire.

— Tu te moques de moi, Cécile. Ce n'est pas bien. Tiens ton fric et fiche le camp.

— Qu'est-ce que je fais de ce plateau ?

— Laisse tomber.

Vaisselle cassée.

— Cécile, ce n'est pas bien. Qui est-ce qui va ramasser ?

— Ta pomme, Amadou. Ta pomme.

Nouvel éclat de rire.

Arrivée dehors, j'éclate en larmes mais en fait je suis gaie. C'est demain Noël et quelle chance, il neige à gros flocons. Les petites vont être contentes.

Les pauvres petites, elle doivent se demander ce que je fais. Avant de rentrer, je vais les emmener voir les illuminations. Des pères Noëls se balancent à des fils électriques comme s'ils allaient nous tomber sur la tête. Marion croit toujours au père Noël. S'il passe par notre poêle à charbon, il va sortir dans un état, je te dis pas. Je suis en retard, je sais, je sais, madame. Je suis désolée mais avec toute cette neige, ma Rolls n'avançait pas. On va jusqu'à la solderie voir les jouets, les filles ?

Il ne faut pas qu'elles rêvent trop tout de même. De toute façon, à leur âge, leurs yeux ne sont pas assez grands pour tout voir.

— Regarde la belle poupée, maman.

— Je peux la faire marcher ? je demande au vendeur.

— Je l'appellerai « Cécile », me dit Marion. Comme toi. Elle est jolie, comme toi. Tu crois que je peux la demander au père Noël ?

— Nous aussi, on veut la même.

— On ne peut pas. Maman a dit qu'on n'aura pas de Noël parce qu'on n'a pas la même religion.

— Vous fêterez Noël avec Marion.

— Oui mais si on avait une poupée, nous aussi on pourrait l'appeler Cécile ? Ça ferait trois Cécile.

— On n'aurait qu'à ne pas les habiller pareil. On dirait que ce sont trois sœurs.

Le vendeur me fait 50 % de réduc si je prends les trois.

— Vous avez de la chance, ce sont les dernières. Et à force d'être patouillées, elles se sont abîmées.

Moi aussi, à force d'être patouillée, je me suis abîmée.

— Vous me les mettez de côté. Je passerai les chercher demain.

Je ne sais toujours pas ce que je vais faire demain. La lettre de ma mère tourne dans ma tête.

Le temps aujourd'hui est gris et le ciel est bas. J'ai une nouvelle crise d'asthme alors je fais comme les poules, je reste la bouche ouverte pour faire mes courses. J'ai passé une semaine à tousser et cracher et je m'en suis sortie avec les tisanes de coquelicot qu'on fait ici. Je ne dormais plus, c'est pour ça que je t'ai écrit enfin car je remettais de jour en jour. Maintenant c'est fait. Pour ce qui est du testament...

Les filles ne veulent pas quitter ce lieu magique. Je voudrais les gâter. Avec ce que j'ai gagné aujourd'hui, on n'ira pas loin. On passe devant la boulangerie Catteau. Marion demande une meringue, Yasmina et Rachida un beignet.

— Un beignet pour moi aussi, s'il vous plaît.

Tant pis pour l'entorse au budget. Elles ont la bouille pleine de crème et de sucre. Le nez et les joues rougis par le froid, elles sont mignonnes à croquer. Elles ne se pressent pas. Elles ouvrent grand la bouche pour avaler les flocons en même temps que les pâtisseries.

— Tu crois qu'il va neiger assez pour faire des bonshommes de neige ?

— Demain matin, quand vous vous réveillerez, il devrait y en avoir une belle couche.

La courée est vide. Léo n'est pas rentré. Il doit être en train de retaper sa baraque. Il veut nous faire la surprise mais tout Roubaix le connaît, son secret. Il ne le finira jamais son château. Il n'a jamais rien fini. S'il s'imagine que je vais habiter dans son palais des courants d'air, il se fait des illusions. Pour devenir sa bonniche ? Je préfère dormir dans la rue.

— Posez vos manteaux, les enfants. Vous voulez un bol de chocolat chaud pour vous réchauffer ?

— Après le chocolat, on va habiller le sapin de toutes ses lumières, dit Marion.

Je sors d'un placard le sapin de plastique, le carton de Noël et ses guirlandes déplumées, ses boules cassées et les pommes de pin ramassées cet été. Pinceaux, peinture, ciseaux, colle maison, carton et papier alu. Je mets de la musique. Les petites chantent avec moi.

Tu n'es pas tout ce qu'on dit de toi
Lalala lalala
La menteuse, la boudeuse, la voleuse, la râleuse
La tricheuse, l'emmerdeuse
La chieuse

Les gros mots les font rire aux éclats. Yasmina renverse le bol de peinture sur elle.

— Tu ressembles à un sapin de Noël, mon petit ange. Allez, on arrête. Toutes sous la douche.

Marion ne veut pas. On joue à cours-je-t'attrape. Fou rire. Rachida m'arrose avec la douche. Je suis trempée. Je regarde Marion barboter dans la baignoire avec ses deux amies. Quelle vie, je peux lui apporter ? Je fais de mon mieux mais ça ne va pas. Elle ne fait rien à l'école. Elle pleure après moi à la récré. Elle reste dans un petit coin qu'elle ne veut pas quitter. Ça me fait du mal. La directrice dit que ça va aller mieux dans quelque temps, le temps qu'elle s'adapte. Qu'elle s'adapte à quoi ? Moi, je ne m'adapte pas. Je ne peux pas rester seule dans mon coin. J'ai besoin de sortir le soir. J'ai besoin de passer la nuit dehors. J'aime être avec du monde. J'aime que des mains se baladent sur mon corps. Ça me fait du bien. A Marion, ça lui fait du mal. Je la conduis à l'école, je vais la chercher à la garderie, je la couche, elle s'endort, je sors. Si je n'avais pas cette liberté, j'en crèverais. Marion ne peut pas comprendre. Je voudrais lui faire des petits cadeaux pour qu'elle me pardonne de ne pas être toujours à côté d'elle. Avec ce que je gagne, je ne peux pas. Tout est tout de suite parti dans les choses a payer. Je n'y arrive pas. Je n'y arrive jamais. Jamais je n'y suis arrivée. J'aurais bien voulu lui acheter des chaussures pour la neige, on en aurait profité pour aller manger au Quick. J'en ai marre de lui répondre toujours « quand maman aura des sous ».

— Le plus important, c'est toi, mon ange. Je t'aime, mon amour.

— Moi aussi je t'aime, maman. Si on décorait la fenêtre maintenant ?

Les vitres sont crades. Il faudrait les laver avant de les décorer avec du blanc d'Espagne. Mais je n'en ai pas envie. La crasse a envahi ma vie. Il faut vraiment que je parte d'ici.

— Il faut qu'on parte, Marion.

— Pas ce soir, maman. On est bien toutes les quatre. Demain, d'accord ?

D'accord demain. On s'inventera une nouvelle vie. Je te ferai un petit frère. Il remplacera le grand frère qu'on a perdu, il remplacera le petit frère que j'ai perdu, il remplira les trous que ma mère et moi on a dans la tête. Si Léo n'arrive pas, je mets les petites devant la télé. Après je partirai au marché de Noël pour chercher des trucs pas chers. Je rencontrerai bien quelqu'un. Je n'ai plus de cigarettes. Je vais en prendre dans la chambre de Marco. Quel bordel ! Si je n'y mettais pas un peu d'ordre de temps à autre, on ne pourrait plus rentrer. Ça sent la cocotte. Marco, c'est mon petit homme à moi. Je suis jalouse de tout ce qu'il fait. Je voudrais bien savoir avec qui il est ce soir. Il n'arrête pas de tomber amoureux de petites putes qui se pavanent à poil devant moi et l'arnaquent.

J'allume la cigarette et la télé. L'amour, l'amour sur toutes les chaînes. Je jette la télécommande. Les mains dans les cheveux, je chiale comme une veuve qui a perdu un fils. Il m'abandonne, mon frère. Quand je suis seule, les nuits durent une éternité. Je retourne à la salle de bains. La fille qui me regarde dans le miroir piqué n'est plus belle. Les premières rides lui fanent le visage. La cigarette tremble dans sa main. Je n'aime pas ses mains. Le ménage. Les nuits sans sommeil. J'ai eu vingt ans quand ? Quand est-ce que j'ai eu les pommettes comme des pommes de printemps ?

J'ai froissé mon visage
Le temps n'y est pour rien
J'ai détruit mon image
L'ai détruit de mes mains

Ah, voilà Léo.

— T'es drôlement en retard. Surtout ne t'excuse pas, c'est normal.

— Qu'est-ce que t'as ?

— Je suis fatiguée, Léo. Je suis fatiguée des hôtels de merde où je travaille comme une chienne, pour un salaire de misère et au black. Je suis fatiguée de cette baraque. Je suis fatiguée de cette vie. Je suis fatiguée de toi et tes magouilles.

— Ça va, Cécile, j'ai pas fait exprès, je bossais, tu le sais bien.

— Non, je le sais pas, je sais rien, tu me le dis tout le temps, tu sais, tu sais, mais je sais quoi ? Tu ne m'as rien appris.

— Appris quoi ? Allons, calme-toi, je suis là, tu le sais bien. Calme-toi, ne pleure pas.

— Je ne pleure pas, je pète de rire. Tu n'as jamais été là quand j'avais besoin de toi. Tu n'étais pas là quand maman est partie, pas là quand Youri se piquait, pas là quand Marco s'est mis à zoner. J'en ai marre de tout porter sur mes épaules. L'homme dans cette maison, c'est pas toi, c'est pas Marco, c'est moi. C'est le monde à l'envers quoi. J'en ai gros sur la patate, Léo. T'es un mou. Une couille molle. Une limace.

— Tais-toi, Cécile.

— Non, je ne me tairai pas. Elle est gentille, Cécile, elle ne dit jamais rien. Normal. Depuis toute petite que j'entends « la ferme, j'veux pas t'entendre. Ferme-la ou tu prends une baffe. » Tu me cognais sans raison, tu t'en rappelles ? J'avais beau te supplier avec les yeux, me mordre les lèvres pour ne pas crier, tu me cognais. Tu continuais jusqu'à en avoir mal aux mains. J'ai fini par me taire. T'es moche, Léo, dans la connerie. Même de loin tu pues la connerie. Quand t'as bu, c'est pire. De savoir que je vais te voir le soir, je n'en peux plus. Tu n'as jamais été un père pour moi. Tu n'as jamais été près de moi. Je suis sûre que tu m'as pas désirée.

— Je suis ton père.

— Maintenant, tu voudrais jouer le rôle du père dévoué ? C'est pas sérieux. Je n'attends plus rien de toi. Oublie-moi. C'est facile, t'as qu'à picoler. J'avais à peine huit ans et, qu'il pleuve ou qu'il vente, je devais sortir acheter ta bibine. Quand t'as été viré, quand on n'avait pas de pain, y'avait ta Pélican sur la table. Je ne me souviens pas d'un jour où tu m'aies prise sur tes genoux. Je ne me souviens pas d'un jour où tu sois venu me chercher à l'école.

— J'étais trop occupé. Après...

— Après j'ai grandi. Toute seule. J'ai appris à dire merci toute seule. Mais j'ai une blessure qui ne cicatrisera jamais. Le jour du rouquin, j'ai perdu mon enfance. Et toi, ce jour-là, tu m'as perdue. J'ai basculé. T'as rien fait, Léo, pour m'aider à oublier. Un geste de ta part, une parole, j'aurais tout pris. Je voulais pas des claques. Pas une rouste. Je t'ai entendu dire à maman :

c'est bien fait, elle n'avait qu'à pas traîner de ce côté. Mais de quel côté tu parlais ? J'étais chez moi dans le cotche à jouer à cache-cache avec Marco. Chez moi, dans ma rue, dans mon quartier. Et toi, t'étais où ? Chez qui ? L'usine, c'est ma famille, tu disais. Je vais tailler. Tu vas rester tout seul dans ta crasse et ce sera bien fait, t'avais qu'à pas traîner de ce côté. Pourquoi t'es pas parti chercher maman ? Pourquoi ?Elle était malade et tu n'as rien fait. T'es pas un homme. Et bien ce que tu n'as pas fait, moi, je vais le faire. Je me suis fait virer de l'hôtel. Et maintenant je vais me virer d'ici. Dès demain, par le premier train. Je rejoins maman. C'est ce que j'aurais dû faire dès le premier jour. Si t'avais pas été là avec ton pot de colle. Ta glu, elle m'étouffe. Je t'ai aimé, tu sais mais tu ne m'as pas laissé te le dire. Je t'ai aimé, je le sais. Et toi, pourquoi tu me l'as jamais dit ?

— Cécile...

— Dis-le. J'veux l'entendre, j'veux l'entendre... Non, pas comme ça ! Pour qui tu me prends ? Pour une salope ? Je ne suis pas une pute. Je suis une gamine dont personne ne s'occupe. Tu vois cette lettre ? Maman m'a écrit, elle a besoin de moi. Elle va mourir. Je m'occuperai d'elle. Qu'est-ce-que je resterais ici ? J'ai pas d'attaches, pas de mec, pas de boulot, pas d'espoir. J'emmène Marion. Marco, quand il verra que je suis plus là, il te laissera tomber lui aussi. A moins qu'il ait hérité de ta lâcheté. Toi et lui, vous êtes assez lâches pour rester l'un avec l'autre. Je ne crois pas que vous me manquerez. Allez, aujourd'hui, j'ai parlé pour l'année entière. Pour fêter ça, je vais me balader. Je trouverai bien quelqu'un qui m'aime. Ciao, ciao. Bisous à Karima. Tu ne la mérites pas. Les filles sont douchées, il n'y a plus qu'à les coucher. Tu sauras le faire ou je le fais à ta place ?

— Laisse. Je le fais. Fiche le camp. Va au diable.

J'étais là dans la nuit, j'ai tout entendu. Tout s'entend dans la courée. Dans l'obscurité de la baraque de Bernard, je t'ai attendue, La Mort à mes pieds. J'ai attendu que tu en finisses avec les petites, que tu en finisses avec Léo. Le ménage est fait, Léo est défait, les vitres sont blanchies, le sapin illuminé. Si tu disparais cette nuit, personne ne s'étonnera puisque tu as annoncé que tu partais. Ne t'en fais pas pour les trois poupées, je m'en occuperai au retour de notre nuit d'amour. Je vais te suivre maintenant. J'ai hâte de voir ton visage. Je n'ai encore pu rien voir de toi. Il ne faut pas qu'il y ait de témoin à notre rencontre. Il faut que nous soyons seuls au monde. Je t'aborderai au marché de Noël, nous monterons dans la grande roue de l'amour. Il n'y aura personne d'autre que nous, à cause du froid. Le forain lui-même se sera enfermé dans sa cabine. Tu riras mais tu ne crieras pas. Tour après tour, tu t'abandonneras.

Viens, La Mort, laisse ce pauvre Bernard en paix. Tu as assez bouffé. Si tu continues, tu vas vomir partout. C'est l'heure de la fête. Il avait tellement envie de mourir, Nanard. Quand je pense qu'il m'a pris pour sa petite copine... A sa façon, il l'aimait. Du moins, il aimait chez elle son envie de mourir vite. Il est mort le premier. Elle ne va pas tarder à le rejoindre. Je n'aime pas laisser de cadavres vivants derrière moi. Quand je reviendrai, je lui ferai son affaire. J'ai le temps devant moi. J'ai l'amour devant moi. Viens Cécile n'attend pas. Laisse ça, je te dis. Pauvre garçon, comme il l'attendait, son Alison. Il était mordu, il était en manque.

Il l'aurait tuée si elle était entrée pendant sa crise. Et maintenant, moi je l'ai tué, toi tu l'as mordu. Il était en manque de vie, le fils de l'épicier parti avec la caisse à papa qui ne lui a pas pardonné.

16

Qu'est-ce qu'elle fout, Alison ? Trois heures qu'elle est partie, elle n'est pas revenue. Je vais lui niquer sa mère à l'autre P4. Yeche lui bien vu qu'elle n'en a rien à foutre vu qu'elle peut taper sur place. Ce mal de ventre. Aïe, c'est reparti. Je vomis. Je vomis par-dessus la rampe qui tient par les deux pieds qu'Alison n'a pas arrachés pour allumer le feu. Merde, j'ai dégueulassé mes baskets. Putain, ce silence. Ça me vénère.

Je suis con. Le fauteuil. Entre les coussins. Il doit en rester entre les coussins du fauteuil. Bien vu. Un tout mickey en plus. Il doit dater de notre sortie à Rotter. Je nettoie la vitre de la table basse avec la manche de mon sweat. Je vide le quepa sur la table. Carte téléphonique. Papier pour me faire un fumoir. Deux raies. Aller-retour. Fin de la première. Je m'affale la tête en arrière. Mon cœur bat. Bouffée de chaleur. Descente. Crash. Une deuxième raie et c'est reparti pour l'extase. Un an que je plane. Mes parents m'ont foutu dehors de l'épicerie. Je fumais le bénef. Un soir, je leur ai piqué la caisse. Je recommencerai. J'ai gardé la clé. Dans la rue, je me suis trouvé une compagne de misère. Ou plutôt, c'est elle qui m'a trouvé. Alison. C'était la copine à Youri, le fils à Léo, le proprio. Accro comme nous, Youri. Elle l'avait connu chez Momo, notre dealer. Youri nous a fait venir dans la courée de son paternel. Il était sympa quand il n'était pas dépré. Il était tout le temps dépré. Grave. Il était séropo. Alison aussi, elle l'est. Mais on s'en fout. Tant qu'on n'est pas morts, on est vivants.

Léo voulait nous foutre dehors et puis il nous a gardés pour pas qu'on finisse comme son fils.

L'histoire n'est pas aussi claire que Léo l'a dit. Je crois que le vieux a tout maquillé. Youri était en train de braquer un autoradio dans la bagnole paternelle garée devant la courée quand il s'est fait flinguer. Alison et moi on faisait le pet, on n'a rien pigé. Il y a eu un coup de feu. On s'est planqués dans l'usine désaffectée où avant on faisait des plaids. Quand on est revenus, les flics étaient là. La version de Léo, c'était qu'il avait trouvé son fils dans la bagnole avec le fusil dans la bouche. Il s'était tiré deux coups. Nous, on n'avait entendu qu'un. On l'a écrasée. Léo est devenu cool avec nous. Il nous a gardés dans la courée. On lui fait des petits travaux. De temps en temps, on lui donne un coup de main dans la baraque qu'il construit. Son château sur le canal. Quand il l'aura fini, on squattera la cave. Alison fait les peintures. Elle est douée pour l'art. Moi, je m'y connais en plomberie. Je suis le roi de la soudure. Léo, c'est pas la mauvaise bête. S'il n'était pas là, on serait pas nets. Il n'est pas près de nous voir tailler. On le tient. On n'a pas oublié la mort de Youri. De temps en temps, on s'en rappelle très fort et Léo est bien obligé d'aligner.

Je pue le vomi. Je vais me laver avant qu'Alison revienne. Putain de miroir. Je suis plus maigre qu'une planche à pain. Je perds mes cheveux, je perds mes dents. Je perds mon temps. La nuit est déjà tombée. Je n'ai pas envie d'allumer. C'est encore plus long, la nuit quand elle est allumée. C'est moins long, la vie dans le noir, t'es comme mort.

Qu'est-ce qu'elle fout, Alis ? Je commence à la voir partout. Le moindre bruit, c'est elle. Il lui est arrivé une merde. A tous les coups, les flics l'ont ramassée. Elle n'est pas prudente. Elle fréquente des dangereux qui se croient en guerre. Si elle ne revient pas, il faudra que je trouve une autre filière, mais dans l'état où je suis ce ne sera pas facile. La grille de l'entrée. C'est elle. Non. C'est un balèze. Une armoire à glace avec un paquet de matos sous les bras, un paquet-cadeau. Sûrement un amoureux de Cécile. Il vient ici. Il a dû se tromper de numéro. Ce type est ma bouée de sauvetage. Il est peut-être costaud mais j'ai mon cran d'arrêt. Une grande inspiration et je fonce dans le tas.

Schlac, le couteau. Je suis un héros, ô, ô, ô ! One, two, three, go on ! J'ouvre la porte, la main cachée derrière le dos.

— Bonjour, père Noël, ce n'est pas une heure pour rendre visite ! Vous êtes en avance d'une journée, je peux aider ?

Je ne lui laisse pas le temps de répondre.

— Si tu bouges d'un poil, Frankenstein, je t'égorge. Pose ton paquet.

— Tu ne devrais pas faire ça, petit. Je viens juste de sortir de prison.

Il a une voix de canard.

— Moi c'est ma grand-mère qui a fait de la prison. Elle en avait égorgé dix comme toi en 14.

Il se jette sur moi, le poing en avant. Il est fou ce mec. Il m'étrangle.

— Merde, Alison, je crois que je suis mort.

17

Nous avons laissé la voiture à côté du cimetière. Je n'ai pas le courage d'emmener Ludmilla tout de suite à la courée. Nous marchons le long du canal abandonné par les péniches. Nous nous asseyons sur un banc, flottant dans la neige qui commence à accrocher. Les reflets de la pleine lune éclairent nos visages blanchis par le froid. L'eau a une couleur bleutée qui, par ondes légères déforme ce qui le borde. Un mort passe à cheval sur un vélomoteur immergé. Les morts ont traversé les murs du cimetière. Ludmilla se serre contre moi. J'oublie qu'il fait froid.

Ludmilla ne dit plus rien et moi je ne peux pas parler. Avons-nous encore trop de choses à nous dire ? Ou nous sommes-nous dit l'essentiel ?

— Je suis fatiguée. Si je m'endors ici, je ne me réveillerai jamais.

C'est le moment, Marco. Prends un air évident et parle en freinant tes mots.

— Tu viens dormir chez moi ? C'est chez ma sœur. J'ai ma chambre. Mais je passe ma vie dans ma bagnole.

— J'ai froid. Allons-y.

Rue Daenincks. Deux spectres aux cheveux si décolorés qu'ils en paraissent blancs, passent près de nous sans nous voir. Ils n'ont ni sexe ni âge. Ils essaient en vain d'ouvrir une voiture. A l'étage, un homme les observe. Ils sont tellement défoncés qu'ils ne lèvent pas la tête. L'homme éteint la lumière

« Le Vin Gévéor revigore » promet une publicité écaillée peinte sur une façade gangrenée. Un petit homme délavé entre dans une bouteille géante. Sur la porte du cabinet, une affiche jaune avertit les drogués : *Aucune prescription de Tranxène ni de Rohypnol.*

— De jour, tu verrais, tu as tout le quartier dans la salle d'attente. Quand t'as besoin de quelque chose, ce n'est pas une boîte que te prescrit le toubib, mais quatre. Il en prescrirait le double, ça ne suffirait pas à nous guérir de la peste.

Un arbre pousse entre les briques d'une façade aux volets ajourés. Un autre s'est enraciné à même la cheminée de l'usine. Dans *La Fermette*, la boutique du laitier peinte en vert, le lait caillé est à 8 francs.

— Il met de l'eau dans son lait.

La courée. Refuge illusoire, village dans la ville. Avec ses règles et ses obligations. Cour pavée, briques tombées, une fontaine à main au milieu. Ludmilla en caresse le bras rouillé.

— Elle ne marche plus. On a l'eau courante maintenant.

A l'odeur, on devine les W.-C. Bouchés.

— Là, par contre, faudra-t-y faire ! Il n'y en a pas d'autres.

Un chat noir et blanc marche sur le toit et gratte à une fenêtre.

— C'est mon père, le propriétaire. Il ne dort jamais. C'est bizarre qu'il n'ait pas mis le nez à la fenêtre. Il doit en tenir une bonne. Il était de congé aujourd'hui.

D'ordinaire, dès que quelqu'un entre ou sort, il se penche par la fenêtre et il gueule : « Fermez la grille ! » ou bien « C'est toi, Marco ? C'est ta sœur qui est avec toi ? » Je réponds toujours « oui ». Mes copines se marrent. « Demain, tu viendras me voir, Cécile. J'ai des factures pour toi. Je ne suis pas les petites sœurs des pauvres. Je vis pas d'amour et d'eau fraîche, moi. Ça se saurait, pas vrai ? Tu as eu des clients aujourd'hui, Marco ? Quand est-ce que tu me rembourses ce que tu me dois ? »

— Cécile n'est pas là non plus. La petite doit dormir chez Karima. Une voisine. Sympa. Je te la présenterai. Elle est un peu comme toi. Elle revient d'Algérie. Elle a tout perdu là-bas. Mais elle n'a tué personne.

Ça caille. Le feu s'est éteint dans le poêle. Près d'un lapin tremblotant, je coupe du petit bois.

— C'est marrant. Y'a personne. La maison est à nous.

Lud s'affale dans le clic-clac.

— Tout est drôlement bien rangé, hein ? C'est ma sœur. Elle se prend au sérieux. Elle n'arrête pas de ranger, nettoyer, décorer. Ma mère nous a seriné toute l'enfance que le père Noël ne vient pas quand la maison n'est pas rangée. Ça fait une paye qu'il n'est pas venu. C'est peut-être parce qu'on n'a pas été sages. Il pourrait faire un effort pour être moins bégueule, le barbu. A cause de la petite. Tu as vu le sapin ? C'est mignon. Cécile y a pendu de petites choses que Marion a peintes en doré. Tu y croyais au père Noël dans ton pays ?

Elle secoue la tête.

— C'est toi, mon père Noël.

L'idée me fait marrer. Elle vaut bien trois allumettes, tu crois pas ?

Léo chantait ça quand il chantait. Il ne faut pas croire. Il lisait, il chantait, il sortait. Ça ne lui laissait pas beaucoup de temps pour nous mais la maison était vivante.

Ludmilla tombe de sommeil depuis que je me suis remis à parler comme un moulin. Je ne sais pas ce qui me prend. La honte de l'amener dans un endroit pareil. Ce n'est pas un taudis mais... Je ne peux pas m'empêcher de songer que là-bas, Ludmilla vivait dans un palais, genre Méditerranée avec palmiers et oliviers.

— Léo est magasinier chez Auchoix. Il a des combines pour tout. Tu le verras demain. Il nous aidera. C'est un malin. Auras-tu envie de me revoir demain ?

Elle répond les yeux fermés.

— Demain, je repars. Auras-tu envie de faire le voyage avec moi ?

— Si tu me montres tes seins, j'irai avec toi jusqu'au bout du chemin.

Elle rouvre les yeux.

— Je ne me suis pas lavé les dents.

— Il n'y a plus de dentifrice. J'en achèterai demain.

Elle se jette sur le lit.

— Quand j'étais petite, j'adorais sauter sur les lits. Viens dans mes bras, j'ai envie de toi, maintenant.

Elle m'arrache mes habits et m'étreint de ses jambes à la peau douce comme la soie.

— Viens. Nous allons tout oublier.

Elle ressemble à une louve. Elle donne et donne jusqu'à ce que je ne sois plus moi-même. A aucun moment, elle ne s'abandonne. Elle me rougit les épaules à force de morsures. Elle s'empare du lobe de mon oreille. Je ne sais plus qui je suis et je ne sais toujours

164

pas qui elle est. Elle m'a tout pris et je n'ai rien pris d'elle.

— Pourquoi ? dis-je quand elle retire son visage d'entre mes cuisses.

— Quand nous serons en Amérique... quand les cicatrices se seront effacées, peut-être.

La nuit finit en mots, en rêves, en questions.

— Les Serbes, c'est comme la mauvaise herbe. On veut la chasser d'un coin du jardin, elle repousse dans un autre coin. Cela fait des siècles que nous sommes en guerre et qu'on essaie de nous chasser du paradis terrestre.

— Qu'est-ce que tu feras au Canada ?

— Je regarderai pousser la mauvaise herbe dans mon jardin. Et toi ?

— Moi, je ferai le taxi dans la neige. C'est beau la neige, c'est comme une page blanche. Je chercherai de l'or. Il paraît qu'on trouve des pépites grosses comme ça. On se promènera entre les gratte-ciels. On aura une baraque fantastique, tout en bois, avec un jardin immense pour toi, des colonnes devant la porte pour y suspendre mon hamac. Il n'y aura pas de grille ni barrière. Les enfants joueront dans la rue. Pas de poubelles renversées, pas de matelas contre le mur, pas de briques, pas d'usines en ruine, pas d'ivrognes défoncés, ni de camés qui te piqueront ta valise.

— Tu as peur ?

Non, je n'ai pas peur ? Tu m'as regardé ? J'étais goal dans le Club Italien. En minimes. Les coups que je ramassais. Et je ne te parle pas des raclées de Léo quand on perdait. Si, j'ai peur. L'aventure, le départ. Je n'ai jamais pris le bateau, ni l'avion. Je ne suis pas Superman. Je suis un petit mec. J'ai une petite vie. Je fais des ronds, des petits ronds dans ma petite bagnole dans les petites rues de ma petite ville. Je fais des petits boulots pour les petites gens. Je ne suis pas original. La première qui me dit : Marco, je t'aime, je lui réponds : je t'aime ! Il ne faut pas qu'elle me demande si on a de quoi s'aimer. On me sucrerait le Rémi, je l'aurais dans le baba.

— Tais-toi.

— Je ne peux pas me taire. J'ai peur que si je me tais tu ne me regardes plus. Je dirais n'importe quoi du moment que tu n'arrêtes pas de me regarder. Par exemple, je dirais : je t'aime, Ludmilla.

— Mais tu as peur.

— Peur de ne pas savoir t'aimer.

Roubaix, je t'ai quittée pleine de vie,
Je te retrouve à l'agonie.
En mon absence tu as dépéri,
Comme si nous ne partagions qu'un cœur à deux.
Tu es de brique rouge, je suis de poil roux.
Tu es de toit noir, je suis de teint gris.
Tu es défigurée, la prison m'a ravagé
Tu as la chair criblée de trous, et moi, j'ai l'âme.
Roubaix, je marche sur ta peau glacée.
Et quand je ferme les yeux, j'entends nos cœurs battre à l'unisson.
Ah, s'il pouvait neiger.
Il n'y aurait plus que nous.
Nous nous coucherions à même la neige
Et nos draps se teindraient de rouge.
Une chienne m'accompagne
Et toi, c'est la mouise.
Chacun sa poisse.
Chacun sa chaîne.
Chacun sa chienne !

166

Nous attendons la fin.

Elle se fait désirer.

Fin de l'année. Fin du siècle. Tout est à solder.

Qu'on nous laisse le temps d'accomplir nos dernières volontés.

Qu'on nous laisse le temps de réaliser nos derniers désirs.

Avant les soldes et les soldes des soldes.

Laissons ces deux éclopés gratter leurs plaies. Il ne faut pas que je perde Cécile de vue.

Viens, La Mort, elle court devant nous. Je ne sais pas ce qu'il te reste à faire avant d'être soldée, moi je sais. Il ne faut pas la perdre de vue. Le désir est évanescent. La nuit est à nous et Cécile est à moi. Je tourne autour de Cécile, Cécile tourne en rond dans la ville. Mais il n'est pas encore l'heure, il y a trop de monde, vivement qu'il neige et que la ville soit enterrée sous son linceul.

Cette veille de Noël est une nuit épaisse, peuplée de fantômes et de morts en sursis. Tu auras beau te démener, Léo, tu ne pourras pas empêcher la mort d'emporter définitivement Karima. Cela fait un an que chaque nuit ton aimée, s'endort dans le cercueil de ses rêves. D'ailleurs, Auchoix n'est-il pas un gigantesque cercueil à rêves ? Un paradis de néon pour âmes éteintes ? Tu ne mourras pas, Karima. Tu es déjà morte. Toi et moi sommes passés de l'autre côté du miroir. Nous ne sommes plus de ce monde. Nous avons à peine une nuit et un jour pour tenter de renaître. Comme dans les contes, il nous suffirait d'un baiser. Il nous suffirait d'un peu d'amour, un peu de fraîche tendresse sur nos blessures pour que nous ressuscitions. Autant espérer que le soleil se lève en pleine nuit. C'est dans ton destin que tu vas te cogner, pauvre luciole.

18

Reste souriante, Karima. Il faut sourire aux clients, Karima. Sinon, ils ne reviendront pas l'année prochaine, a dit la chef de caisse. Tu parles. Où ils iraient le soir ? A Disneyland ? Quand je pense qu'ils vont recommencer le 31. A croire qu'ils ne mangent pas le reste de l'année pour bâfrer autant les jours de fêtes. J'arrive à la dernière minute, énervée comme une puce, je fais tout tomber et j'insulte la caissière. Ma dernière cliente ne savait même pas remplir un chèque. C'était ses derniers, elle les ratait tous. Une femme de chez moi ! Madame n'avait pas sa carte d'identité. Madame ne savait pas signer. Mettez une croix, je lui ai dit. Vous vivez en France, je lui ai dit. Il y a des cours pour les mères de famille. Vous devriez vous renseigner. Il y a des associations. Par contre question bouffe, ça, elle savait. Elle avait rempli son chariot à ras bord et elle avalait deux sacs de gâteaux apéritif à la fois. Je jette les emballages avant d'arriver à la caisse et ni vu ni connu. Elle a dû prendre trois kilos en faisant la queue. Le chèque était taché de gras.

J'ai mal partout. Le dos surtout. Le dos en prend un coup. Et les reins, je ne te dis pas. Insupportable. Vivement que je sois à la maison avec les petites. J'ai un mal de crâne. C'est la chaleur. Ils le font exprès pour que les gens achètent à boire. Merci, madame et joyeux Noël. Avec tout ce que vous avez dans le chariot, vous ne devriez pas avoir faim.

Ouf, c'est fini. La caisse, le pointage, le vestiaire et à demain. Merci pour le coup de main, les copines.

J'ai peur dans les parkings. J'aurais pu prendre le bus mais j'ai peur d'attendre à l'arrêt. C'est idiot, la nuit, j'ai l'impression que la ville n'est plus faite pour les gens. Que les voitures sont hostiles, avec leurs vilains yeux jaunes. Même les gens qui vont à pied ont l'air méchant. Les jeunes aussi. Alors qu'ils sont jeunes. En Kabylie, c'était tout le contraire. La nuit était parfumée, chèvrefeuille et jasmin. Les gens souriaient et riaient. Les jeunes faisaient des tours à scooter en parlant très fort. On s'asseyait sur la terrasse ou devant la porte et on se parlait d'une maison à l'autre. Et les arrêts de bus, on y passait des heures à papoter en attendant un autocar qui ne venait jamais.

La neige s'est transformée en boue et j'ai les pieds humides. Qu'est-ce que fait Léo ? Quand je l'ai appelé, il m'a dit qu'il serait là dans la demi-heure. Que je n'avais pas à m'en faire pour les petites. Qu'il s'était occupé de tout. Jamais vu autant de voitures. Ah, c'est lui. La fumée que fait sa voiture. Il cabosse la carrosserie à chaque fois qu'il sort de la courée. Il klaxonne et me fait des appels de phare. Et pourquoi pas la sirène des pompiers ? Il se croit dans le bled. Il est gentil, Léo mais... Soupir. Il m'a sauvé la mise. Mais tout de même...

Avec ce que je vais gagner ici, je monterai ma petite entreprise de couture avec mes copines kabyles, on s'achètera une Espace pour les enfants et les livraisons. On a déjà tout prévu. L'assoc' veut bien nous prêter un local et nous aider pour la partie juridique. Il ne nous manque que le fric. Mais j'y arriverai. J'économise sur tout. Alors adieu Léo, adieu courée. Pourvu que les collègues ne nous voient pas ensemble. Surtout cette babèle de Christine. Elle a une langue. Je ne sais pas comment elle fait pour encaisser et parler en même temps.

— Ça fait longtemps que tu attends ? Je suis en retard. Les enfants ont mis du temps à s'endormir. Tu n'as pas eu trop froid. Tu aurais dû m'attendre à l'intérieur.

Il s'est parfumé. Il sent la cocotte. Son double menton dépasse du col de sa chemise.

— J'ai une surprise pour toi. Ce soir, tu es mon invitée.

— Mais où est-ce que tu m'emmènes, on ne va pas à la courée ? Et les filles, où sont-elles ?

— Surprise, je t'ai dit. Ecoute la radio et détends-toi.

On se prend par la main
Toi tu parles moi je ne dis rien
On se prend par le cœur
Et parfois ça nous fait très peur

— Bienvenue chez moi. Dans mon château, comme disent les copains qui m'ont donné un coup de main. C'est calme, hein ? Pas de risque qu'il y ait du bruit. Les premiers voisins sont à au moins cent mètres. C'est une ancienne ferme flamande. En forme de U, la toiture basse. Bien de chez nous quoi. Avec deux ailes. Une pour mes enfants et une pour moi et pour, pour... C'était une ruine quand je l'ai achetée. Ils parlaient de la raser. J'ai tout fait. Même le fer forgé. Le lampadaire qui éclaire la porte d'entrée en fer à cheval. Du chêne.

170

Les ferrures à double battant. Ma fierté. Tout main. Tout vient de la récup'. Même les fenêtres incrustées dans la toiture. Vise l'œil-de-bœuf, il y en a un sur chaque façade. Celui-ci donne dans la salle de bains et l'autre dans ce qui sera mon bureau, pour admirer le paysage. Qu'est-ce t'en dis ? Je t'épate, hein ? Je savais que j'allais t'épater. Je sais ce que vous vous dites tous, Marco, Cécile, toi la première — ne nie pas — Léo, il est fini, pour parler il est bon mais pour le reste. Et bien le reste, voilà. Des mois et des mois passés à me crever. Mais le résultat, le voilà.

C'est bête à dire, c'est comme si je tournais une page. Tout à l'heure, Cécile m'a dit des choses, et bien, elle avait raison, mais tout ça, c'est fini. C'est derrière moi. Dans une maison qu'on a fait soi, on peut vivre heureux. La vie reprendra comme avant mon licenciement. On continue la visite ?

La baie vitrée donne sur le jardin. Le terrain est grand, non ? J'ai tracé des allées pour que les petites y fassent du vélo. La cheminée à double foyer. Veillée au coin du feu en hiver d'un côté, barbecue de l'autre, en été. Pas bête. Elle tire bien, hein ? J'ai pensé que tu aurais froid en sortant. J'ai mis des doubles vitrages aux fenêtres. La cuisine est tout équipée. Avec vue sur le potager pour la cuisinière. Si j'en trouve une... Bien sûr la maison n'est pas finie mais les chambres sont faites, le salon et la cuisine. Pour commencer, c'est l'essentiel. Vaut mieux pas aller voir le reste, c'est le bordel. Un tas de tuyaux, de fils électriques, de sacs de plâtre et de ciment où une chatte ne retrouverait pas ses chatons. Il ne manque plus que la musique. Attention, abracadabra !

Dans le jardin, le vent s'est levé
Tous les mots se sont envolés
Dans ce jardin moi j'ai tant rêvé
Rêvé de tes mains de t'aimer

— Il y a des enceintes partout.

— Où sont les enfants ?

— Elles sont bien installées, ne t'inquiète pas. Elles dorment dans la chambre du haut. On monte ?

Escalier tournant, ce n'est pas une merveille ? Et la rampe ? Elles ne risquent pas de tomber.

De vrais anges. Chacune son lit. Et le rangement sous le lit. Pratique. Tu veux qu'on les réveille ?

— Non. Demain soir, elles se coucheront tard.

— Ma chambre est ici. Viens voir. J'ai mis la salle de bains pour la séparer de la chambre des petites. Des fois que je fasse du bruit. Je ronfle. La chambre d'amis. Il y a un débarras mais je n'y ai pas touché pour l'instant. On redescend ?

Les petites m'ont aidé à dresser la table. J'ai ressorti des cartons la nappe blanche et les serviettes brodées. Le service je l'ai emprunté à Auchoix, ils me doivent bien ça. J'ai commandé le repas au traiteur d'Auchoix. Que du fin, du cher. J'ai oublié ce que c'est que bien bouffer. Depuis le temps que je vis seul. Tu entends ? Les bûches craquent dans la cheminée. C'est un joli bruit.

On serait bien ici, tous les deux. On a un boulot. Une maison dont je peux payer les crédits. Marco et Cécile se débrouillent. Tes filles sont gentilles, elles m'appellent papi Léo comme Marion. Ça me fait plaisir même si je ne suis guère beaucoup plus vieux que leur père. Marco ne m'a jamais appelé papa. Et quand Cécile le fait, c'est pour m'enguirlander. J'ai été trop dur avec eux. Je ne faisais plus de différence entre l'usine et la maison. Tu ne dis rien ? Pardonne-moi. Je ne... Ce n'est pas une demande en mariage. Ça fait un an qu'Areski est mort... Pardonne-moi. Je me tais. Je suis un imbécile heureux. A notre santé. N'aie pas peur, ce n'est que du jus de fruit.

— Tu sais pourquoi les chats n'aiment pas l'eau ? Non ? Parce que, dans l'eau, Minet râle. L'eau minérale. Ah, ah...

J'essaye de la faire rire en lui racontant des blagues. Elle pouffe mais ce ne sont pas mes blagues qui la font se marrer. J'ai l'air d'un gamin puni qui veut rattraper une bêtise en faisant le beau devant sa maman.

— Tu te souviens, Areski chantait toujours à la fin du repas, cette chanson. Comment c'était déjà... Je te l'avais chantée le jour de ton arrivée.

Ce n'est pas qu'il fasse froid
Le fond de l'air est doux
C'est qu'encore une fois
J'ai voulu malgré tout
Me souvenir de toi

— Cette maison est à toi. Ne la refuse pas. De là où il est, Areski me remercierait. S'il m'avait écouté, il serait resté ici et c'est peut-être lui qui me dirait aujourd'hui : « Léo, tu es seul. J'ai une grande maison. Si tu veux... » Mais il croyait qu'il s'en sortirait mieux là-bas, dans « sa » montagne, au milieu de « ses » oliviers.

— Il s'en sortait mieux. Tu aurais vu comme il était heureux. Maria ne te manque pas ? Cette maison est un peu à elle. Elle s'est autant sacrifiée que toi toutes ces années.

— Elle est partie, elle est partie. Elle m'a lâché

quand tout allait mal. Au moment où j'avais besoin d'elle.

— Peut-être qu'il y avait longtemps qu'elle aussi avait besoin de toi et tu ne le voyais pas, Léo. Tu faisais un fameux égoïste.

— Peut-être. Mais toi, tu n'as jamais lâché Areski. Tu es courageuse. Tu es obstinée. Je t'ai observée, tu sais. Reste ici avec moi. Je ne suis pas Areski mais je suis pas mauvais bougre. Tes enfants m'aiment bien. J'essaierai d'être le père qui leur manque.

— Remplacer Areski ? Jamais, tu m'entends. Je veux bien que nous restions amis, parce que tu étais l'ami d'Areski et que par amitié pour lui, tu m'as aidée à m'installer comme il l'aurait fait si ta femme ou toi étiez venus frapper à sa porte... Mais ne me demande rien d'autre. Je n'ai toujours pas enterré Areski. Tu as fini ta maison ? Mabrouk, comme on dit chez nous. Je suis contente pour toi. J'accepte ton invitation. Je passe une bonne soirée. Les enfants dorment bien dans une chambre où il ne pleut pas sur le lit. Tant mieux. Et comme ils m'ont embauchée à Auchoix et que ça s'est bien passé, ça fait une double fête. Mais on arrête là.

— Ça sent le cramé ! Nom de Dieu, le poulet !

— Carrément brûlé. Il n'y a plus de sauce. Les oignons sont carbonisés. C'est ça, tu peux rire. Tu vois bien que je ne peux pas vivre tout seul.

Karima éclate de rire, d'un bon rire aux larmes qui se marie avec les flammes qui crépitent.

— De toute façon, je n'ai plus faim, Léo. Je suis vannée. Cette après-midi derrière la caisse, avec la peur de faire une erreur. Et l'autre dans mon dos qui me surveillait. Je vais me coucher. Tu me ramènes à la courée ? Je lève les enfants.

174

— Mais non, reste encore un peu ! Je vais te préparer autre chose. Je ne t'ai pas tout dit.

Quel repas de fête. C'était bien la peine de me donner autant de mal. Je n'avais jamais fait ça pour Maria. Elle ne s'asseyait jamais à table. Comme Cécile, toujours debout devant la fenêtre à attendre que j'ai fini ou à rêver de je ne sais quoi. « Tu ne manges pas ? Non, j'ai déjà mangé. Je mangerai après. Je n'ai pas faim. Assieds-toi. Non, je te dis, ça me gêne. »

— Pas tout dit ? Tu ne crois pas que tu en as assez dit pour aujourd'hui ?

— C'est à propos de la courée. Elle va être détruite. Elle est frappée d'alignement.

— Détruite ? Ils n'ont pas le droit. Il faut les empêcher. Faire une pétition. S'organiser. On pourrait peut-être...

— Il n'y a rien à faire. J'ai reçu l'avis, il y a un mois.

— Un mois ! Mais pourquoi tu n'as rien dit à personne ?

— J'ai consulté des avocats. Je suis allé voir les copains au syndicat. C'est la loi. C'est pour cela que j'ai mis les bouchées doubles pour finir avant Noël. Ici, il y a de la place pour tout le monde. Je ferai des efforts, tu sais.

— Des efforts pour quoi, Léo ?

— Pour cesser de boire. Pour me tenir. Pour oublier Maria. Je demanderai le divorce.

— Moi je ne veux pas oublier Areski.

— On ne peut pas vivre à l'ombre de la mort. C'est pareil que si on était morts.

— On est morts, Léo. Si on bouge encore, c'est pour nos enfants.

— On ne peut pas faire revivre les morts.

— Areski est vivant dans mon cœur. Maria ne l'est pas dans le tien ?

— Tu as raison. Je ne veux jamais voir les choses comme elles sont.

— Ramène-moi. Tu peux m'aider à porter les filles dans la voiture ?

— Mais non. Il n'en est pas question. Tu vas dormir ici. Dans la chambre d'amis. Elle est prête. J'ai mis des draps neufs. On ne va pas réveiller les petites. On rentrera de bonne heure à la courée des fois que Cécile s'inquiète. Mais ça m'étonnerait.

Un soupir de lassitude. Un battement de paupières. Elle accepte. Est-ce du désir que je lis dans ses yeux ? Je ne sais plus lire dans les yeux d'une femme. Des images roulent sans que je puisse les retenir. Une avalanche d'images sorties de je ne sais quel grenier honteux : Karima nue, allongée sur les draps neufs. Karima me réclamant de ne pas la laisser languir, de ne pas attendre. Je la serre tendrement dans mes bras, je l'embrasse sur les lèvres. Son corps dit oui, sa bouche non. Elle n'en peut plus, elle tremble. Ma main se pose. Je m'incline et la prends au plus profond d'elle-même. Lentement. Sa chair est brûlante. Elle gémit. Elle a les yeux fermés. Sa tête bascule de gauche à droite. Elle sanglote. Je lui demande pardon. Je ne t'en veux pas, me répondrait-elle. Nous restons l'un dans l'autre jusqu'à avoir repris notre souffle. « Léo, j'arrête désormais de me prendre pour la reine de Saba, me soufflerait-elle à l'oreille. J'ai mon âge, la vie m'a laissé de douloureuses empreintes. J'ai le droit de vivre. N'est-ce-pas ? »

Je lui répondrais sur le même ton. « On pourrait sortir plus souvent, aller au restau et au cinéma. Nous balader avec les enfants au bord du lac. Cela nous ferait le plus grand bien. Je me suis laissé aller. Avec un peu de patience et de bonne volonté, je pourrais faire revenir le Léo que j'ai été. Je pourrais maigrir, me tenir droit, me laver tous les jours. »

Pathétique. On ne peut pas redevenir ce que l'on était. Hier n'existe pas si à chaque minute, on n'en fait pas un aujourd'hui. Demain n'existe pas si à chaque instant, on n'en fait pas un aujourd'hui. On ne devient que ce que l'on est. Ta maison est une tombe, Léo. Et c'est toi-même qui l'as fermée sur ta tête. Est-ce mieux de dormir à deux dans une tombe ? Les vers ne font pas la différence. Mon pauvre Léo, tu n'arriveras pas à faire l'amour avec tes rêves si tu continues à coucher avec ton passé. Tu n'as pas le choix.

Cécile. Cécile, mon unique vœu, mon accomplissement sur terre, mon désir ultime, celle qui me fera accéder au ciel pur où je pourrais donner tout ce que ma mère ne m'a pas laissé donner. Je suis né pour te rencontrer.

Elle est devant moi. Elle ne sait pas où aller, elle marche tout droit. De temps en temps, elle tourne à droite après à gauche. Elle cherche comme on cherche une proie. Un balayage de l'œil. Personne à se mettre sous la dent. Des types incolores avec leurs gonzes inodores. De vraies gueules de boule de Noël. Cherche, cherche, ma Cécile, je ne suis pas loin.

A chaque coin de fenêtre, les yeux blancs des paraboles. Les aveugles se rassemblent devant la télé. Quelle merde. Il faudrait en débarrasser le monde. Quoi, La Mort ? Tu me contredis maintenant ? Mais toi tu es un chien. Quand tu chies, ceux qui marchent dedans l'ont bien cherché. Tes étrons sont une bénédiction. Et je sais de quoi je parle. Depuis que je traîne avec toi, je sais ce que tu vaux. Le premier qui me dit le contraire, je lui fous une beigne. Un direct dans les dents. J'avance les mains, l'air de rien, en ami, et la nuque se brise, la respiration devient sourde, un chuchotement, le visage pâlit et les yeux cessent de briller. Le premier qui dit : « Tout ça pour un clebs » je lui réponds : « C'est bien plus qu'un chien ». Viens, laissons ces deux éclopés gratter leurs plaies. Il ne faut pas que je perde Cécile de vue.

19

Je cherche. Je cherche un garçon. Je cherche un père. Je cherche celui qui me mettra dans le ventre de la graine de bébé. Le bébé que je t'offrirai, maman. J'ai mal au cœur, mal de te savoir mal.

Je suis une géante au milieu des minuscules maisons illuminées du marché de Noël. Ce sont des maisons de nains au milieu de la grand-place recouverte de glace et de neige artificielles. Sous la grande roue de la vie qui tourne, poussée par les cris de frayeur des amoureux. Je suis bien ici. Je suis dans un autre monde. Le monde de mes livres d'enfant. Je flâne. Je prends mon temps. Le temps de rêver. Les gens me regardent, me sourient. Je leur souris. Ça fait du bien. Je cherche mon cadeau et je ne le trouve pas. Ils sont tous entre d'autres mains. Tout à coup, je le tamponne. Mon prince charmant.

Ce qui m'attire, ce sont ses jambes musclées et son derrière — son cul bombé et ferme. Il se retourne. Il me plaît. Je veux ses mains sur ma peau. Je veux sa bouche comme un fruit dans mon cou. Je veux qu'il me fasse des choses impensables. Je suis quelqu'un qui en veut toujours plus. J'aime l'interdit. J'aime ce qui est dangereux. L'envie n'a pas de limite pour moi. Le désir n'a pas de limite. Je rêve mais ce n'est pas un rêve. Je lui fais face. Ma bouche s'ouvre. Mes lèvres sont sèches. J'y passe la langue. Je ne peux plus parler. C'est lui qui parle.

— Tu veux faire un tour de roue ?

— Il est tard.

— Boire un verre ?

— Non, je veux faire un enfant.

Il a tout à coup l'air timide.

— Faire un enfant ?

— Oui. Tu sais comment on fait ?

— Oui.

— Ça te dit de passer la nuit avec moi ?

— Oui.

— On y va ?

— Maintenant ?

— Je n'ai pas le temps d'être patiente, je m'en vais demain.

— Tout compte fait, moi non plus, je n'ai pas le temps.

— Où est-ce qu'on va ?

— Au *Mercitel*. J'y travaille. Enfin, j'y travaillais. J'ai un passe. Tu es sûr que tu vas y arriver ?

— A quoi ?

— A me faire un enfant ?

— Tu as vu comme je suis bâti ?

— J'ai vu.

— Et puis si ça ne marche pas la première fois, on remettra ça.

— Combien de fois ?

— Au moins trois. Il faut bien ça.

— Tu crois qu'il te ressemblera ?

— Qui ?

— Le bébé ?

— Ce sera un garçon ou une fille ?

— Un garçon.

— Alors il me ressemblera.

Il me met le bras autour de la taille. Je lui mets la main sur les fesses. J'ai l'impression qu'il me sauve la vie.

— Ton petit nom ?

— Noël.

— Ce n'est pas vrai !

— C'est pourtant la vérité. Je suis né le 24 décembre.

— Bon anniversaire !

— Et toi ?

— Moi, c'est Cécile. Tu fais quoi ? Tu n'es pas comme les autres.

— Je voyage. Toi non plus, tu n'es pas comme les autres.

— Moi, je veux voyager sur tes lèvres.

Et dans l'immensité à sa mesure
Je suis en équilibre je le jure
Tout ça est bien en moi
Et c'est moi
Je suis

— Qu'est-ce que tu fais ?

— Je prends une douche.

Nue, je me regarde dans le miroir qui occupe tout le mur. Ce corps va bientôt changer. Ce corps qui a les seins droits, la taille qu'il faut, le cul petit et rond qui va s'arrondir de partout. Dans neuf mois, je ne serai plus la même. Je m'essuie dans les serviettes moelleuses. Je tire mes cheveux en arrière. Une goutte de parfum derrière les oreilles, les poignets, les genoux. La dernière ruisselle entre mes seins.

— Je suis prête, Noël.

Il est allongé sur le lit. Il n'a ôté ni sa veste de cuir, ni son gros pull-over bleu nuit, ni son jean serré.

— Tourne-toi.

Je tourne sur moi-même jusqu'à avoir le tournis.

— Encore !

Il me prend la main.

— Déshabille-moi. Doucement.

Le pull-over glisse. Je le couvre de baisers en partant du ventre pour arriver à sa poitrine. Nos bouches s'emmêlent. Nos caresses s'emmêlent. Nos corps s'emmêlent. Tout s'emmêle dans ma tête. Je le regarde droit dans les yeux. Je prends un air dominateur et lui enlève son dernier vêtement.

— Fais-moi un enfant, Noël.

Pourtant, quand nous nous allongeons, j'ai peur. Peur de savoir qu'il va me toucher, qu'il va dormir à côté de moi. Il me touche. Sa main force mes cuisses. Ses yeux deviennent clairs.

— On largue les amarres, joli mousse ?

Il fait doucement et son regard est tendre. Il se passe de belles choses pendant. C'est bon. Son menton est carré. Il fronce les sourcils, serre les dents. Il gémit. Fin du voyage.

Quand c'est passé, je ne regrette pas. Je suis enceinte. Je le sais. Je croyais faire ça comme une banalité et je l'ai fait avec amour. Je suis si sûre d'avoir un enfant de Noël. Un petit ange que je vais offrir à ma mère. Que je vais porter à ma mère. Elle lui sourira, lui fera des gazouillis. Elle l'appellera Dani comme celui qu'elle a perdu.

C'est fait. C'est fait. Plus rien d'autre n'a d'importance. Ce qui compte, c'est de la voir heureuse avec un bébé dans les bras. Elle oubliera le mal.

Je m'endors. Je rêve mais ce n'est pas un rêve. Un homme est debout devant la fenêtre de ma maison. Un géant aux cheveux roux. Je le vois de dos. Marion est assise sur l'appui de la fenêtre. Il la prend. Je le vois la prendre. Il la pousse. Je me réveille. J'ai peur.

J'allume une cigarette. Mon amoureux ronfle. Il dort comme un enfant, les bras écartés, sans défense. Je me le ferais bien encore. J'hésite à me barrer. Il est trop mignon. Mais si je reste, il va être comme les autres quand ils ont eu ce qu'ils voulaient. Je me lève sans bruit. Je m'habille et je pars, les deux mains sur les hanches, le ventre en avant. Demain, avant de partir, je ferai un test. Le résultat sera positif. Positif veut dire bébé. Je le mettrai entre les chaussons jaunes de Marion. Maman comprendra.

Quand je tourne la poignée de la porte, je le regarde encore une fois. Je reviens sur mes pas, le découvre. La lampe de chevet tombe. Il grogne mais continue à dormir. Son pantalon et son blouson traînent sur la moquette. Je les relève. Le portefeuille tombe. Il est plein de gros billets. Merci, père Noël.

Je sors de l'hôtel. Il fait froid. Je marche en pensant aux heures passées avec cet homme que je ne reverrai pas. Il me manque déjà. Je répète pour la première fois depuis que je suis petite avec bonheur : Noël, Noël, Noël, Noël... La mairie ressemble à un gros gâteau planté de bougies multicolores. Noël. Noël.

Je lève la tête pour regarder l'heure. Je n'ai pas envie de dormir. Je voudrais réveiller Marion, faire ma valise et partir tout de suite. Sans dire au revoir à personne, sans larmes ni regrets..

Allez, cours plus vite ma vieille. Hop, un pas de côté,

attention la glace. Je me sens le cœur si léger. J'ai enfin un but. Nous allons former une vraie famille, maman, Marion et moi. J'ai un point de côté.

Je suis pas née le jour de ma naissance
Je suis née lorsque j'ai compris ma différence
Tout ça est bien en moi
Et c'est moi
Je suis

Bizarre, cette impression d'être suivie. Il y a quelqu'un. Il y a quelqu'un qui me colle. Depuis combien de temps ? Où est-ce que j'ai foutu mon morceau de sucre ? Qu'il s'approche et il va voir...

— C'est moi, Cécile, tu me reconnais ?

Que s'est-il passé, Cécile ? Cette balafre sur ma joue. Ce sang sur mes mains. Cécile, attends. Je ne voulais pas te faire peur. Je ne suis pas... Ici, La Mort, ne lui cours pas après. J'ai mal. Pourquoi m'as-tu fait mal ? Sans un mot, sans un cri, tu as versé mon sang. Je ne suis plus vierge. Je n'aurais accepté cette douleur de personne d'autre. J'aime cette douleur. C'est toi qui me l'as donnée sans un mot. Cette douleur est mienne. Nous sommes frère et sœur de sang. Je caresse ma joue. Le sang coule à grosses gouttes. Des larmes de sang peignent mon visage de clown. Les couleurs se confondent. Le visage déteint. Rien en dessous. Les enfants sifflent. Ils me huent, me balancent des cochonneries sur la tronche. Ils me tournent en ridicule. Le bouffon s'éteint. L'innocence se perd. Faire rire n'amuse pas longtemps. Le rouge éclaire. Irradie. La balafre me donne la direction à suivre. La boussole s'affole. Me fait perdre le nord. Et fausse les données. Une aiguille sicilienne me guide. Elle oriente les regards de la ville et les projecteurs sur ce qui sera la scène capitale d'un film à faire dont je serai le héros. J'ai changé. Je ne fais plus peur. Je n'inspire plus de terreur. C'est bien, La Mort, lèche, lèche-moi le visage. Il faut que je tue. Il faut que je tue une fois avant d'aller la retrouver. Allons rôder jusqu'à la courée.

Il faut verser le sang pour être un héros. Le sien ou celui des autres, ça n'a pas d'importance. C'est le même sang qui coule d'une porte à l'autre. C'est la même mort qui frappe à la porte. Cécile est à la porte. Ouvrez-lui, vite. Elle a échappé ce soir à la vie. Qu'elle se repose. Demain est un autre jour. Je vais sacrifier le premier agneau venu pour que les dieux nous soient favorables. Maudits soient les mers et les marins qu'on ne peut prévoir ni retenir entre les mains.

20

Les clés, où sont ces putains de clés ? Mes mains tremblent. Ne t'énerve pas, Cécile, c'est ouvert. Barricade-toi, ferme les verrous. La chaise, mets la chaise contre la porte. Tu ne m'auras pas cette fois, salaud. Je t'ai reconnu. Maintenant tout le monde te reconnaîtra. Tu ne connaissais pas le coup du sucre ? Tu t'en souviendras. Arme blanche. Je t'ai balafré le visage. Le sucre, ça ne cicatrise pas. Ah, non, tu ne m'auras pas. Pas maintenant que je vais toucher le bonheur de près. Pas maintenant, que ma vie va changer. Le sucre, c'est tout ce que j'ai trouvé pour me défendre. Je l'avais mis dans ma poche à l'hôtel. « Sans sucre, le café, s'il vous plaît. » J'en remplis toujours mes poches.

Il connaît mon nom. Il faut que je me tire ou je deviens folle. J'ai la bouche sèche. Je vais vomir. Je vais boire de l'eau. Il y a de la lumière dans la salle de bains.

— Marco ?

Il ne faut pas qu'il sache. Il le tuerait. Il se ferait tuer.

Juste avant la naissance de Marion, je m'étais disputée avec nos vieux. « Je t'avais prévenue, avait dit ma mère, tu te mets avec ce garçon, tu ne remets plus les pieds à la maison. » J'avais quinze ans. Je m'étais sauvée de chez Momo, le salaud qui m'avait fait la gosse, avec ce que j'avais sur le dos.

— Fous le camp, avait dit Léo.

— Où ça ? J'avais dit. Je n'ai nulle part où aller. Je suis enceinte.

— Va au diable, avait dit Léo. Tu nous fais honte. Je ne veux plus te voir.

— Viens, avait dit Marco. Je t'emmène.

On était partis dans la bagnole à Léo. Vers le sud. On était arrivés à Nice en pleine nuit. Nice, c'est pareil que Roubaix. Pire que Roubaix. Quand on n'y connaît personne.

Voilà que le « travail » commence. Je ne savais pas ce que c'était. Je ne savais pas ce que c'était que d'avoir mal comme ça. Marco a tout de suite su.

— J'ai mal au ventre.

— C'est pas mal au ventre que tu as. Tu vas accoucher, c'est tout.

— Déjà ? Comment tu le sais ?

— Tu t'es vue ?

Une pompe à essence.

— L'hôpital ? Pourquoi ? Elle est malade ?

— Elle va accoucher.

— A son âge ? Je vais vous conduire.

— Ce n'est pas la peine.

Quand Marco avait fini par trouver la maternité, mon bébé était là.

— Comment tu vas l'appeler ?

— Marion.

— Pourquoi Marion ?

— Maria-Marion ! C'est marrant, non ?

Des femmes sévères nous questionnent. Des docteurs. Des infirmières. Encore des questions.

— C'est une fugue ? Il va falloir placer l'enfant.

— Personne ne touchera à mon bébé.

— Où est le père ?

Sans réfléchir.

— Il est dans le couloir.

La femme va chercher Marco. Clin d'œil.

— C'est vous le père ?

— Quoi ? Euh, oui !

— Vous allez le reconnaître ? Vous avez quel âge ?

Marco avait rougi.

— Dix-huit. Je suis majeur. Ben oui, je vais le reconnaître.

J'avais cru que la femme allait nous laisser tranquilles. Mais non. Elle était revenue pour dire qu'il fallait qu'on prévienne nos parents. J'avais menti.

— Mon père est parti. Il a été déchu des droits paternels.

— Et vous, monsieur, vous avez des parents ?

— Euh, oui. Enfin non. Ils sont morts. Dans un accident de la route.

Plus tard. Encore des questions.

— Vous ne pouvez pas rester à Nice, sans logement avec un bébé. On a prévenu votre maman, Cécile. Elle vous attend.

— Elle n'est plus fâchée ?

— Je suis sûre qu'elle sera contente d'être grand-mère.

Le retour avait été merveilleux. On nous avait donné de l'argent. On avait traîné en route. On était allés au bord de la mer.

— De l'autre côté là-bas, c'est l'Amérique, avait dit Marco. Un jour, j'irai. Tu viendras avec moi ?

— En avion, oh, non.

— En bateau, alors ?

Ma mère, debout à côté du feu. Et ma petite bonne

femme que j'avais habillée tout en jaune avec la layette de la maternité.

J'avais mis Marion dans ses bras. Elle nous avait serrées bien fort toutes les deux. Très fort. Ma mère était heureuse.

Marco avait gardé la bagnole. Léo n'avait rien dit. Le mal était passé.

La musique viendra de très loin
Je ne l'entendrai pas
Comme un écho qui n'atteint plus que les sapins
Ailleurs il fera chaud
Chaud comme dans le ventre d'une mère
Et des enfants naîtront sans le savoir

Une fille chante devant le miroir.

— Excuse-moi, je ne savais pas que... J'ai envie de vomir.

Je dégueule ma haine, ma rage, ma peur dans le lavabo. Je m'en mets partout.

L'inconnue me prend par le bras. Je la suis. Elle précède mes désirs. Elle fait couler un bain. Un bon bain dans lequel la crasse noire de ma mémoire s'en ira. A la lumière de la loupiote, j'ai une tête de morte.

— Il y a des serviettes ?

— Dans le petit meuble. Tu es la nouvelle petite amie de Marco ? Tu t'appelles comment ?

— Ludmilla.

— Tu l'aimes ?

— Marco... J'ai besoin qu'il m'aime.

Elle est directe. Elle est assise au bord de la baignoire. Je n'aime pas raconter ma vie pourtant je lui parle comme je parlerais à ma sœur.

— Marco est trop égoïste pour aimer quelqu'un. Il

n'a pas de vie. Il m'a moi, mon père, ma fille. Ça lui suffit. Quand il sort en boîte, il ramène des filles. Il ramène aussi une cuite. La gueule de bois après. C'est vite oublié. Il était cuit quand il t'a rencontrée ?

— Cuit ? Non. Pour en garder une, il faudrait qu'il se pose. C'est un papillon qui tourne autour des lampes. Un jour, il se brûlera les ailes. Les grognasses qu'il ramène ne sont même pas belles. Je ne dis pas ça pour toi. Toi, tu es différente. La nuit, les filles sont toujours jolies. Une fois qu'il n'y a plus de musique et que c'est plein jour, tu verrais les cageots ! Pour se débarrasser de la dernière, il m'a fait passer pour sa femme.

— Ce ne sera pas nécessaire. Je pars demain.

— Avec Marco ?

— Je ne sais pas. Demain quand il se réveillera, il aura peut-être la gueule de bois.

Il y a une telle complicité entre nous que c'est comme si on s'était toujours connues. Je me déshabille devant elle. Aucune gêne.

— Aide-moi.

Elle me parle de mes seins, de mes fesses. Je rougis. J'entre dans le bain.

— Tu me fais un shampoing ?

Elle me frotte le dos. Elle est énergique et douce à la fois. Je m'abandonne. Il y a si longtemps. Je lui parle de la douceur de Noël.

— Noël ?

— C'est un marin. Le père de mon bébé.

— De Marion ?

— Non, du bébé que je viens de faire.

Je sors du bain. Elle m'entoure d'une serviette blanche.

190

— A ton tour. Quand j'en aurai fini avec toi, Marco te suppliera de l'épouser.

— Moi ?

En lui lavant les cheveux, je lui raconte tout, le rouquin, Momo le père de Marion, et tous ceux qui me sont passés dessus sans enlever leurs chaussures ni se laver les mains. Je lui raconte encore Noël, mon amoureux de la nuit que je n'arrive pas à me chasser de la tête, ses fesses, son sourire, ses façons.

— Tu as l'air d'une sauvage. Tu me laisses te coiffer ? J'ai toujours voulu être coiffeuse. Avec la crinière que tu as...

J'étale la panoplie sur la table.

— J'aimerais être restée petite. Jouer à coiffer ma poupée. Ma mère serait heureuse et j'attendrais avec impatience que mon père rentre du boulot. Il me ramenait toujours quelque chose de l'usine, des échantillons de tissu, des bobines de fil, des catalogues, des prospectus. A part Nice, je ne suis jamais allée nulle part. C'est comment ton pays ? Je suis nulle en géographie. Ça me faisait chier à l'école. De toute façon, quand on n'a pas de fric, un pays, c'est quoi ? Une rue qui va d'ici à là. Une route qui va vers un hôpital. L'important, ce n'est pas d'avoir un pays, tout le monde en a un. C'est de pouvoir en partir.

— Ou de pouvoir y rester.

Elle parle du Kosovo avant la guerre. De la lumière, des collines et des moutons, des ours et des loups. Des bombardements. Toute la journée, on aurait dit des enfants qui tapaient avec un ballon sur le mur de sa chambre. Du lit de fer blanc qui grinçait, de la commode bourrée de vieilleries, du placard cérusé qui cachait le mur. Tout était blanc, comme la chambre d'une communiante. Du printemps où on repeignait, on chaulait et on replâtrait la maison. Du brouillard, des hommes, de la neige, encore des hommes et puis...

Elle éclate de rire, me prend les ciseaux et entreprend de me couper les mèches.

— Si tu me coupes les cheveux, mon père en fera une maladie.

— Tu n'es plus une petite fille. Il est temps de couper le cordon.

— Après tout, je m'en vais tout à l'heure. Coupe tout.

Mèche après mèche, une autre Cécile m'apparaît dans le miroir. Elle ressemble aux héroïnes des livres d'aventures que je lisais avant. Avant le rouquin. Elle plaira moins aux garçons, mais c'est pas plus mal.

— C'est aux garçons de te plaire, pas le contraire. Enlève ces vêtements de bonniche. Ce col roulé devrait t'aller, mets-le avec ce jean.

— Tu ne trouves pas que je suis trop maigre ? Tu m'aurais connue quand j'étais enceinte, j'avais de ces seins, des obus. Maintenant j'ai plus rien. Les fesses, c'est pareil. A dix-huit ans, j'étais plus ronde que ça. Les filles, elles veulent toujours maigrir, mais moi, je me trouve trop maigre. C'est trop dur, là. Tu ne trouves pas que j'ai des seins trop petits ?

— Non, je ne trouve pas.

— Les hommes, ils n'aiment pas les petits seins. Il leur en faut plein les mains.

— Ça dépend.

— Moi je te le dis. Quand j'étais enceinte de Marion, tous les hommes se retournaient sur moi. Dans la rue, n'importe où... Même mon père, ce salaud. J'avais de super beaux seins. Rien que pour ça j'aimerais encore être enceinte. Marco dit que je suis plate. Il m'a dit ça l'autre jour et tu sais ce que je lui ai répondu ? Je vais les arroser plus souvent pour qu'ils poussent.

— Tu me fais rire, t'es jolie comme tout.

— C'est vrai ? Tu crois que ça m'ira les cheveux courts ? Ça fera pas trop garçon ? J'ai pas envie qu'on m'appelle monsieur... Ça m'est arrivé une fois au Shoppy. J'avais mis la casquette à Marco et il y a une fille à la caisse qui m'a appelée « jeune homme ». Je lui aurais arraché les yeux. Ce qui me plaît chez toi, c'est tes fesses. C'est comme Noël, quand je l'ai vu, c'est ce que j'ai regardé en premier. Tu as de la chance d'être comme ça. Depuis Marion, je flotte dans mes loques. Je ne savais même plus pourquoi je les gardais. Je savais peut-être que tu allais venir. Je vais te les donner. Prends ce que tu veux.

— Qu'est-ce qui s'est passé pour Marion ?

Le ton est égal, comme si en parlant trop fort, Ludmilla avait peur de réveiller des douleurs mal cicatrisées.

— Brosse-moi les cheveux.

Un silence.

— Momo, ce n'était pas de l'amour. Il a été gentil tant que j'habitais chez ma mère. Quand je suis allée vivre chez sa mère à lui, du jour au lendemain, il est devenu horrible. Il me battait pour un oui pour un non. Le soir, il rentrait tard. Il était bourré. Il me faisait des choses horribles. Il me faisait dormir par terre. Il me frappait, ça lui donnait du plaisir. Ce que je ne comprenais pas, c'était pourquoi il m'enfermait. J'étais sans cesse à me demander : Est-ce que j'ai fait quelque chose qui ne lui plaît pas ? Un soir, je me suis dit : Demain, c'est les allocs, sa mère va s'en aller de bonne heure faire la queue à la poste. Ce sera le bon moment pour m'enfuir. Je magouillais tellement dans ma tête que je n'ai pas entendu ce qu'il me disait. Il s'est mis en colère et a recommencé à me battre. Ne chiale pas, qu'il m'a dit, les coups c'est gratuit. Je le regarde dans les yeux : Crâne, crâne bien, demain, je ne serai plus là. Il me prend par derrière. Je lui chie dessus. Il frappe encore, me prend par les cheveux et m'oblige à le laver. Après qu'il s'est défoulé, monsieur s'en va. J'avais ma petite idée de l'endroit où il allait. Je préfère pas en parler. Ça me faisait encore plus mal que les coups. A deux heures du matin, il revient. J'entends la porte s'ouvrir. Je le sens qui approche. Mon cœur bat à cent à l'heure. Je ne dis rien. Je n'ouvre pas les yeux. Au moment où je soupire : ça va, il ne va rien me faire, il me prend par le bras, me sort du lit. Il tente vainement de faire son affaire et comme il n'y arrive pas, il me frappe. Est-ce que c'était son plaisir ? Est-ce que les coups étaient la seule manière qu'il avait de me crier quelque chose qu'il ne parvenait pas à me dire ? Mais quoi ? Son mal d'être chômeur ? D'être bientôt père sans avoir jamais été un enfant ?

Et puis, il me laisse tranquille, se couche et se met à ronfler. Je reste là, le ventre douloureux, à attendre que le matin arrive. J'entends sa mère qui se prépare à partir. J'attends que la porte s'ouvre et qu'elle ait disparu, je me mets à courir. Mon ventre me fait mal. J'ai la nausée. J'arrive place de Tourcoing. Le bus arrive. Au moment où je veux monter dedans, je vois le chien. Son chien. Un pittbull. Une chienne en fait. Il vendait les petits. S'il est là, Momo n'est pas loin. Il a dû m'entendre. La porte a claqué. Je monte vite, je regarde par la vitre. Il fait signe au chauffeur d'attendre. Je suis perdue. Momo monte. Le chauffeur dit que les chiens sans muselière sont interdits dans les bus. Momo s'énerve. Le chauffeur le laisse passer.

— Rentre à la maison.

— Non. Je rentre chez ma mère.

— Si tu ne rentres pas, je te tue.

Je n'écoute pas ce qu'il me dit. Le bus est presque arrivé. Si Marco était là... La porte du bus s'ouvre, je le bouscule, il m'attrape par les cheveux.

— Tu reviens à la maison.

— Non, laisse-moi, s'il te plaît.

Il me traîne par terre. Le chien croit à un jeu, me mord les mollets. Ma mère arrive de nulle part. Momo me lâche, rappelle son chien.

— Je ne lui ai rien fait.

— Ah oui, et les bleus qu'elle a sur le visage ? Fiche le camp avec ton chien. Si je te vois encore rôder autour de ma fille, c'est à moi que tu auras à faire.

Momo s'en va, le chien derrière lui. Il reste de l'autre côté du trottoir.

Le soir, Marco rentre, pas mal amoché mais souriant. Il me fait un clin d'œil et sort un sucre de sa poche.

— On pourrait partir en vacances.

— Je suis enceinte. On irait où ?

— En Italie. Ça te dit ?

On n'est pas allés plus loin que Nice. J'ai accouché là-bas. Mais demain j'irai plus loin. Tu ne veux pas venir avec moi ? L'Italie, c'est tout près de chez toi. Quand la guerre sera finie, tu pourras revenir.

— Non. Je vais en Amérique. Au Canada.

Un long silence. Ludmilla me serre dans ses bras. Je pleure. Puis je ris. Et elle rit avec moi.

— Je suis contente, Ludmilla. Contente de te connaître, contente de partir, contente de prendre ma vie en main. Je sais où j'en suis. Je sais ce que je veux. Je me sens légère. J'ai envie d'embrasser tout le monde. J'ai faim. Si on se faisait un petit-déjeuner ? Un petit-déjeuner d'adieu ? Mais attention, un vrai de vrai, comme à l'hôtel. Après, on réveille tout le monde et on fête Noël avant Noël.

Le mal ne passe pas. Ma joue continue à saigner. Le destin est contrarié, petite fille capricieuse. Je vais attendre l'aube. A chaque heure qui m'éloigne de toi, j'offrirai une victime. Demain matin, Cécile, tu feras ton bagage, tu prendras ta fille par la main et tu tourneras le dos à la courée. Je t'attendrai à la gare. Puisque tout le monde doit partir dans cette histoire, nous partirons tous les trois. Vers la fin. Hein, La Mort ? Si l'on rêve du départ, on rêve aussi de l'arrivée, on rêve de l'ailleurs, on rêve de l'au-delà. Cette gosse qui vit dans la maison voisine est tout près de l'arrivée. Allons lui donner un coup de main. Sinon, je vais finir par avoir les doigts gelés. C'est marrant, la plupart des enfants meurent le jour où ils quittent leur maman. Pas pour autant qu'ils deviennent grands.

Un déjeuner d'adieu, c'est une jolie idée. Je ne m'invite pas, Cécile. J'attends la petite Alison pour en finir avec la nuit.

Ça faisait un bail que tu voulais passer de l'autre côté, Alison. Tu as tout essayé pour sortir de ta peau. Ça y est, l'heure est venue. Je suis là. La Mort est à mes pieds. Plus besoin de piqûres, plus besoin de bonbons, ni de pilules, ni de cachets, ni d'éther, ni de sirop pour la toux, ni de bière à dix degrés. Il ne faudra pas pleurer. Ne pas avoir de regrets. Tant va la cruche à l'eau, mon petit pot de porcelaine, qu'à la fin, elle se casse. L'eau du chagrin est dure comme la glace. Ce n'est pas de ta faute. Pas la faute à Cécile et à son sucre. Faut bien tuer le temps.

J'aurai beau serrer, j'aurai beau t'écraser sous mon

poids, c'est tout juste si j'en retirerai quelques heures de répit. Si encore tu te taisais, mais tu as tellement fumé que tu n'arrêtes pas de crier tout haut ce qui te passe par la tête. Comme si tu avais peur de t'oublier. « Vous m'entendez, vous m'entendez, si vous m'entendez, c'est que j'existe ! » Pauvre phalène.

Viens, je t'attends à côté de ton copain Bernard. La Mort lui fait des câlins. Il y a des nuits où personne ne dort. Il y a des vies où personne ne respire. On attend le père Noël et c'est moi qui viens. Couché, La Mort. Couché. Je l'aime bien, cette courée. Je l'aime bien. Elle est peuplée, ne va pas croire. Imagine, La Mort, elle a bien un siècle. Le nombre de petites filles qui sont nées ici, ont grandi, ont péri. Le nombre de petits garçons qui ne sont jamais revenus de la guerre, de l'usine, de l'alcool, de la merde. Tu entends ces mères qui crient depuis cent ans ? Comment veux-tu que les hommes ne s'en aillent pas ? Comment veux-tu qu'ils ne tuent pas, qu'ils ne crèvent pas ? Ne t'endors pas, La Mort. La nuit est belle. Par la fenêtre de la salle de bains, j'aperçois Cécile et Ludmilla qui disent adieu à tout cela. Demain, l'une et l'autre seront à moi.

21

Salut tout le monde, je m'appelle Alison. J'ai à peine
dix-neuf ans. Pourquoi je dis à peine ? A cause des
gens, quand je dis mon âge, ils sont étonnés, ils disent
que je fais plus. Ma mère dit que je suis usée. Que je
ferais mieux de dormir la nuit. Bernard dit le contraire.
Il dit que j'ai l'air d'avoir douze ans. Bernard, c'est
mon mec. Alors pas touche. La dernière qui s'est permis de l'approcher, je lui ai cassé le nez, mais c'est de
sa faute. Elle a voulu me venir en se la pétant avec lui.
C'était une soirée bidon. Dans un sale quartier. Pourquoi sale ? C'est dans le quartier que j'ai l'habitude de
venir pécho. En plus, c'est moins cher, trois quepas
20 000. Bref, bref, bref. Comment j'ai rencontré Bernard ? J'étais chez ma cousine Bébé. Elle habite aux
Coursives de l'Alma. On a l'habitude de s'y cacher. Il
y a des escaliers dans tous les sens avec des sorties partout. A chaque fois qu'on me poursuive, direction
Coursives, ça rime. Bref, j'en étais où ? Ah oui, Bernard était avec un ami de ma cousine. Salut, Bébé, ça
va, ça va ? Et toi ? Si tout va bien pour toi, ça va pour
moi. Tu fais quoi là ? C'est qui la gazière ? C'est ma
sicou. Vas-y, présente. Présente ? Tu me prends pour
une messagerie rose ? C'est qui le lascar ? Il n'est pas

du quartier. Il s'appelle comment d'abord ? T'as qu'à lui demander. Bébé, je vais y aller. Attends, je vais l'accompagner. Vers où elle va ta cousine ? Tu bouges aussi ? Ouais, je vais y aller.

Excuse-moi, t'aurais pas un garrot ? Ça tient. Un, ça te suffit ? Merci. Tu vas où ? T'habites où ? Tu dois me trouver un peu trop curieuse. Ça ne te dérange pas qu'on fasse la route ensemble ? Tu fais quoi, ce soir ? Je vais à Rotter. Tu veux venir ? C'est où, Rotter ? En Hollande. J'ai jamais été.

On n'y est pas allés. On s'est couchés. On ne s'est plus quittés que lorsqu'il n'y a plus rien à boire ou à fumer et que Léo n'a pas de boulot à nous donner. Alors, c'est moi qui sors. Hier soir j'ai piqué la valoche d'une paumée devant la gare. Histoire d'avoir une monnaie d'échange. Je suis allée avec la valise trouver Momo.

En haut du premier pont de la cité, je croise une bande de dealers de teuche. Eh, Alison, tu cherches chose quelle avec cette valoche ? Qu'est-ce que tu en as à foutre ? D'où tu me parles comme ça ? Tu veux que je lâche mon pitt ? Tu veux dire ta pute ? D'abord, où il est Momo ? A l'appart' au block noir. Et il y a qui en haut avec lui ? J'sais pas. Putain, j'espère que Fatima y est pas, elle va me prendre la tête pour ses 20 000.

Je monte quatre à quatre les escaliers. Les Coursives, faut connaître. Tous les appart's se ressemblent avec leurs portes blindées et leurs fenêtres protégées par un grillage. La plupart sont abandonnés ou squattés par les toxs. Ils ouvrent les portes au pied de biche ou ils passent par les fenêtres en hauteur, celles qui n'ont pas de barreaux.

J'arrive devant le block 14, le block squatté par la

bande à Momo mais plus souvent par les toxs. Le gil a empesté la plupart des blocks pour éviter les squattages. Mais à force de rester dedans ils se sont habitués sauf les cafards qu'on retrouve partout. La dernière trouvaille de Momo est d'écrire son nom sur les plafonds à l'aide d'une brique. Momo est le plus vieux de la bande. Il a surtout son demi-frère, un bradzingue qui était réputé dans le quartier et qui est en tôle depuis dix ans au moins.

J'apprends qu'une fille s'est fait violer et étrangler. Qui a fait ça ? Sans doute un rabatt' qui ne savait pas ce qu'il faisait à cause de la meca.

La came, c'est la mort,
La mort qui t'accueille.
La came c'est direct au cercueil.
J'ai vu mes frères tomber dans la meca.
Beaucoup dans le même cas,
Beaucoup n'ont pas le choix.
Ce fameux sachet blanc,
Beaucoup sont tombés dedans.
Ma mère pleure pour cette merde.
Mes frères sont morts dans cette galère.
Alors pourquoi je continue ?
Je voudrais être morte

L'appart de Momo est clean. Sa mère travaille aux HLM. C'est pour ça que l'appart' n'a pas été barricadé. D'habitude, un squatt reste ouvert au maximum une semaine. Lui, ça fait un an qu'il est là. Il a tout à l'œil. L'eau. Pour l'électricité, il a un branchement à l'extérieur.

Momo, lève-toi, il y a quelqu'un pour toi. Putain, fèchier, on ne peut pas dormir dans cette baraque. Il est où mon caleçon ? Oueche, j'ai fait quoi hier soir pour me retrouver à oilpé ? D'abord c'est qui ? Alison. Nique ta mère. J'étais sûr que c'était toi. C'est grave ton cas, d'où tu viens comme ça, t'es pas bien ? Momo, euh, t'as... ? Va te faire enculer, tu me sèbes, après tu viens me demander chose quelle. D'où tu sèbes ma rème ? Suis-moi à la cave. Bien ouais, tu n'es pas venue avec rien ? Ouais, non, ça dépend. A ton avis ? Tu m'invites ? Bon, attends-moi, j'arrive, spide. J'expédie l'autre là-haut.

Momo revient en courant. Il loupe les marches et se casse la gueule. Momo, ça va ? Tu ne t'es pas fait trop mal ? Oueche, dégage, il y a le boxeur. Ils font une descente. Fiche le camp, je ne te connais pas. Et ma came ? Prends, tu me la paieras demain. La valoche. Garde-la. On verra demain.

Je repars avec la came et ma valoche. Il neige à gros flocons. Les flics ne m'ont pas vue. Ils m'auraient pris la tête. La dernière fois, ils m'ont mise à oilpé parce que je n'avais pas mes papiers. Et comme ils me connaissent, tu vois l'affaire ? Ça pue. J'ai marché dans une merde de chien. Il n'y a pourtant pas de clebs dans la courée, Léo supporte pas. Dommage, un clebs ce serait pratique pour les échanges.

— Bernard, c'est moi.

La porte s'entrouvre.

— Qu'est-ce que tu fiches ?

— Chut ! Bernard est mort.

— Bernard ?

— Ne crie pas.

— Qui vous êtes, vous ? Qu'est-ce que vous faites là ? Qu'est-ce qu'on lui a fait à Bernard ? Eh, me touchez pas ! Je crie, je vous préviens, je crie...

Ne crie pas, ma belle. Ne chouine pas. C'est la mort de ton copain qui te rend triste ? C'est un suicide assisté, tu sais, pas un assassinat. Il n'aimait pas la vie. Vois comme il est heureux dans la mort. Il n'aimait pas être seul. Il a rejoint le long fleuve des morts de solitude. Il avait peur de la nuit, peur du noir. Il baigne dans la lumière de l'au-delà. Je suis venu t'aider à le rejoindre. Mes mains caressent ton cou. Une pression du pouce sur la carotide. Un léger craquement. Un imperceptible écrasement et tu t'envoles, petite hirondelle. Qu'est-ce qui t'arrive ? Tu peux tout me dire, tu sais. Ne crie pas. Je peux t'aider si tu ne cries pas. Ne crie pas, ne crie pas. Tais-toi. La ferme. Ta gueule, petite poulette déplumée. Tu ne m'as pas laissé le temps de te dire que bien des choses avaient changé dans la courée depuis que Ludmilla et moi avons décidé de fêter Noël ici. Tant pis pour toi, tu n'auras pas le droit au déjeuner d'adieu. Sois sage maintenant. Laisse-moi te déshabiller. Quel gâchis. Tes bras sont tout abîmés. Ces brûlures, ces tatouages, ces plaies. Qu'as-tu fait du corps que Dieu t'avait donné, Alison ? Salue le Créateur pour moi maintenant que tu n'es plus qu'une âme.

Chacun fait ses adieux à sa manière. Chacun dans ses draps, chacun dans son linceul. La Mort s'est endormie devant le poêle. Elle soupire et gémit. Si les chiens ne rêvaient pas, les hommes dormiraient-ils enfin tranquilles ? Quels méchants chiens sont entrés dans la tête de Karima pour lécher le sang mort ?

— *A yemma, a yemma !*

Ce sont les mots que j'ai en bouche quand j'émerge du cauchemar. Je suis trempée, j'ai le visage moite, le corps à tordre.

— Qu'est-ce-qui se passe ? Où je suis ? *A yemma, a yemma !*

— Karima, qu'est-ce-qu'il y a ? Ouvre, tu as fermé à clé !

— Attends, je me lève.

J'allume la lumière. La chambre sent la peinture fraîche. Une horrible peinture vert pomme. Les draps sentent le propre, la couette dépasse largement du lit. Quand je me suis couchée, je n'ai rien vu de tout cela, rien senti. J'ai sombré dans le sommeil comme dans un puits. Léo est en pyjama bordeaux.

— Que se passe-t-il ?

— Rien. Un cauchemar.

Je me rassois au bord du lit.

— Raconte-moi ce vilain rêve.

— Un cauchemar pas un rêve. Un horrible cauchemar. Toujours le même qui me réveille chaque nuit. Mais cette nuit...

— Cette nuit quoi ?

— Quelque chose a changé.

— Raconte.

— Les maquisards forcent notre porte. Un homme m'arrache l'amendil, le foulard traditionnel à franges rouges. Areski se lève. Il fait face aux hommes cagoulés. Ils nous traînent contre le mur, ils frappent Areski, ils lui crient dessus.

— Dis-nous où tu caches ton pèze. Avec une société comme la tienne, tu dois en avoir ramassé, du fric ?

L'un d'eux porte une hache. Je sens que je commence à uriner sous moi. Et c'est là que le cauchemar a changé. L'homme à la hache ôte sa cagoule. Il est roux et a le nez cassé. Quand il s'énerve, il se gratte, et ça laisse des marques sur la peau.

— Approche, m'ordonne-t-il.

— Ne bouge pas, me dit Areski. Laissez-la. Je vous donnerai tout ce que j'ai.

L'homme roux lève sa hache. Areski s'interpose entre lui et moi. Le coup m'atteint à l'épaule gauche. Areski s'écroule. Je le prends dans mes bras. Sa tête s'écarte de son corps...

— Et...

— C'est tout. Le cauchemar s'arrête là.

— Où étaient les petites quand ça s'est passé ?

— Chez la mère d'Areski. Nous étions allés à un mariage.

Léo ne me regarde pas. C'est mon épaule qu'il fixe. Dans mon agitation, elle s'est dénudée.

— C'est affreux, n'est-ce pas ?

— Tu en souffres encore ?

— Non. On souffre bien plus des plaies qui ne se voient pas.

Je remonte ma chemise.

— Ne la cache pas. Cette cicatrice est une merveilleuse cicatrice, Karima. C'est la trace du moment où Areski a donné sa vie pour toi.

— Tu es gentil, Léo. J'ai peur de cet homme roux au nez cassé. Je ne sais pas qui il est mais j'en ai peur.

— C'est marrant. Hier matin, j'en ai croisé un au café. Un bavard. Il m'a payé des coups.

— C'est lui. C'est sûrement lui. C'est quelqu'un de là-bas. Quelqu'un qu'ils ont envoyé pour me tuer. Parce que j'ai trop parlé. Il va tuer mes filles.

— Reste avec moi dans cette maison. Ici, personne ne viendra t'embêter.

— Personne n'est à l'abri. Lorsque j'étais petite, avec mes sœurs, nous habitions une grande maison dans laquelle il y avait plein de monde. Mes cousins et cousines qui étaient du même âge que moi venaient y jouer. C'était le paradis. On ne voulait plus grandir, plus sortir de cette maison. D'ailleurs quand l'oncle venait les récupérer le soir, c'était la course. Chacun se cachait dans tous les coins. Ceux qui étaient attrapés s'agrippaient aux jupes de ma grand-mère jusqu'à provoquer la colère de nos parents. On s'était jurés de toujours rester ensemble quoi qu'il arrive. La réalité a été bien autre. Chacun s'en est allé vers d'autres horizons en oubliant cette promesse. Beaucoup sont morts. La maison n'existe plus. J'ai peur, Léo.

— Rendors-toi.

— Tu ne dors pas, toi ?

— Je suis insomniaque. J'en profite pour bricoler.

— Ramène-nous à la courée. Je serai plus tranquille.

— Tu seras plus tranquille ici. Il est encore tôt.

Bravo, La Mort, on ne peut pas rêver mieux comme cauchemar. Quand viendra ton heure, Karima, je n'aurai pas besoin de hache. Je me contenterai de serrer ce qui te reste de vie entre mes doigts. Il y en aura si peu au fond de tes yeux quand je les arracherai. Il y aura si peu d'envie. La vie fondra entre mes doigts comme un flocon. Je serai déçu. Je suis toujours déçu.

Il est tôt. Pourtant, hormis La Mort, personne ne dort, cette nuit. Roubaix souffre d'insomnie. Nous leur avons volé la clef des songes, Ludmilla. Ils voudraient tous nous détenir, détenir le temps, arrêter l'engrenage, geler les pensées. La nuit est une boule de cristal que nous avons secouée afin qu'il neige. Tu n'aurais pas dû crier, Karima. Tu as réveillé les enfants. Et réveiller brusquement un enfant est un crime. Trois fillettes cousent mot à mot le linceul des morts à venir. La première s'appelle Marion. Les deux autres sont les filles d'un mort et d'une moribonde. Je les aime déjà, Cécile.

La neige rêve de trois fillettes par un matin d'hiver. L'une se lève de son sommeil. Elle se dirige vers la fenêtre de la chambre pour regarder au dehors. La blancheur l'attend avec bonheur. Elle voit au travers des voiles du rideau quelque chose de blanc, aussi blanc que le coton. Elle le tire, ouvre la fenêtre. La neige est fraîche, aussi fraîche que sa peau. Elle s'essuie les yeux, comme si elle craignait avoir rêvé. Ses yeux pétillent. Elle a l'impression de sortir d'un manège. Elle lance d'une voix à la joie féerique.

— De la neige, du coton, de la neige, du coton.

Elle réveille Yasmina et Rachida pour leur annoncer la nouvelle.

— Eh, oh, les filles, il y a dehors de la neige et du coton.

— Où tu vois du coton ? demande Yasmina.

— Et bien là, dehors, c'est du coton.

— Qu'est-ce qu'il y a ? bougonne Rachida. Il s'est

206

passé quelque chose pendant que je dormais ou c'est moi qui ai rêvé que tu m'as réveillée ?

— Non, tu n'as pas rêvé. Tu as bien entendu ma voix.

— C'est quoi ce que tu regardes ?

— Du coton.

— Marion, c'est pas du coton, c'est de la neige, un point, c'est tout.

— Arrêtez de vous chamailler. Marion a raison, c'est du coton et de la neige.

— Génial, on va sortir voir le champ de coton.

Marion prend la fuite. Rachida et Yasmina la suivent jusqu'à la porte.

— Où allez-vous, pieds nus avec le froid qu'il fait ?

— Maman, c'est Marion qui nous a réveillées. Elle est têtue comme une mule. Elle dit que la neige c'est du coton. On peut aller jouer pour voir si c'est elle qui a raison ou si c'est nous ?

— Non. Pas maintenant. Il fait encore nuit. Puisque tout le monde est réveillé, habillez-vous, Léo va nous ramener à la courée.

Marion regarde la neige avec regret. La neige étincelle pour elle. La neige scintille pour Cécile. La neige rêve de moi. La neige rêve d'un bol de lait, d'une peau blanche comme la crème. La neige rêve d'une pâte à crêpes qui grésille dans la poêle. Comme le bonheur sera blanc, Cécile, quand il n'y aura plus que toi et moi.

— Je prépare la table ?

— Tu trouveras ce qu'il faut dans le buffet. Mets des bougies partout, dedans, dehors. J'ai fait du bon café et le lait a débordé. Ça sent bon, le chocolat mousseux ! On peut aller les réveiller.

La porte s'ouvre. Marion entre en courant suivie de ses amies ébouriffées, gazouillant en kabyle comme des moineaux.

— Il neige, maman, il neige. On peut rester jouer dehors ?

— Prenez d'abord votre petit-déjeuner. Où est-ce que vous avez dormi ?

— C'est un secret. Papi a dit qu'il ne faut pas le dire. Il veut te faire la surprise. Hein, Yasmina, il ne faut pas dire qu'on a dormi dans le château du roi Léo ?

— Tu es une princesse alors. Ta maman est fière de toi. Bonjour, Yasmina et Rachida, la princesse Marion a été gentille avec vous ?

— Elle nous a réveillées.

— Elle a bien fait. Le chocolat est prêt. Enlevez vos manteaux, vos bonnets et vos moufles. Ludmilla et moi on vous a préparé un petit-déjeuner de Noël.

— Ludmilla ? Qui c'est ?

— La fiancée de Marco. Elle part avec lui en Amérique. Dites-lui bonjour. Elle a fait des milliers de kilomètres pour venir nous voir et vous n'êtes pas près de la revoir.

— Tu viens d'Italie ? Tu as vu ma grand-mère ? Tu vas te marier avec Marco ?

— Peut-être.

— Et toi, maman, quand est-ce que tu vas te marier ?

— Quand j'aurais trouvé le prince charmant. En fait, je l'ai trouvé mais je ne sais pas si je le reverrai. Je ne suis pas sûre de ne pas l'avoir rêvé. Ah, tu tombes bien, Karima, tu vas nous donner un coup de main. La pâtisserie et moi. Vous en avez une tête, tous les deux. On dirait des amoureux.

Au mois de décembre,
Une jolie petite chambre,
Au mois de janvier,
Un joli petit bébé
On le baptise
Karima en chemise
Léo en caleçon
Et vive Napoléon Premier
Est-ce bien la vérité ?

— Tu dis des bêtises, Cécile, se fâche Karima. Qu'est-ce qui t'arrive que tu es si joyeuse, tu es tombée amoureuse ?

— Ta, tan. Surprise. Léo, tu peux déshabiller les filles pendant qu'on finit ? Qu'elles fassent leur toilette. Ne faites pas trop de bruit, Marco dort encore. Le pauvre, il n'est pas remis de sa nuit de noces. Au fait, je vous présente, Ludmilla. C'est la fiancée de Marco.

Elle est formidable. Si vous saviez tout ce qui lui est arrivé avant de venir ici. C'est une vraie héroïne. Elle part avec mon frère en lune de miel au Canada. Et moi, tatatatan, je pars en Italie avec Marion.

— En Italie ? Quand ? Tu ne peux pas me...

— Je te l'ai dit hier. J'ai appelé la SNCF. J'ai un train à neuf heures. Tu pourras nous laisser à la gare ?

— Oui mais, c'est Noël...

— Justement, c'est Noël. C'est pour ça qu'on fait la fête. On dirait que vous avez déjà commencé, Karima et toi. Si tu nous faisais des baghrirs, Karima ? On a tout ce qu'il faut : de la semoule, de la levure. C'est bien meilleur que les crêpes.

— Oh, oui, maman. Des baghrirs.

Karima dilue la semoule fine, mélange la levure à l'eau tiède, travaille la pâte jusqu'à ce qu'elle devienne liquide.

— Tu attends maintenant que ta pâte gonfle et quand elle prend un aspect mousseux tu peux commencer à faire cuire. En attendant, je vais préparer le tadjine.

— Maman, on peut mettre de la musique pour la fête ?

— Vous allez réveiller Marco.

— Tant pis pour lui. C'est un grand paresseux.

C'est ainsi chez nous et c'est pareil ailleurs
Tout ce que ce vilain monde a fait de meilleur
Se trouvait là, juste pour le plaisir
Ce jour-là je peux dire qu'on s'est fait plaisir
Et c'est là

Qu'on a tombé la chemise
Tomber la chemise

Le rire de Ludmilla, Cécile et Karima, la voix des petites qui s'égosillent montent à travers le plancher. Je ne dors pas. Je retape mon oreiller, tire sur la couverture, change de position, me mets en boule. Il fait froid. L'air entre par la vitre en contreplaqué. J'aurais dû mettre un plastique. Un chat miaule. J'ai la blublute, mal aux cheveux et la casquette de plomb. Je n'avais pourtant pas bu grand-chose. Pas assez dormi. Il y a une fuite au plafond. J'ai oublié de mettre la bassine à côté du lit. Tic, tic, tic, supplice. Je saute sur mon petit nuage. Alléluia, Ludmilla, même fermés, mes yeux te voient. Tu coules dans mes veines. Tu dors sous mes paupières. Tu ne dis rien et ta voix est gravée en moi. Je retourne ma tête sur l'oreiller, tu sors de la nuit et tu souris. Tu viens d'un pays meurtri et tu souris. Du plus profond de l'humiliation, tu souris. Tu as traversé le feu, tu souris. Je retiens mon souffle. Le temps s'arrête. Le monde autour de moi disparaît. J'ai peur. J'ai peur d'avoir rêvé ces heures que tu as passées à m'aimer. Tes lèvres s'ouvrent, ta bouche prononce un mot que je ne comprends pas. Un mot dans ta langue. Un mot d'amour. Le premier. Tais-toi, ne dis rien. C'est trop d'amour. Les yeux fermés, je pleure. Je ne sais plus si nous sommes maintenant ou demain. Je pleure un bonheur que j'attendais si peu. Que j'attendais depuis si longtemps. Avant toi, je n'étais rien. Avant toi, la vie n'existait pas. Pourquoi je pleure ? Le petit nuage crève. Je rouvre les yeux. Le prince charmant a la tête comme une citrouille et ne roule pas carrosse. Ludmilla n'est pas revenue entre mes draps. Peut-être ne reviendra-t-elle jamais ? Je ne l'ai pas entendue se lever. J'ai dû tout merder. Porca miseria, que vergogna. Si elle partait, j'en mourrais. Je me pendrais dans la salle de bains. Ce que j'ai mal à ma peau. Si c'est ça l'amour.

Je m'arrache du plume, saute dans mes fringues, m'empêtre dans le falzar, m'écroule sur la moquette. Sonné comme un boxeur. Relève-toi, Marco, l'amour t'attend. Je lace ma seconde chaussure, me ravise. J'ai une dégaine épouvantable. Une gueule à faire peur. Rien pour inspirer l'amour. Mon bèn' est cradingue. J'enlève tout. Une douche glacée et je me resape de frais.

Tout à coup le trac a fait coucou dans la loge
Oh maman qu'elle tourne vite cette horloge
Allez mon gars tu lui as promis le soleil

Miracle, ça sent le café et les crêpes. Lorsque je déboule, coiffé, rasé, parfumé dans la cuisine, toute la courée est installée devant un copieux petit-déjeuner. La Bialetti ronfle sur le feu. Lud me sourit. Eblouissance. Ce qu'elle a changé en une nuit ! C'est l'amour ?

— Bonjour, les morts de faim. Bonjour mes petites princesses. Salut Léo. Bonjour, Karima. Bonjour, belle voyageuse inconnue !

— Que penses-tu de ma Cendrillon ? demande Cécile, d'une voix pleine de fierté. C'est moi qui l'ai coiffée et habillée.

— Tu es folle, tous les coqs de la ville vont rappliquer dans mon poulailler.

Ludmilla sort d'un calendrier comme ceux qu'on voit chez les garagistes. La robe échancrée laisse apparaître des jambes longues que les collants moulent idéalement. Le col s'ouvre sur une poitrine orgueilleuse. Le maquillage rehausse la pâleur de sa peau. Le rimmel cerne ses yeux incandescents. Une pince relève ses cheveux, oubliant volontairement une mèche rebelle. Qui reconnaîtrait le vilain canard mouillé que j'ai ramassé la veille ?

— Attifée comme ça, elle va attraper froid. Toi pareil, Cécile. Et tes cheveux, qu'est-ce que t'en as fait ? Cette tenue, c'est quoi ? Qu'est-ce qui s'est passé pendant que je dormais ? Tu ne dis rien, Léo ? Ma sœur ressemble à un mec et ça ne te fait ni chaud ni froid ?

Quel con, sous couvert de prévenance, j'étale ma jalousie au grand jour. Le café fume sur la table de bois qui occupe toute la cuisine. Une idée de ma mère. Elle voulait une table comme chez sa mère où on puisse mettre toute la famille autour, les amis et les voisins. Léo lui en avait bricolé une avec deux planches et des portes d'armoire, poncées et repeintes. Elle l'avait sauvée de l'huissier.

— Ta sœur, dit Léo, la mine renfrognée, a décidé de partir ce matin en Italie.

— J'ai un train à neuf heures, confirme Cécile, en me regardant droit dans les yeux. On va passer Noël avec maman.

Je vais pour dire quelque chose. Je vais pour gueuler, quoi. Mais Ludmilla me clot le bec d'un baiser. Les petites applaudissent.

— De toute façon, dit Léo, ça tombe bien. J'ai reçu une lettre de la ville. Ils vont me démolir la courée pour construire je ne sais quoi à la place. J'avais pensé reloger tout le monde chez moi mais si chacun s'en va de son côté... J'espère que vous viendrez passer de temps en temps l'été ici, avec votre petite famille. Parce que vous allez me faire des petits-enfants, hein ? J'en veux tout plein. J'aurais de quoi les loger, hein, Karima ? Dommage que tu ne verras pas mon château avant de partir, Cécile. Si tu veux, on passe vite fait avant d'aller à la gare.

Cécile fait non de la tête. Il y a longtemps que les yeux mouillés de Léo ne la touchent plus.

— Je ne préfère pas. Faut que je fasse ma valise. Mais je reviendrai, je te promets.

— C'est joli, Roubaix, l'été, ajoute-t-il à l'attention de Ludmilla. On se croirait en Angleterre, Manchester, Liverpool, vous connaissez ? On passera Noël ensemble, hein Karima ?

Il rigole mais il est ému. Je le vois bien. Ça lui fiche un coup de se retrouver tout seul. Surtout que ça m'étonnerait que Karima se laisse mettre la main dessus par lui.

— Viens voir, Cécile, appelle la belle Kabyle pour faire diversion, c'est facile. Tu verses une louche de pâte et tu attends que ta crêpe soit pleine de trous.

— C'est tout ?

— C'est tout. Tu l'enduis de beurre et de miel fondu. Avec le café, c'est délicieux.

Ludmilla me verse un bol de café, me sert une crêpe et m'allume une cigarette. Grâce des gestes. Elle sent bon le café et le tabac blond. Nos lèvres s'attirent à nouveau. Son baiser a la chaleur du café, l'ivresse de la fumée. Nous sommes seuls au monde, l'espace d'une seconde, le temps de quelques millimètres. Elle rompt la première. Je garde les yeux fermés.

— Réveille-toi, Marco, tu n'as jamais vu de femme ?

La voix de Léo s'insinue dans mes oreilles et crève la bulle.

— Non, Léo, je n'ai jamais vu de femme. Jamais.

J'ai mis six mois avant d'oser embrasser Caroline et la taspêche a filé avec le premier venu. Virginie, l'amie d'enfance à qui j'envoyais des poèmes, me répondit sur papier rose parfumé qu'elle n'aimait pas les étrangers. Nous étions cinq à nous partager Patricia dans une Golf grise. Les autres, celles qu'on se tapait dans des chiottes transformées en lupanar, musique techno et petites pilules, j'ai pas eu de mal à les oublier.

Lud entoure sa tasse de ses mains fines. Cécile lui a peint les ongles. Je n'arrive pas à imaginer qu'elle ait traversé le monde pour aimer un petit mec comme moi dans une baraque minable comme celle-ci. Plus je la connais et moins je la connais. Elle finit son café sans quitter des yeux l'échiquier qui fait face à la télévision pour une fois éteinte. Sait-elle jouer ? Sur l'échiquier, j'ai reproduit une partie de grands maîtres au développement inattendu. Trois semaines que je suis dessus. Elle avance la main, bouge la reine, mange un pion. L'énigme est résolue. Elle n'a pas un sourire quand elle se retourne vers moi. Suis-je le pion de la partie qu'elle joue dans la vie ? Qui lui a appris ? D'où lui vient cette façon de regarder comme si le monde était en verre ? Cette violence dans l'amour ? Elle aime comme elle tuerait. Si la facilité avec laquelle elle s'est jetée dans mon lit, si la facilité avec laquelle elle s'est jetée dans ma vie cachait... cachait quoi ? Si le regard qui assombrit son visage était celui d'une autre ? Si elle avait menti ? Si elle n'avait pas tout dit ? Si elle n'avait rien dit ?

La flamme de la bougie tremblote, menace de s'éteindre, se rallume et je la vois tour à tour dans la lumière et dans l'ombre.

Elle ne m'a pas caché grand-chose pourtant. Ce qu'elle ne m'a pas dit, je n'ai pas voulu le savoir. C'est peut-être moi qui dans ma tête ai imaginé que parce qu'elle n'avait rien sur le dos, elle n'était rien avant. Ou pas moins que rien. Comme moi avant qu'elle me rencontre. Décidément, l'amour embrouille tout.

Marion babille avec les filles. Karima rit tout haut en regardant Cécile faire sauter ses crêpes. Ma sœur se marre. Léo a sa tête des jours noirs. Ludmilla est au milieu de ce bonheur-là. J'ai le pressentiment que si elle nous quittait, les bougies s'éteindraient définitivement. J'entends un bruit de moteur dans la cour. Je soulève le rideau.

— Il y a le camion de l'EDF devant la porte.

Le bonheur n'a pas duré. Ludmilla, fais quelque chose !

— Ils commencent tôt. Heureusement qu'on est en hiver, il n'aurait plus manqué que l'huissier et ç'aurait été la complète, maugrée Léo. C'est la poisse qu'ils devraient venir couper.

Je sors les allumettes, fixe le jeu d'échecs. Gratt... Échec et mat jusqu'à l'écœurement. Par la fenêtre, les spectres de la friche émergent de la nuit, les vestiges de l'usine. La cheminée défie les lois de la gravité. Des mômes font un bonhomme de neige en dessous, inconscients du danger. Tout est délabré et tout tient pourtant. Château de cartes. Mon regard s'attarde sur les toits. Je les ai délestés un soir de leurs précieux métaux. Zinc, plomb, cuivre, bonheur des ferrailleurs. Les charognards paient sans demander d'où ça vient. Une fois qu'ils auront acheté la ville, j'espère qu'...

— On frappe.

— Ne t'en fais pas, Cécile, je dis. Dès qu'ils sont repartis, je te refais le branchement. Je n'ai pas fait un stage d'électricien pour rien.

— Je ne m'en fais pas. Ils peuvent couper ce qu'ils veulent, ce soir je serais rendue au paradis.

— Même, c'est pas une raison. Un 24 décembre ! Ils la gagnent d'une drôle de façon, leur prime de Noël.

— On n'a pas l'APL, explique Cécile à Ludmilla qui ne comprend pas ce qui se passe. On ne peut pas y arriver. Le loyer, 1 000, l'EDF, 400, l'eau 250, le charbon,

350. Sur les 3 628 francs du RMI de Marco, il reste rien pour les courses. Si je n'avais pas les ménages.

— Moi, c'est encore pire, dit Karima. Sous prétexte que je suis repartie en Algérie, ils me traitent pire qu'une étrangère. Alors que je suis née ici.

A travers le trou de la serrure.

— C'est l'Eudéhef, madame.

Il n'y a pas de sonnette. Cécile pouffe. Les filles sont effrayées et se serrent autour de moi.

— S'ils continuent à cogner comme ça, c'est la maison qui va tomber.

— Je t'avais dit qu'ils viendraient. Ils avaient envoyé une mise en demeure.

— Madame, on est désolés. Où est le compteur ?

Karima excédée ouvre la porte. Léo derrière elle.

— Espèces de vautours. Comment voulez-vous que les gens vivent sans lumière ? Vous n'avez pas le droit. Je vais téléphoner à la presse.

— Et à l'assistante sociale. Nous irons voir le maire.

— Déjà que la maison a été déclarée insalubre. A cause de l'inondation. Avec le gel en novembre, les tuyaux avaient claqué, raconte Cécile.

— Les souris grattaient les murs pour trouver une issue de secours. C'était un dimanche. Les pompiers étaient venus.

— Fais quelque chose, Léo ! Après tout, ici, c'est chez toi.

— Je vais payer ! finit par dire mon père.

Tout le monde se tait, bouche ouverte.

— Payer ? hoquette Karima.

— Maria est partie après que l'huissier est venu, explique-t-il à Ludmilla en signant un chèque. C'est à cause de cela que je me suis installé dans la courée. Les patrons ne m'ont payé l'indemnité qu'après deux ans de procès. Moi, quand on me paye, j'ai pas besoin d'huissier.

Léo ne dit pas que depuis la mort de mon frangin, les deux fonsdés qui squattent la remise dans le fond de la courée savent obliger les locataires récalcitrants à payer. Ils ne font pas que ça. Leur cuisine, c'est la caverne d'Ali Baba. D'ailleurs où ils sont ces deux-là ? D'habitude, quand il y a à bouffer, on les voit rappliquer. Ils ont dû s'en mettre plein le pif.

— Cécile avait ouvert, continue Léo. Comme ils avaient eu peur que le syndicat fasse quelque chose, ils étaient venus en nombre, un commissaire, deux gendarmes, un serrurier, six déménageurs, des costauds. « Maître Pétard, c'est pour l'expulsion. » Les voisins étaient sur le pas de leur porte. Il n'y en a pas un qui aurait bougé. La greffière inscrivait les objets de toute une vie. Mes oreilles auraient préféré être sourdes. Les balèzes emballaient les affaires, décrochaient les rideaux. Le temps de s'habiller avec ce qu'on avait trouvé sous la main, tout était embarqué. Même la clé.

— On peut faire bal dans la salle à manger, j'ai dit.

Je les ai empêchés d'entrer dans la chambre. De toute façon, ils n'auraient pas pu. Maria s'était barricadée à l'intérieur. C'était là qu'elle avait fourré tout ce à quoi elle tenait. S'ils avaient forcé la porte, je ne sais pas ce qu'elle leur aurait fait.

— Laissez le passage, a dit le commissaire.

Je n'ai pas bougé.

— Vous avez déjà trop pris par rapport à ma dette. C'est vous qui me devez. Je sais compter. Je ne vous laisserai plus rien prendre. Je vais porter plainte immédiatement.

Ils sont partis. En sortant, ils ont emporté la machine

à laver. Les copains du syndicat n'ont pas bougé. Ça m'a déçu. J'avais ma carte depuis que j'étais apprenti.

Les gars de l'EDF dansent d'un pied sur l'autre et signent le reçu en s'excusant.

— Regardez par la fenêtre, crie Marion. Il neige à nouveau.

De gros flocons descendent du ciel.

— Rachida, Yasmina, il neige, il neige des anges. On peut aller faire un bonhomme de neige, maman ?

— C'est rare qu'il y ait de la neige à Noël, dit un des types à Ludmilla. D'habitude, ou il fait si froid qu'on ne peut pas mettre le nez dehors ou il n'arrête pas de pleuvoir et on finit par croire qu'on ne va plus jamais revoir le soleil.

— Asseyez-vous, leur dit Ludmilla. Vous prendrez un café ? Une crêpe ? En Yougoslavie, la première chose qu'ils faisaient pour obliger les gens à partir, c'était de leur couper l'électricité. Dans le noir, c'était plus facile de violer les femmes.

Les deux types sont écœurés. Leur crêpe, ils risquent de ne pas la digérer parce que Karima enchaîne sur les égorgeurs algériens qui plongent les villages dans le noir avant de descendre dans les maisons perpétrer leurs massacres. Cécile en rajoute une louche en parlant des enfants qui ont été agressés dans le quartier parce que la mairie n'a pas remis en état l'éclairage public.

Ici tu chopes la crève et t'en ris
Ici l'hiver a mangé la menuiserie
Donc une règle si tu nais : sois robuste
Pas de Caliméro pour dire : c'est injuste

continuent les Zebda.

Marion, Yasmina et Rachida, sont déjà dehors, emmitouflées jusqu'aux oreilles. Elles essaient d'attraper de leurs mains maladroites ces fleurs de coton, entrouvrent leur bouche afin de goûter à la manne bénie. Elles toussent, crachent et recommencent.

La courée est recouverte de beauté. Les cotches à charbon sont méconnaissables, eux qui d'habitude sont aussi noirs que les boulets qu'on y enferme. Les toits sont des patinoires pour les oiseaux qui s'en donnent à cœur joie.

— C'est du coton.

— Non, c'est de la neige.

— C'est du coton et de la neige.

— On ne peut pas la changer, c'est une mule.

— T'as raison, mais c'est notre amie.

Toutes trois enjouées aux joues rouges jouent joliment quand Marion se tait.

— Arrêtez, vous avez entendu ? Vous avez vu ?

— Quoi ? Un coton est tombé sur ta tête ?

— Un requin. Un requin géant. Courez, vite à la maison !

— Maman, Marion a vu un requin !

— Un requin géant avec des dents noires !

— Un requin avec des dents noires ?

— Je te dis qu'il est là, je l'ai vu. Il est chez Bernard.

— Allons voir. On y va tous.

Des pas géants profondément marqués dans la neige s'éloignent de la baraque des fonsdés.

— Il est parti, ton requin ! Il marchait sur ses nageoires et il avait un chien avec lui, mon cher loukoum. Qu'est-ce que c'est que cette valise ? Qu'est-ce qu'ils ont encore trafiqué, nos loquedus ?

— C'est la valise du requin.

— Qu'est-ce qu'il y a dedans ? Un cadeau de Noël ?

Ludmilla s'est avancée. Elle s'empare de la valise.

220

— C'est celle qu'on t'a piquée ?

Elle hoche la tête.

— Qu'est-ce qu'elle faisait là ?

Elle hausse les épaules.

— Tu ne regardes pas dedans ?

Elle secoue la tête. Elle est toute pâle.

— Je crois que je préférais l'avoir perdue.

— Léo, tu viens, crie Karima qui joue avec les filles. Dépêche-toi.

Léo sort avec les gars de l'EDF. Karima fait une boule de neige et, vlan, en plein dans la figure de mon vieux. Ludmilla me colle sa valise dans les mains et se joint à elle mais c'est sur les coupeurs de lumière qu'elle tire et elle ne manque pas sa cible.

— Ah, c'est la guerre, se marre Léo. Attendez un peu. Vous allez voir.

Il lance des boules de neige sur tout le monde et en particulier sur les deux types qui battent en retraite dans leur camionnette, reculent et s'en vont après avoir fait un signe amical. Léo rit aux éclats. Je ne l'ai jamais vu comme ça.

— Il ne neige jamais en Kabylie. Si on pouvait en envoyer aux cousins du bled, ce serait formidable.

— Et tu vas l'envoyer comment ? Ça fond trop vite.

— Maman, tu te rappelles ? dit Yasmina, chez nous, il ne neigeait pas des flocons mais des étoiles. On se promenait le soir et les étoiles restaient accrochées au coin de nos yeux.

— Papa avait plein de neige dans les cheveux !

— On fait un bonhomme ? propose Léo. A qui fait la plus grosse boule ?

Le bonhomme de neige est habillé d'un chapeau noir et un cache-nez gris à Léo.

— Grand-père, grand-père, tu es un gros pèpère.

— Tu sais ce qu'il va te faire, le gros pépère ?

— Non.

— Un gros bisou sur les joues.

— Non, tu piques, tu piques, grand-père hérisson.

— Si on allait tous au canal faire de la luge ?

— Prenez la plaque de l'égouttoir à vaisselle, lance Cécile.

— Prenez plutôt des sacs à charbon. Je range ta valise, Ludmilla. Dis donc, elle est lourde. Qu'est-ce qu'il y a dedans ? Ton passé ? Il tient tout entier là-dedans ? Tu me laisseras regarder ?

— Non, Marco. Le passé est passé mais c'est mon passé. Mets-la dans le coffre de ta voiture, on ne sait jamais.

Elle entraîne Karima et les filles dans la rue enneigée en chantant une chanson de là-bas. J'essaie d'ouvrir la valise mais la serrure est à code.

— N'oubliez pas vos moufles.

— Qui commence ?

— Moi, moi, trépigne Marion, en blouson rouge et bonnet blanc.

— Installe-toi !

Karima la pousse de toutes ses forces, prend son élan et... la voilà affalée dans la neige.

Marion rit aux éclats, les deux mains accrochées à la luge.

— Au tour de Yasmina, maintenant !

— C'est super, ouais ! hurle la petite. Encore, encore un tour !

— Non chacune, son tour. Viens, Rachida ! A toi, tiens-toi bien !

— Tu verras, c'est génial, lui lance Yasmina.

— N'allez pas sur le canal. La glace pourrait se briser.

Et qui font 24.

Tu as raison, Marco. Le bonheur est une plaque de glace. Au moindre pas de travers, elle se casse. Le malheur est si lourd. Et l'amour bien davantage. Amusez-vous. Je ne suis pas loin. Je vous observe depuis la tour de l'usine. Roulez-vous dans la neige. La mort est bien plus fraîche. Riez aux éclats. C'est bientôt l'heure du départ. La neige craque, crépite, se fissure. Majestueuse, elle suspend le silence. Les voitures n'ont plus de silhouette. Elles ont des formes rondes. Femmes couchées sur le trottoir attendant d'accoucher.

Deuxième jour, deuxième nuit

24 décembre 1998

CRIE

Noël, la nuit est finie
et le soleil illumine
ceux qui vivaient à l'ombre de la mort.

Luc, Evangiles

1

Il neige. Je ne roule pas vite, vu l'état de la bagnole, je ne vais pas faire le con, je n'en ai pas les moyens. Si je veux la revendre avant de partir...

J'ai peur des idées, j'ai pas peur des idiots
Y z'essaient pas de s'éviter des cloques
On est des hommes pas des animaux
Comment ça, j'ai que de la bouche ?

Lud chantonne en même temps que la radio. Aux feux rouges, nous nous embrassons. Lorsqu'ils passent au vert, les abrutis klaxonnent derrière. On passe une douane à la frontière, on dirait une hutte en bois. Elle est vide. Personne ne nous arrête. Re-baiser. J'accélère. L'amour n'a pas de barrières. La vitrine de l'agence de voyages flashe. Iles au soleil couchant. Avions au plafond accrochés à des fils de nylon. Les yeux de Lud pétillent. Une fille BCBG vient vers nous. Il y a une éternité, c'est le genre de nana qui m'aurait brûlé les ailes. Mais bon, maintenant que je tiens le soleil par la main, oubliées les filles au néon. Pendant dix bonnes minutes elle nous vante un tas de destinations exotiques.

— Et l'Amérique ? Le Canada ?

— Il fallait me le dire tout de suite. Vous avez de la chance, nous avons un vol pour Montréal dans quatre jours à un prix exceptionnel : 3 500 pour deux personnes, mais il faut faire vite.

— Quatre jours ? Avec le RMI et en vendant la bagnole, je devrais y arriver. Vous me les réservez ? Deux billets au nom de Marco et euh... Cécile Chabert. Oui, B.E.R.T.

Cécile est partie en Italie avec sa carte d'identité. Elle a laissé son passeport à Ludmilla. Un pote de l'Epeule va me changer la photo.

— Attendez une minute, on m'appelle sur mon portable.

— Ah, c'est toi Fred ? Bonjour. Ouais, je sais, je n'ai pas renvoyé ma déclaration. Tu ne m'appelles pas pour ça ? On me sucre mon RMI ? Non, mais attends, tu ne peux pas me... Qui ? Un type que j'ai emmené hier ? Ah, je vois. Le bâtard, il fayotait ! J'arrive. Il va ramasser, ce fils de pute. Pédé !

— Ludmilla, ils me suppriment mon REMI.

Je suis tombé par terre
C'est pas la faute à Voltaire
C'est le bruit et l'odeur
Le bruit du marteau piqueur
Tu finis ta vie, dans ta tête, bourdonnent les abeilles

CCAS, bâtisse de luxe coincée entre des maisons de brique. L'Hommelet. Tu vas voir, l'omelette.

— Tu m'attends dehors ?

L'escalier double mène à une porte vitrée.

— Bonjour, votre Altesse.

L'hôtesse lit *Femme actuelle*. « Des menus pour les

fêtes. » Rien qu'à voir les photos, tu prends cinq kilos. Regard dégoûté. Elle n'incite guère à la confidence. Eh, oui, j'ai pas une tête de truffe, mémé.

— C'est pour quoi ?

Voix méprisante. Plus on approche de Noël et plus les gens font la gueule. C'est pas malin de mettre Noël en hiver.

— Je veux voir mon référent. Un ticket ? Cours toujours. Accueil, c'est ce qui est écrit ici, non ? Alors accueille, ça urge.

— Box 3.

— Tu vois que quand tu veux, tu peux être accueillante. A ta place, je ne mangerais pas de dinde à Noël. De bûche non plus. Je te conseille les carottes.

— Salut Fred, non, non, laisse tomber, j'attends pas. Demande à la dame de céder sa place. Je n'ai pas le temps, l'amour m'attend.

— Merci, madame. Râle, je m'en fous, tant que tu te barres.

— Fred, où est le salaud qui m'a balancé ? Calmetoi, t'en as de bonnes. C'est dingue. Je viens juste de l'obtenir. J'ai besoin de ce fric.

— Porte 115.

— Merci Fred. Je te revaudrai ça.

Lud me prend la main. Mais non, je ne vais pas me fâcher. Je suis comme mon père. Pour me mettre en colère, il faudrait que j'aie un coup dans le nez. Une plaque : « Jean-Marie PENEL, chef de cellule RMI, NPDC ». Tout ça pour moi. « Entrez sans frapper ». S'il ne me rend pas mon RMI, je vais sortir « après » avoir frappé.

Il fait son fier. Dans mon tax, il avait l'air d'un navet et maintenant, du haut de son bureau, il me snobe.

— Qui vous a autorisé à entrer ici ?

— Non mais, Jean-Marie, joue le Monseigneur et tu vas t'en prendre une dans la gueule. Comme ça, t'auras quelque chose à dénoncer. Tu te crois en 40 ? Les chômeurs, les juifs, même combat ? On les dénonce pour les faire crever plus vite ?

— Je n'ai fait que mon Devoir. Vous avez trompé l'Etat. De plus nécessiteux que vous ont besoin de cette allocation.

— Nécessiteux. Et pourquoi pas mendiant ? Tu te fous de ma gueule ? Essaye de vivre avec 2 000 balles et tu verras qui trompe qui. T'es payé pour quoi, toi ? Pour aider les pauvres ou les détrousser ? Qui est-ce qui trompe son prochain ? Qui est-ce qui nécessite qui ?

— La loi, c'est la loi. Ce n'est pas moi qui...

— Il devrait y avoir une loi pour punir des mecs comme toi.

— Jeune homme, libre à vous de pousser le bouchon. Vous n'avez pas à me menacer. Vous devriez vous estimer heureux que je ne vous ai pas collé le syndicat des artisans-taxis sur le dos.

— Heureux ? Mais je m'estime heureux, malheureux. Heureux de ne pas être dans ta peau. En tout cas, il ne sera pas dit que j'aurai fait la course pour rien. Hier, j'ai oublié de te rendre la monnaie.

— Ne me touchez pas.

Je le touche à peine, il s'écrase sur la moquette. Lopette !

— Ça, c'est pour le déplacement et ça, pour la course. Si tu veux que te conduise à l'hôpital, tu me le dis, je te fais un prix.

Eh oui, je pète les plombs. Trop, c'est trop. Tuile sur tuile, gamelle sur gamelle. Si j'étais tout seul encore, mais on est des millions. L'effet boule de merde en série, mon chéri, regarde pas le prix. Noir c'est noir, l'espoir fait vivre les poires. J'empoigne le plateau du bureau. La lampe se casse la gueule. Cent bricoles l'accompagnent dans sa chute.

— Je vais te le faire manger, ton burlingue.

Je me ravise in extremis et, plutôt que de lui exploser définitivement la tronche, je shoote dans une corbeille métallique qui dingue à travers la vitre. La moitié du service fait irruption dans le cube dévasté. Le chambard les a réveillés en sursaut. Fred se marre. L'hôtesse se cache derrière son magazine. Elle va piquer une crise de foie avant même d'avoir bouffé sa dinde.

— Ça ne va pas se passer comme ça, monsieur Chabert, vous n'êtes pas prêt de ravoir votre RMI !

— Quand on vous aura tous passés à la guillotine, faudra pas venir vous plaindre. Vous croyez que vous allez encore longtemps vous engraisser sur la misère des autres ?

On m'expédie manu militari sur le trottoir, sous les applaudissements des chômistes qui font la queue. Je me relève très digne. Je parcours quelques mètres. Il faut que je m'assoie. Mes jambes ne me portent plus, je suis KO. Je m'affale sur le muret encadrant la pelouse enneigée d'une résidence à loyer modéré, sous l'œil intrigué d'une bande de hittistes en plein conciliabule, tirant sur leur beuze.

— Passe le oinj, y a du monde sur la corde à linge.

Ludmilla me rejoint. Sa langue s'insinue entre mes lèvres et me lèche l'âme. Les hittistes sifflent. Un appel derrière nous.

— Alors, sale coup chez les papous ? Je faisais le poireau au CCAS. Qué sketch ! Ils t'ont sucré ton RMI si j'ai bien compris ? Ça, c'est raide.

231

Le petit mec replet, engoncé dans un bombardier, me tend sa carte.

— Si tu veux gagner du fric vite fait, j'ai un boulot pour quelqu'un comme toi qui n'a pas froid aux yeux et n'aime pas la bureaucratie. Rendez-vous à cinq heures, à cette adresse. Il n'y en a que pour quelques heures et c'est bien payé. Si le cœur t'en dit, il y a encore de la place.

— Je verrai. Donne toujours. Si je trouve rien d'autre... Viens, Lud, je vais appeler Léo. Il doit être revenu de la gare. Des fois qu'il me trouve le gros lot au cul d'un camion.

2

— Tu nous emmènes à la gare, Léo ?

Pourquoi Cécile ne m'a-t-elle pas dit : tu nous emmènes en Italie, Léo ? J'aurais foncé ventre à terre.

Le cœur lourd de regrets et de reproches, je tiens Marion d'une main, une grosse valise de l'autre. Cécile fait la queue au guichet. Elle va me laisser sur le quai. Définitivement. Alors je parle. Je parle tout seul. Marion n'écoute pas. Cécile encore moins. Je parle quand même. Je lui parle du temps où toute la famille aurait été autour de moi pour lui dire au revoir. Marco est parti en Belgique avec sa fiancée réserver des billets d'avion pour le Canada. Karima est à Auchoix. Ses filles sont restées à la maison. Je voulais les prendre mais elles préféraient jouer dans la neige. Je crois qu'elles avaient du chagrin de voir partir Marion. Moi, c'est même plus du chagrin, c'est du désarroi. On m'abandonne encore une fois. Alors je parle pour remplir le trou de mots. Je parle pour stopper l'hémorragie. Quand Maria sa mère avait voulu partir, j'avais crié, j'avais hurlé, je lui avais tout dit. Plus je parlais et moins elle m'écoutait. Son visage était devenu une pierre. Une porte fermée à double tour. Ses yeux noirs me condamnaient. Coupable. Coupable. Deux trous de serrure dont je n'avais plus la clé. Elle avait baissé les paupières et puis m'avait tourné le dos. Je l'avais frappée pour qu'elle m'ouvre. Elle avait simplement dit sans se retourner : frappe-moi mais tais-toi, on va t'entendre. Et puis elle s'était tue. J'avais rempli le silence à coups de pied, à coups de poing.

Je ne me tairai plus jamais.

Je parle à Cécile comme si les mots pouvaient la raccrocher à moi. Je parle de Maria qui voulait plein d'enfants et de petits-enfants. Je parle du chômage à quarante-cinq ans. Je ne savais faire que ce que je faisais depuis l'âge de quatorze ans. Je ne savais pas rester à la maison. Je travaillais pour la filature, j'étais la filature. Je parle de la mort de la filature. Je parle de la mort de Youri. Je parle du bistrot où je retrouve les anciens. Du moins ceux qui ne se sont pas suicidés. L'alcool détruit tout, Cécile. Le soir où ton frère m'a fichu à la porte, je n'étais plus qu'un paquet de viande morte. Maria n'a rien dit. Elle a voulu partir, une valise à la main. Sans se retourner. Sans rien me dire. J'avais été son premier amour à seize ans. A dix-sept, elle était enceinte. Un an de bonheur pour combien d'années de malheur ?

Tu vas me manquer, Céci. Marion aussi. Si ta mère n'avait pas été aussi orgueilleuse. Le malheur, ça change un homme. J'ai changé.

— Tu es sûre que ça ira ? Tu auras assez d'argent ? Si tu reviens, tu retrouveras tes affaires.

Qu'est-ce que je vais faire de ma grande baraque si vous m'abandonnez tous ? Si encore Karima voulait... Mais elle ne veut pas. Personne ne veut de moi. Qu'est-ce que je vais faire de ma vie ? Je n'ai pas été un père formidable mais je pourrais être un bon grand-père, je te le jure. Reviens-moi vite. Marie-toi là-bas avec un garçon honnête, fais-moi des petits-enfants et puis reviens.

— Quand est-ce que tu reviendras ?

— Je ne sais pas.

— Ça veut dire quoi, je ne sais pas ?

— Je ne reviendrai pas, Léo.

— Tu m'abandonnes pour de bon ?

— Je ne t'abandonne pas. C'est la vie qui t'abandonne. Repars à zéro. Tu n'as plus besoin de moi. Avec Karima, qu'elle le veuille ou non, tu as une famille de remplacement.

Marion sautille sur le quai, heureuse de partir voir sa mémé, de prendre le train pour la première fois.

— Hier soir, maman nous a appris une chanson, papi. Tu veux l'entendre ? Je te préviens, elle est pleine de gros mots.

Je ne suis pas tout ce qu'on dit de moi
La menteuse, la boudeuse
La voleuse, la râleuse
La tricheuse, l'emmerdeuse, la chieuse

J'écoute Marion, j'écoute Léo mais je pense et repense à Noël, le garçon de l'hôtel. Encore à lui, toujours à lui. Il était si doux. Si calme. Il n'a pas bougé quand je fouillais dans ses poches. Je suis sûre qu'il était réveillé. Pourquoi je lui ai pris son fric, à lui qui était gentil ? Aux autres qui étaient nuls, je n'ai rien piqué. Faut toujours que je me plante. Tout à l'heure, j'étais sûre de devoir aller en Italie et maintenant je ne sais plus pourquoi j'y vais. J'ai pris soin d'emballer les chaussons jaunes de Marion dans un joli paquet. Ma mère comprendra tout de suite quand elle l'ouvrira.

— Je t'ai acheté un roman policier au kiosque. *Zone Mortuaire*.

— Merci. J'aime bien les *Série Noire*. Ma vie a l'air rose à côté.

L'annonce du train sur le quai n° 2 résonne dans le haut-parleur. Léo retient ses larmes. Il me serre contre lui. Marion saute dans ses bras et lui entoure le visage de ses petites mains pour lui coller de gros bisous puis il m'aide à monter ma valise dans le compartiment.

— Fais attention à la petite.

Un grand type, le visage dissimulé sous un passe-montagne, nous bouscule, obligeant Léo à s'écarter. Il porte d'énormes paquets dans les bras. Un chien à l'oreille arrachée l'accompagne.

— Pourriez faire attention !

Le chien grogne avant de s'allonger aux pieds de son maître. L'homme ferme les yeux et s'endort. Il n'a pas ôté sa cagoule.

— Qu'est-ce que c'est que ce malpoli ? Tu ne veux pas changer de compartiment ?

— Laisse, Léo, je change à Lille. Descends vite, le train va partir.

— J'aurais mieux fait de t'amener à Lille, ça t'aurait fait un changement de moins.

— Sauve-toi. Je ne pars pas au bout du monde.

— Il y a quelque chose que je ne t'ai pas dit. Ta mère...

— Ne me dis rien. Va-t-en. Bon Noël quand même.

Il s'éloigne enfin. Les épaules basses. Je m'assois. Marion se niche dans mes bras.

— C'est loin, l'Italie ?

Tout à coup, on frappe au carreau. C'est mon marin. C'est Noël. Noël avec qui j'ai passé une nuit si douce, Noël aux fesses dures, Noël qui m'a si bien fait l'amour.

J'en ai encore le ventre tout douillet. Il m'adresse un sourire si chaud que je fonds. Il ne m'en veut pas pour le portefeuille ?

— Je t'aime.

— Quoi ?

— Je t'aime !

Il m'aime ?

Il me fait signe de descendre.

— Viens vite, Marion. On descend. Prends ton sac.

Je quitte le compartiment. Le contrôleur siffle, le train s'en va. Derrière nous, l'homme à la cagoule, ses paquets et son chien sautent du train en marche et disparaissent dans le passage souterrain. Un frisson me glace le dos.

— On ne va plus voir mémé ?

— Plus tard, mon petit ange, on va d'abord voir Noël.

— Noël ?

J'écarquille les yeux. L'homme de la vie que j'ai rêvée court vers moi. Je lui tombe dans les bras. Je l'embrasse passionnément en y mettant la langue, en y mettant les mains, en y mettant mon cœur, en y mettant mon âme.

— Et ta valise ?

— Elle est partie seule pour l'Italie. Tant pis.

L'adresse de ma mère est dessus. Elle l'ouvrira et comprendra pourquoi je voulais la voir. Ma vie a pris un autre tourment. Maman, je suis amoureuse.

— Où partais-tu comme ça ?

— Je partais pour l'Italie.

— Qu'allais-tu faire là-bas ?

— Donner à ma mère le bébé que tu m'as fait.

— Je ne veux pas que tu donnes mon bébé. Je veux le garder.

— Tu viens avec nous en Italie ?

— Non, c'est vous qui venez avec moi.

— Où ça ?

— Partout. En Italie, en Grèce, en Egypte, puis en Amérique. Je navigue sur un cargo mixte.

— En Amérique ? Tu pars en Amérique ? C'est merveilleux. J'en ai toujours rêvé. L'amie de mon frère veut partir en Amérique. Elle n'a pas de papiers. Elle ne peut pas rester ici. Dis-moi, tu m'aimes ?

— Je t'aime.

— Alors, si tu m'aimes, on va chercher Ludmilla et Marco et on s'en va tous les cinq.

— Cinq ? Tu es folle ?

— C'est toi qui es fou de m'aimer. Comment savais-tu que je serais à la gare ?

— Je ne le savais pas. Je retournais à Rotterdam. C'est le destin.

Il a un drôle de sourire désabusé en disant cela.

— C'est le destin qui t'a amené à Roubaix ou c'est une femme ?

— Peu importe, maintenant que je t'ai trouvée.

— Tu as raison. L'amour avant tout, l'amour efface tout. Allons vite chez moi chercher Marco et Ludmilla ?

— Chez toi ? Tu es mariée ?

— Non. Chez moi, c'est chez mon père. Tu te marie-ras avec moi ?

— Quand on sera en Amérique.

— Tu m'offriras une maison ?

— Quand on sera en Amérique.

— On prend un taxi ?

— C'est moi qui paye. Si on allait d'abord à l'hôtel ? Quand je me suis réveillé, tu m'as manqué.

— Et Marion ?

238

— Elle dormira. On demandera une chambre double.

— Et ton bateau ?

— Il y a le temps, il ne part que demain.

— D'accord mais pas longtemps. Et pas au *Mercitel*.

Marion s'endort dans les bras de Noël. Elle a l'air heureuse. Il a l'air heureux. Moi je n'ai pas l'air, je suis heureuse.

3

— Salut, Léo.

— Qu'est-ce tu ramènes, Norbert ?

— Un container bourré d'électronique made in Corée.

— Ça tombe bien.

— Ça t'intéresse, l'électronique ?

Clin d'œil. Poignée de main rapide. Sourire en coin.

Tous les quais de déchargement sont pris d'assaut par les camions. Pour se débarrasser le plus vite possible de leur camelote afin de rentrer chez eux passer les fêtes, les chauffeurs font ami ami avec les magasiniers. Un camion, un cadeau — alcools, parfums, chocolats ou cigarettes. Norbert et moi, ça fait un bail qu'on est potes.

On s'est connus pendant la grève de 78. Son bahut était resté bloqué cinq semaines devant la filature, ça rapproche. Norbert est un pro, rapide, efficace, ponctuel, disponible quelque soit le temps. Clients et employeurs l'apprécient mais il a un gros défaut ; il n'a aucune mémoire et il est d'une étourderie sans pareille. C'est fou le nombre de cartons qu'il oublie de déclarer. Bah, l'assurance paie, qu'il dit. Sympa.

— Porte 5, Norbert.

Son Renault flambant neuf en impose. Il effectue la délicate manœuvre qui le met à cul de ma porte. Je lève la grille. Je lui tends la pince. Il cisaille le plomb et me le tend pour que je vérifie le numéro et le note sur le bordereau. Il dépose ses bons au bureau, me laisse le double. Le papelard est formel. Le matériel ci-dessous désigné est entré dans le magasin. Thank you, la Xmas Electronics Trees Korean Corps. Marco va être content. L'électronique, ça se fourgue facilement. Quand je pense que ces salauds lui ont sucré le RMI. Il était furax quand il m'a appelé. Je lui ai dit de m'attendre avec sa belle dans mon « château ». Il lui fera la visite en attendant. Des fois que ça leur donne envie d'y rester.

— On prend un café, Norbert ? J'ai quelque chose à te demander. Un service pour le fiston.

— Les enfants, c'est sacré, Léo.

— Tu sais qu'il va peut-être finir par se marier.

— Non, Marco ? Ça c'est une bonne nouvelle.

Tout s'arrange en trois mots. Je signe le bordereau, je tamponne le CMAR, sa feuille de route.

— T'es cacheté pour l'hiver, Norbert. Ni vu ni connu, t'es couvert. Tu déposes une caisse chez moi, à cette adresse et la deuxième est pour toi.

Les deux battants s'ouvrent dans un grincement. Je m'affaire avec mon chariot élévateur autour du mastodonte.

— Avenue Jonquet, tu disais ?

— Au bord du canal. Marco sera là pour t'aider.

Autour de moi, s'empilent des pyramides de cartons. La supercherie n'est pas prête d'être découverte. Quand les gars du stock vérifieront, difficile de dire qui aura piqué le matos. Et comme ils ne sont pas les derniers à se servir...

— Joyeux Noël, Léo.

— Joyeux Noël, Norbert. T'es vraiment un pote. Tu rentres à Toulouse ?

— Si je peux... A mon prochain passage, je te ramènerai du cassoulet.

Le moteur du Renault vrombit. Le camion avance, s'arrête, passe la guérite et s'éloigne. Le meuglement du klaxon, c'est gagné.

Toulouse, c'est la ville rose
Toulouse, de plus en plus rose
Toulouse, c'est la ville Toz
Toulouse, on l'explose

— Je t'aide à le descendre, Norbert ?

— Laisse, petit, je m'en occupe. J'ai l'habitude des transpalettes.

— Fais attention. C'est fragile.

— Ça va, ça va, ce n'est pas du sucre.

— D'après Léo, ce matos, il y en a pour une fortune.

Enfin, une combine du father qui a l'air de tenir la route. De l'électronique dernier cri, m'a dit Léo. Ça va se vendre comme des petits pains. De l'or en barre. A force de voir passer des cartons, il s'y connaît, le vieux.

— Ludmilla, ta vie, t'es tout près de la passer avec moi. L'Amérique, je vais te l'acheter. Fais gaffe, Norbert, ça glisse.

— Merde, je... Tant pis, je lâche tout.

Norbert se retrouve sur le cul. Du carton qui vient de tomber lourdement sur le sol verglacé s'échappe une voix nasillarde.

Hi, I'm Douglas Tree.
Happy Christmas.
Jingle bell, jingle bell

— Qu'est-ce que c'est que cette blague ?

— Avec le choc, une démo a dû se mettre en marche.

— Tu crois ?

— Ouais. Ecoute, petit, j'ai pas le temps. T'auras qu'à l'ouvrir pour voir s'il n'y a rien de cassé. J'y vais. Faut que je sois à la maison avant ce soir et je ne suis pas rendu.. Joyeux Noël et bonne lune de miel. Faites-nous de jolis petits mais pas trop vite.

— Les nouvelles vont vite, dis donc. Au revoir, Norbert et encore merci.

— Laisse, j'ai fait ça pour Léo.

La voix nasillarde continue à chanter des niaiseries en anglais. Ça m'énerve.

— Passe-moi les pinces, Ludmilla. Je me demande bien sur quoi on est tombés.

J'ai un sale pressentiment. J'ai tellement l'habitude avec Léo de tout voir finir en eau de boudin.

— Tant que ce ne sont pas des armes en plastique.

J'ouvre la boîte. Une effroyable musique sort à tue-tête, entrecoupée de stridents

Hello, good morning,
Happy Christmas

— Qu'est-ce-que c'est que ce bordel ?

J'enlève la protection de polystyrène. Les deux grands yeux globuleux d'un monstre de plastique vert me dévisagent en tournant dans leurs orbites. Une bouche énorme aux lèvres rouge sang s'ouvre et se ferme sur une langue verdâtre qui frétille.

— *Happy Christmas*, nasille le monstre. *I'm Douglas, the ugly Christmas tree.*

— Qu'est-ce qu'il déblatère ?

— Il dit qu'il s'appelle Douglas, le vilain sapin de Noël.

— Ça te fait marrer. On trouve de la merde à la place du matos et toi, tu te fends la poire. C'est pas possible. C'est un cauchemar. Je vais me réveiller. Ouvre les autres boîtes.

Rien de rien. Il n'y a que des sapins, de maudits sapins ringards qui chantent des conneries et qui se fichent de moi en plus. Pas un magnétoscope, pas une télé, pas la moindre petite console pour me consoler.

— Arrête, Ludmilla. Arrête de rire. Arrête-les. Fais les taire, s'il te plaît. Arrête de tourner comme une folle. Non, je ne veux pas danser. Je ne sais pas chanter. Je n'ai jamais appris l'anglais. Je déteste les chansons de Noël. Je déteste les jouets pour les mômes. Je déteste Léo. Je déteste cette ville. Je déteste cette vie. Qu'est-ce qu'on va faire ?

— Et moi tu me détestes ?

Mais avant de sortir
Il faudra bien te couvrir
Dehors tu vas avoir si froid
C'est un peu à cause de moi

— Léo, gueule un bégueule de chef de rayon. Parce qu'ils ont le contact avec le client et qu'ils portent un bel uniforme, ils se croient plus que nous. Qu'est-ce qu'il me veut ? Il ne peut pas déjà être au courant pour le carton. Ou alors c'est qu'on m'a mouchardé.

— C'est vous qui étiez au quai 5 ? Les sapins vont entrer en rupture de rayon.

— Des sapins ? Je n'ai pas reçu de sapins.

— Des sapins électroniques. Des machins qui parlent et qui chantent *Petit Papa Noël* en anglais. De quoi foutre les nerfs en pelote à une pierre. Les mômes adorent. J'en avais commandé deux mille en urgence. D'après l'ordinateur, c'est vous qui les auriez réceptionnés, à treize heures vingt-deux. Quatre caisses de cinq cents. Je n'en ai retrouvé que deux.

Sueur. Le spectre du chômage fait à toute vitesse le tour de ma caboche. J'ai la langue en plomb. C'est bien ma veine. En urgence, des sapins en plastoque. *Petit Papa Noël*, en français ou en anglais, fais-moi un miracle. La poisse, la poisse.

Il ne me laisse pas le temps d'inventer un mensonge, appelle sur son portable. Moulou et Marcel sont déjà derrière moi, deux crânes rasés de l'équipe à Leloup. Un drôle de gus, Leloup, sa femme possède un bistrot à Loos, il tient le magasin de sport du centre commercial. Une façade pour un tas de trafics pas clairs : surveillance, recouvrement de factures, collage d'affiches, service d'ordre et j'en oublie. Il a toujours été réglo avec moi et les copains. Je fermais les yeux. Il me rendait la pareille. On lui a confié le recrutement des vigiles après qu'Auchoix avait été mis à sac par des jeunes en colère.

Je me retrouve plaqué contre le mur.

— Tu les as ou pas, les sapins ?

— Je les ai pas, je ne peux pas vous les pondre. Vous n'avez qu'à les chercher. Des sapins à Noël, ça doit se trouver.

— Ne fais pas ton malin. Tu nous suis, Léo, et sans moufter.

Mes pieds ne touchent pas le sol quand ils m'emmènent vers les vestiaires. Sourires faux culs des collègues. Les réflexions fusent. « Ça devait arriver. Il l'a bien cherché. Fumier. C'est des types comme ça qui cassent le boulot. Pas étonnant que les primes baissent. Il s'était déjà fait virer de la boîte où il bossait avant. Il piquait dans la caisse. »

Le mensonge me fait exploser.

— Bravo la solidarité, les potes. Vous avez oublié toutes les caisses tombées du camion qu'on s'est partagées dans la rigolade ? Si on me vire, je vous enfonce tous.

— Ça suffit, Léo, ferme-la et ouvre ton armoire.

J'ouvre. Mon armoire est bourrée de matériel emprunté pour finir à temps la maison. Je devais le remettre discrètement avant l'inventaire. La poisse. La poisse.

— Il va nous tomber dans les pommes, le petit chat ? Il a besoin d'une bonne claque pour le faire tenir debout ?

— C'est du matériel de première qu'il a piqué, on ne peut pas dire.

— On a dû se gourer de casier. Je ne bricole jamais.

— Ça te fait marrer ?

Direction le chef de la sécurité.

— Entre, Léo. Assois-toi.

Fauteuils en cuir noir. Je n'ai pas envie de m'asseoir. Une mosaïque d'écrans tapisse les murs. Chez Auchoix, tout finit par se savoir. Qui décide quand et qui on doit tuer ?

— Assieds-toi, je te dis.

Le siège tourne sur lui-même. Pitt. De son vrai nom, Jean-Yves Le Bacon. Ancien para. Fait aussi partie de la bande à Leloup. A Roubaix et Tourcoing, tout ce qui est sécurité et maintien de l'ordre passe par Leloup. Ce qui a fait la gloire de l'ancien para, c'est d'avoir intégré dans ses équipes des dealers à la petite semaine, des casseurs, des glandeurs qu'il a retournés. En

246

échange d'une commission ou d'une « démarque zéro », les « grands frères » font régner l'ordre dans le quartier.

Trapu, nez cassé, mâchoire de travers, yeux en tête d'épingle, bedaine conséquente, Bacon me fixe. C'est un type sans pitié qui se mêle de ce qui ne le regarde pas, gueule sur les filles lorsqu'il y a la queue aux caisses quand il n'essaie pas de les piéger en cachant des trucs dans les chariots. L'enfer. Après, il les convoque dans son bureau et les terrorise. Il se passe des choses mais aucune n'a le courage de porter plainte. Les récalcitrantes sont mises à pied. Il les aime blondes et bien dodues, entre dix-huit et vingt-cinq ans. Il est à tu et à toi avec le RRH, qui, grâce à lui, est au courant des moindres faits et gestes du personnel. Une simple plaisanterie, un avertissement, la prime saute et c'est la mise à pied. Les deux compères ont organisé des bilans hebdomadaires et individuels qu'on appelle ici « le confessionnal ». Plus tu dis de mal de tes collègues et plus ta note monte. Tu peux te faire 3 000 facile en plus du salaire si tu as le mouchardage facile. Avant-hier, ils ont mis quatre petites dehors. Des anciennes. Pas assez rapides sur les nouvelles caisses. C'est grâce à ça que Karima a été engagée.

— Tu es viré, Léo. Voici ta lettre de mise à pied conservatoire. Une procédure de licenciement pour vol va être mise en route à ton encontre. Sans indemnités. Pas la peine de passer à la compta. Ton salaire et tes primes sont bloqués, ça servira d'exemple aux autres. Tes amitiés avec les mousmés t'ont tourné la tête. Mademoiselle Ghacem fera son sac elle aussi. Vous étiez de mèche. Ne nie pas. Tout a été filmé.

— Karima ? Il n'y a pas plus honnête. N'y touche pas, Pitt. Elle n'y est pour rien. Tout ça, c'est une farce des copains. Pour blaguer. C'est Noël, tout le monde est sur les nerfs, alors...

— Tu me fais pitié, Léo. Tu n'as pas l'esprit Auchoix. Tu ne vis pas Auchoix. Tu ne penses pas Auchoix. Déguerpis. Tu es con-gé-dié. Tu entends ? Tu sens mauvais, tu as fait dans ton froc. File à Moscou et qu'on ne te voie plus traîner par ici.

Moscou, c'est pour la fois où j'ai parlé de me syndiquer à la CGT. Il ne fait pas bon se syndiquer à Auchoix. FO à la rigueur ou CFTC... Le temps de signer un papelard par lequel je reconnais mes fautes et je suis dehors. Il faut que j'aille vite au « château ». J'appellerai Karima plus tard. Il faut que je me débarrasse des sapins avant que Marco ne soit compromis. Avec la chance que j'ai, ils sont foutus de m'envoyer les flics dans l'heure pour les récupérer. S'ils mettent le nez dans la cave, je suis bon pour la tôle. Quelle poisse. Se faire piquer pour des sapins. Il faut que je boive un coup ou je n'oserai jamais regarder Marco dans les yeux. S'il pense que je suis soûl, la honte sera moins grande.

Me regardez pas comme ça. Je suis viré. Léo Chabert est viré. Les anciens de la filature ouvriraient des grands yeux. A l'usine, j'aurais même pas été capable de piquer un bouton de culotte. Je tangue, j'oscille, je vire, ivre de honte, je fonce, défoncé. Je suis déboussolé, knock-out debout, soûlé sans avoir bu. Je me sens vieux, vieux, vieux. Où est-ce que je vais là ? Je ne reconnais même plus la route avec cette maudite neige. J'erre par les rues, blême de rage. Je m'arrête à chaque rade que je croise. Un pour la route, je dis au patron et je repars. Ça va pas, Léo ? Ça va, c'est le froid. Moi, Noël, ça me déprime, pas toi ? Je te remets ça ? Un coup d'antigel pour le froid, un pour le désespoir, un pour la solitude. Je suis paumé, paumé, pov' pomme ! Bon pour la cloche. Je bois les derniers sous que j'ai en poche. Je bois mes derniers espoirs. Je noie le bonhomme, je noie le chagrin, mais pas moyen de noyer la honte. De quoi je me plains. C'était couru. Je m'y ruais. J'ai tout foiré. Maria que j'ai mal aimée, malmenée quand j'étais mal luné. Ma barque que j'ai chavirée avec mes enfants par-dessus bord. Coulé à pic, Léo dans le gouffre béant de ma bouche à dire des conneries. Touché à mort, l'animal. La vie est mal faite, je disais. C'est moi qui suis mal fait. C'est la faute à ma mère, elle n'aurait pas couché avec un Amerlock, je serais né moins con. Moi aussi, je partirais bien là-bas casser la gueule à ce salaud. Je suis battu, échec et mat, sur le carreau. Regarde-toi dans la glace. La mine défaite, les yeux exorbités, le regard flou, le blanc de l'œil jaune, strié de rouge, t'as ta dose.

— De toute façon, je ne boirai plus, je n'ai plus un rond.

Quand je déboule au château la tête en vrac, Marco, furax, est en train de foutre la camelote à la flotte. Les sapins font des trous dans la glace qui a commencé à figer l'eau. Ludmilla, morte de rire, lui passe les sapins qu'elle fait brailler avant qu'il les jette. C'est un concert ahurissant de chansons, de rires, de moqueries et d'yeux qui clignotent.

I'm Douglas, Douglas, Douglas

— Ah, super ta combine, Léo, me dit le fiston sans arrêter de balancer les saloperies à la flotte. Des mille et des cents qu'on devait se faire, hein ? J'en ai ras le bol. J'ai rencontré la femme de ma vie. J'ai besoin de fric pour partir avec elle. Comment je fais maintenant ?

Il n'est pas question que je laisse mon bonheur se tirer sans moi, tu entends ? Je ne suis pas Youri, moi. Je ne me flinguerai pas parce que tu m'as bouché la vie avec tes idées de chiottes. Tout est de ta faute. Ta faute, si mon frère est mort. Ta faute, si ma mère s'est barrée. Ta faute, les usines fermées. Ta faute, le fils du patron qui te pique ta place. Ta faute, ces sapins à la con. T'es un looser. Un vieux looser. Il n'y a pas que ta moustache qui a vieilli, ton monde aussi. Moi, je voulais pas un copain qui me paye des coups, je voulais pas un grand frère qui me tape sur le dos ou sur la gueule, je voulais un papa. Ça fait combien de temps que tu ne m'as pas entendu t'appeler comme ça ? Réfléchis. Où étais-tu quand Youri avait besoin d'un père ? Tu as construit une usine, tu as construit une baraque, tu t'es construit comme tu disais, tu t'es fait tout seul. Où on était, nous, où ? On était quoi ? Maman, à quoi elle te servait, à part faire la bonniche ? Elle t'aimait, maman, elle t'aime sûrement encore. C'est moche pour elle. C'est moche pour nous. Chiale pas. Cette fois ça ne marche pas. Tu me l'as fait trop souvent. Facile de pleurer quand on a perdu. Maman a eu raison de se tailler, sinon elle serait morte elle aussi. Pas parce qu'elle était malade, par ta faute. Il m'est arrivé de m'engueuler avec elle mais elle, elle m'a aimé. Elle m'a pas donné la vie, elle me l'a expliquée. Mon premier préservatif, c'est elle qui me l'a donné ? Elle. Tu le savais ? C'est con, hein, je parle d'elle comme si elle était morte mais c'est toi qui es un cadavre. Pourri en plus. Je ne veux pas te ressembler, Léo. Je suis amoureux. Amoureux. Il n'y a que ça qui compte dans la vie, Léo. L'amour. T'as jamais compris ça. L'amour. Le reste, c'est du baratin de branleurs.

250

Ben quoi, tu ne dis plus rien ? T'as pas une idée lumineuse ? Moi j'en ai une.

— Ludmilla, viens, je te ramène à la courée. Je sais où je vais trouver l'argent. Ne m'attends pas, fais la fête avec Karima et ses petites. Je ne rentrerai pas avant demain matin.

Ludmilla a cessé de rire depuis longtemps. Elle est restée me regarder, droite. Et un moment, j'ai cru qu'elle savait tout.

— Tu pars où ? dit-elle à Marco.

— Je n'en sais rien je reviens. Ne t'en fais pas, il n'y a pas de risques. Je suis en colère, c'est tout.

Elle secoue la tête. Le sapin dans ses mains chante *Douce nuit*.

— Je peux le garder ?

— Pourquoi ?

— Pour me souvenir de Léo.

Ils vont à la voiture, bras dessus bras dessous, s'embrassent amoureusement.

Quel silence tout d'un coup. Il fait un froid, soudain. C'est peut-être vrai que je suis mort après tout. Des mouettes affamées tournent au-dessus des sapins qui refusent de couler. A coups de bec, les volatiles attaquent les monstres verts. Les maudites ritournelles les effraient.

Silent night, holy night
All is calm and all is white

4

— T'étais de mèche avec lui, hein ?

— Avec qui ?

— Ne fais pas l'innocente. Tu fermes ta caisse à dix-sept heures et tu montes me voir.

Je poursuis mon travail, anxieuse. Que s'est-il passé ? Qu'est-ce que j'ai fait ? Depuis qu'ils m'ont embauchée, je n'ai rien remarqué de spécial. Voilà que je tape n'importe quoi. Ressaisis-toi, Karima, autrement, ils vont vraiment trouver quelque chose à redire. L'heure ne passe pas. De toute façon, ça m'arrange d'arrêter à dix-sept heures. Je n'en peux plus. J'ai mal aux yeux. J'ai une de ces migraines. Un « pot de peinture » déverse ses articles sur mon tapis : une dinde, des marrons, des champignons frais, de la bûche glacée, du fromage, des chocolats, du champagne et encore de la nourriture. J'en ai tellement vu passer que je n'aurai plus faim pendant un mois au moins. Sourire.

— Après vous, c'est fermé, madame.

Il est moins dix. Le temps de finir avec cette cliente, il sera l'heure. Je remplis le bordereau : billets de 500, de 200, de 100, de 50, la monnaie et les chèques. Je suis la reine du calcul mental. Ils pourront toujours vérifier, il ne manquera pas un centime. J'ai bien travaillé. Ça fait un paquet. Je range tout dans la sacoche, et la sacoche dans un sac plastique, comme on me l'a demandé. Je monte. Deux coups sur la porte entrouverte.

— Entre. Ferme derrière toi.

Du foie gras et des toasts traînent sur la table. Des cannettes s'entassent dans la poubelle. Le RRH me reçoit froidement. Il n'est pas seul.

— Assieds-toi.

— Merci.

— Tu vois cette feuille ? Signe au bas de la page.

— Qu'est-ce que c'est ?

— Ta confession. Comme tu n'es pas française, on l'a remplie pour toi. Tu es virée. Tu vas aller au vestiaire chercher tout ce que tu as volé et puis tu fiches le camp discrètement. Tu t'en tires à bon compte. Si c'était pas Noël, tu peux être sûre que ça se passerait autrement.

— Mais, monsieur, j'ai rien volé. Je n'ai pas encore de vestiaire, c'est vraiment du n'importe quoi ce que vous dites. De quoi vous parlez ?

— Ferme-la, pouffiasse, me dit l'autre, un grand aux cheveux ras qui a un badge « Jean-Yves, sécurité ». Tu signes ce papier pour solde de tout compte et tu l'écrases.

— Expliquez-moi.

— Signe et dépêche-toi, reprend le premier. Ce n'est pas toi qui nous intéresses. T'étais là qu'à l'essai. C'est ton pote Léo. C'est toi qui vas nous expliquer ce que ce salaud avait combiné. Et avec qui ? Qui étaient vos complices ? Raconte. Et ne mens pas. On a tout filmé.

— Léo ? Pour qui me prenez-vous ? C'est quoi, ces sous-entendus ?

— Ton maquereau a été pris sur le fait. Il a piqué un chargement complet de sapins électroniques.

— Des sapins ? Mais pour quoi faire ? Où est-il ?

— A cette heure, il est en train de s'expliquer avec la police, ton amoureux.

— Ce n'est pas mon amoureux, c'est mon propriétaire. Enfin, je veux dire...

— Ne te fous pas de nous. Quand il t'a proposée pour le poste, il nous a fait comprendre que...

Il fait un geste obscène avec les doigts.

— Il faut te faire un dessin ? Assez de baratin, sainte nitouche. Signe ici aussi, c'est ton solde.

— Mais il manque la prime qu'on m'avait promise.

— Et en plus, tu discutes ? Contente-toi de ça. Je pourrais te faire foutre en prison. Fiche le camp. Attends. Reviens. La chaîne que tu as autour du cou, tu l'as piquée où ? Et cette montre, d'où elle vient ? Ces bagues ? C'est Léo qui t'a fauché tout cela, hein ?

— Je ne suis pas une voleuse, je n'ai jamais rien volé. C'est Areski mon mari qui m'avait offert ces bijoux. Dans ma religion, c'est hram de voler.

— Ta religion ? Ah, parce que tu crois en Allah ? Et ça ? dit-il en tentant de m'arracher le badge accroché à mon chemisier. Ça appartient à Allah ou à Mahomet ? Tu n'es pas digne de le porter. Ni toi ni aucune Arabe.

Le bruit du tissu qui se déchire ravive une blessure ancienne, une brûlure toujours présente. Ma main s'agrippe à la sienne. Il s'accroche. Je n'arrive pas à l'enlever, tache indélébile sur mon chemisier.

— Mais c'est qu'elle mordrait, la petite caille.

— Fais gaffe avec les Arabes. Elle est capable de te coller la rage... ou le sida.

— Otez votre main de là ou je porte plainte immédiatement. Je connais mes droits. Je ne suis pas arabe, monsieur, je suis kabyle et les Kabyles vous emmerdent. Je suis française aussi et votre papier, je ne le signerai pas. Gardez votre aumône. Je n'en ai pas besoin.

— En plus, elle nous fait la morale. Dégage. On en a marre de t'entendre. Dehors... Dehors, je t'ai dit. Puisque tu ne veux pas collaborer, tu t'expliqueras avec le juge. On a ton adresse ici. La tête de tes enfants quand ils vont venir perquisitionner chez toi... Dehors, fissa fissa.

Il me décolle du sol et me jette hors du bureau. La porte claque derrière moi.

La sacoche emmaillotée dans le plastique comme un bébé au creux de mes bras, je redescends les escaliers. C'est fini, je me dis et me redis. Je n'ai plus rien. Mon mektoub est mort. Tu es une menteuse, une voleuse, une fille perdue, Karima. Que vais-je faire des enfants ? Comment vais-je leur dire ? Ce n'est qu'au bas de l'escalier que je parviens à me ressaisir. J'essuie mes larmes et regarde la caméra. Je ne vais pas te faire le plaisir de me voir pleurer. Ah, je suis une voleuse, moi, Karima Ghacem, fille de Sadek Aissat. Tu vas voir ce que tu vas voir. Je vais te montrer de quel bois se chauffent les Kabyles. Je traverse le magasin. Tous ces chariots surchargés. Tous ces gens qui courent dans tous les sens. Je ne les vois pas, ils se ressemblent tous, je ne veux plus les voir. Je me perds dans les allées. Je ne reconnais plus rien. On me bouscule. On me pousse. On m'entraîne. Comme si je n'existais pas. Eux non plus ne me voient pas. Eux aussi ne peuvent plus me voir. Comme si j'étais passée de l'autre côté du miroir. Je me retrouve au rayon « Mariage ». L'allée est vide. Personne ne se marie à Noël. C'est un paradis de tulle, mousseline et dentelles. Les mannequins se penchent sur moi, se moquent de moi. Voleuse, voleuse. J'arrache leurs robes blanches, je lâche voiles et couronnes.

Je ris de rage. Il neige des fleurs d'oranger. Je choisis la plus belle des robes, une vraie robe de reine. Je suis la Belle et Auchoix est la Bête. Je vole, je danse, roses et volants valsent, tourne le cerceau, les étalages dégringolent. Chocolats et confiseries sont sens dessus dessous. Virée pour virée, je n'ai plus rien à perdre. Pour leur premier Noël en France, mes filles seront gâtées. Arrêtez-moi, si ça ne vous plaît pas. Personne ne m'arrête. Je suis le fantôme de moi-même. Je lâche la robe. Je tente de m'apercevoir dans une glace et ne me vois pas. Ma colère m'a rendue invisible. Je suis une ombre au royaume des ombres.

Je suis au rayon « Fourrures ». Combien de fois n'ai-je pas rêvé d'un de ces manteaux ? La France, quand j'étais gamine et que je courais à moitié nue dans les rues, c'était ça. Des femmes couvertes d'une fourrure douce comme de la neige. Celui-ci me va à merveille. J'ôte l'antivol avec la pince que ce salaud a oublié de me réclamer et, le manteau sur le dos, la caisse dans les bras, je passe devant le jeune vigile qui surveille la sortie sans achats.

— Joyeux Noël, Alain.

— Toi aussi, beauté, joyeux Noël.

Je suis enfin dehors. Je traverse le parking en ressassant les horreurs qu'on m'a dites. Areski, Areski, on a sali ta mémoire. « Tu aurais mieux fait de crever en même temps que lui. Tu aurais dû rester en Algérie, avec les fouteurs de merde. T'es qu'une petite put', la putain de Léo. » Il a mis sa main sur mes seins. « Laisse-toi faire et on passe l'éponge. Tu me fais une gâterie ? Qu'est-ce que tu lui as fait à Léo pour qu'il pète les plombs ? Montre. Fais pas ton innocente t'en as vu d'autres. Combien de fois ils t'ont violée là-bas, les barbus ? Pourquoi t'as peur ? Je blague, je ne vais pas te toucher, je ne vais pas me salir les mains, je n'ai pas envie d'attraper la chtouille. Passer après un melon, merci... je tire français, moi. »

Je me suis sentie si sale. Pire que lorsque les cagoulés... Pire... Il me postillonnait son venin au visage.

« Il avait tout prévu, Léo, hein ? Ton essai était trop bon pour une débutante. Je l'ai tout de suite vu, que c'était pas catholique. Ah, ah, elle est bonne, « pas catholique ». Léo contrôlait les deux bouts de la chaîne. Lui, à l'entrée des marchandises et toi, à la sortie. Pas de risque d'être piqués. A Auchoix, on ne nous la fait pas. Vos combines, on les connaît. Faut pas nous prendre pour des communiants. »

Les insultes tournoyaient comme des oiseaux noirs. Ils s'acharnaient sur moi comme si Auchoix leur appartenait. Comme si mon corps leur appartenait.

« Tu parles d'une veuve. Il doit se retourner dans sa tombe, ton mari. T'as plus qu'à le rejoindre. T'auras plus droit à rien. Tu ne retrouveras jamais un travail. T'es grillée à Roubaix. Morte. »

Pourquoi Dieu nous a-t-il abandonnées, Areski ? Il n'y aura pas de Noël, il n'y aura pas de printemps. Que nous est-il arrivé ? De quoi sommes-nous coupables ? Aide-moi. De là où tu es, entends-moi, viens à mon aide. Viens me chercher. Je n'en peux plus.

Je serre toujours la caisse dans mes bras. Je ne la rendrai pas. Je m'en irai avec les enfants. J'ai hâte de les serrer dans mes bras et de leur dire toute la vérité. Les pauvres sont restées seules toute la journée. Elles ne le seront plus jamais, je le jure devant Dieu...

Et s'ils viennent à la maison ? Oh, je ne le supporterai pas. Pas après ce qui s'est passé la dernière fois. De toute façon, je ne leur ouvrirai pas. Et s'ils m'arrêtent ?

A qui les confier ? Je ne veux pas qu'on me les enlève. Les ramener là-bas ? Impossible. Pour qu'on me les... Cécile est partie. Marco ? Oui, Marco ! C'est un garçon solide. Il saura s'en occuper. Lui et Ludmilla font un joli couple. Les enfants seront heureux avec eux. Ils les emmèneront loin. Dans un pays où elles ne connaîtront pas l'humiliation de voir leur mère en prison. En Amérique, elles oublieront. Dans un pays neuf, tout est nouveau. Tout le monde est solidaire. Elles auront une nouvelle vie, de nouveaux amis, de nouveaux rêves. Ici, tout a goût de vieux, tout a goût de mort.

Et s'il ne veut pas ? Je les laisserai à Léo. Il est bon. Il ne l'a peut-être pas toujours été mais il l'est devenu. Je sais bien que c'est parce qu'il est devenu trop gentil qu'ils l'ont viré. Qui a-t-il encore voulu aider ? Il fera un bon grand-père. Il rêvait d'une maison remplie d'enfants. Il sera gâté. Ce qui serait bien, c'est que sa femme revienne. Moi, malade ou pas, je ne t'aurais jamais quitté, Areski. J'aurais mieux fait de mourir avec toi. Je ne peux pas vivre avec la honte ancienne et la honte nouvelle. La honte me hante. Je ne peux pas vivre avec ton absence. Je ne peux pas vivre avec cette cicatrice. Ne me le reproche pas. Je ne veux pas quitter Yasmina et Rachida. Je veux leur quitter la honte d'avoir une mère comme moi.

Je rentre à pied. Je vais passer par le canal. J'ai besoin de penser. J'ai besoin de prier. Je ne supporte plus tous ces gens énervés. Parce qu'ils croient qu'ils ont la vie devant eux, qu'il ne faut pas en perdre une minute, ils seraient prêts à écraser père et mère. En une minute, tout peut se perdre. En une minute, j'ai tout perdu. Tout reperdu.

Tombe la neige
Tu ne viendras pas ce soir

Tombe la neige
Et mon cœur s'habille de noir

Il neige en tempête. Une carte de vœux se déplie sous mes yeux. Je suis l'héroïne d'un conte de Noël, habillée de fourrure argentée au milieu des paillettes qui dansent et tourbillonnent. La ville a disparu. Je suis entrée dans un pays étrange. Je suis étrangère à ce pays. Et maintenant étrangère au monde. J'étais une femme, j'étais une mère, je ne suis plus qu'une chômeuse. Morte vivante. On m'a privée d'emploi. M'a-t-on arraché le cœur en même temps que le badge ? Comment est-ce que je trouve encore la force de marcher ? Je n'ai plus de pieds. Mes chaussures sont en coton. Je ne sens plus la morsure du froid. Areski, Areski, chacun de mes pas me mène à toi.

Je longe la rive droite jusqu'à la rue du Nouveau Monde. Dernière ligne droite. Quai de Brest. Le ciel se découvre. Un soleil malade émerge des couettes blanches. Il est d'une pâleur éblouissante. Il va mourir, lui aussi. Sous son regard, la neige étincelle. La lumière me coupe le souffle. J'avance entre les arbres nus. J'ai tout perdu. Je suis nue. Je suis un arbre nu. Sans feuilles ni fleurs, sans sève ni fruits, sans vigueur ni envie. La terre est dure comme pierre. Racines coupées et promesses oubliées. Le tronc torturé par les couteaux et les crocs des chiens, je tends mes bras, je tends mes mains vers le ciel. Mes racines, c'est toi, Areski. Mon ciel, c'est toi. Nous sommes un seul et même arbre abattu à la hache. Abattu à la haine. L'eau coule sans remous. Je vais au pas de l'eau. Quai de Nantes. D'un côté, le cimetière. De l'autre, un château en ruine, l'usine Raynal. Le fantôme de brique balance au milieu des herbes glacées. Un rat sort de son trou et traverse le chemin laissant derrière lui de minuscules empreintes. Dans les jardins adossés au long mur, des oiseaux maigres picorent au pied d'épouvantails faits de bouteilles en plastique plantées sur des piquets de bois. Un vieillard passe. Sa bicyclette tangue, chargée de légumes arrachés à la terre gelée, choux, poireaux, salades qui dépassent du porte-bagages. Il a l'air d'un enfant qui vient de voler des pommes. Il zigzague sur le chemin. Il n'est pas pressé d'arriver au bout. Un Noir fait son jogging, un habitué sûrement. On dirait un oiseau qui n'arrive pas à s'envoler. Tout à coup, les flocons se font plus gros encore. Je suis seule. La neige m'enveloppe de son linceul. Je ne suis plus que cette blancheur sur mon visage, cette glace au bout des ongles, cette lumière faible qui glisse sur la glace et m'enlace. Un couple de canards me devance. Le sillage s'efface aussitôt derrière eux. Ils s'arrêtent, m'attendent. Une affiche déteint. *Au Rêve d'or.* On dormait bien à Roubaix. La vie faisait son lit dans des draps fins tissés par de belles mains. Oh, Areski, pourquoi ne suis-je pas restée avec toi dans le lit de sable tiède du pays des Hommes Libres ? Dans le berceau des Imazighen ?

Tu ne viendras pas ce soir
Me crie mon désespoir
Mais tombe la neige
Impossible manège

Sur le mur de l'usine, une inscription. *Fils de harki, réveille-toi.* La guerre n'a jamais cessé. Elle est partout. Un bâtard au poil sale apparaît dans un renfoncement avant le pont. Où est son maître ? J'ai peur des chiens. Chien noir, chien de la mort, dit le Coran. Les colverts font demi-tour. Ils poussent des cris rauques. Ka-ka-ka-ri-ma. Sauve-toi, Ka-ka-rima. Le chien leur aboie dessus. Le bruit d'un moteur me fait sursauter. La camionnette était tapie sous les lierres dans le renfoncement. Du tuyau d'échappement crevé s'échappe un nuage de fumée rousse. Elle s'approche de moi, vient droit sur moi. Je ne bouge pas. Elle dérape sur la glace.

— Eh, j'aurais pu vous tuer !

Je le reconnais. C'est le rouquin d'Auchoix. Le type bizarre qui est passé plusieurs fois à ma caisse. Pourquoi m'a-t-il suivie ?

— Vous êtes journaliste ?

Il sourit. Il a les dents noires et cariées. Des dents de requin.

— Vous êtes de la police, c'est ça ? Oui, c'est ça. Ils avaient parlé de la police. Je n'ai rien à dire. Je ne sais rien. Je ne comprends pas.

Il cesse de sourire, hoche la tête.

— Qu'est-ce que vous ne voulez pas dire à la police ?

— Rien. Je... C'est à cause du manteau et de la caisse. C'est ça que vous voulez ? Ils n'en ont pas voulu. Ils m'ont jetée dehors avant que j'aie pu...

— Ne vous énervez pas. Je ne suis pas de la police et je ne l'aime pas non plus. Vous êtes toute pâle. Vous devez être glacée. J'ai du café. Il est chaud. Je l'ai mis dans un thermos.

— Merci. Je meurs de froid. j'étais perdue dans mes pensées. Je ne sais pas comment je suis arrivée ici, j'aurais dû tourner au pont. C'est joli, cette musique. C'est amusant, je l'avais dans la tête. Je...

Tombe la neige
Tout est blanc de désespoir

Triste certitude
Le froid et l'absence
Cet odieux silence
Blanche solitude

5

Arrête ton moulin à paroles, ça me tape sur les nerfs.
Tu n'es pas perdue. Tu es au bout du chemin. Personne
ne me voit, personne ne t'a vue. Peut-être sommes-
nous réellement invisibles ? Peut-être sommes-nous des
anges ? En pays de misère, bien et mal sont invisibles.
Noir sur noir ou blanc sur blanc. Les gens heureux sont
sourds et aveugles.

La filature morte est le lieu idéal pour un rendez-
vous d'amour. Les filles commençaient à y travailler à
l'âge de quatorze ans. Il faisait chaud et humide. Elles
n'étaient pas farouches, elles riaient tout le temps, elles
chantaient beaucoup et elles parlaient peu. Je les attendais près de la grande porte. Elles travaillaient nues
sous leur tablier. Leurs seins pointaient sous la blouse.
Je les entends encore chanter sur le sentier. Plus elles
avaient peur du noir et plus elles chantaient fort. Il y
en avait toujours une en retard.

C'est dans la tour de brique que je me suis réfugié
ce matin. C'est de là-haut que j'ai vu tout mon petit
monde quitter la courée. Après que Cécile m'a échappé
entre les bras de son marin, j'ai changé mes plans et
acheté le combi. Cécile est à l'*hôtel de France* mais elle
reviendra tout à l'heure dans la courée et elle tombera

dans mes bras. Il fallait que je me calme avant, tu comprends, alors je suis retourné au supermarché chercher de la chair fraîche et je t'ai retrouvée, seule au milieu des loups. C'est un joli conte de fées pour les enfants du Nord que je te raconte là. Le carosse est un combi Volkswagen. J'ai bien fait de l'acheter. 5 000 balles, une misère pour une aussi jolie chambre d'amour. Il sera plus confortable que les planchers pourris de l'usine. J'ai mis le chauffage pour que tu n'aies pas froid. Monte, ne t'inquiète pas, tout va bien se passer.

— Montez.

— Non, ce n'est pas la peine. Il faut que je rentre.

— Vous êtes blonde, vous êtes jolie, vous êtes vraiment kabyle ?

Elle sourit dans ses larmes.

— Kabyle et fière de l'être.

— Je connais la Kabylie. J'y étais dans les années 60. Montez. Vous allez attraper la mort, si vous ne bougez pas. Je peux vous conduire jusqu'à chez vous ?

Elle fait non de la tête. J'ouvre la porte en grand. D'un regard, elle saisit le matelas posé sur le sol, les couvertures, les cordes. Elle pousse d'épouvantables cris dans sa langue. Un coup de poing sur la glotte la fait taire. Elle s'écroule. Ses yeux se voilent. Ses lèvres bleuissent.

— Non. Tu meurs trop vite.

Je la gifle pour qu'elle réagisse mais elle n'a plus envie de vivre. Ce n'est plus qu'un pantin. Une poupée remplie de son. C'est trop facile. Elle n'est déjà plus là. Ne pars pas avant que je t'ai tuée, débats-toi, résiste ! On prend un café et on reprend tout comme s'il ne s'était rien passé, d'accord ? J'oublierai même que tu as crié. Ce sont les nerfs. Tu as eu une sale journée. Il faisait si froid dehors.

— Sois bonne fille. Rouvre les yeux. Après, je te le promets, je te laisserai dormir en paix. Pense à quelque chose d'agréable. A tes enfants par exemple. Ah, ça y est, tu m'obéis. Tu as rouvert tes beaux yeux de biche. Tu as des enfants ? Un ? Deux ? Des filles ? Ça tombe bien, j'aime les petites filles. Tu t'inquiètes pour elles, c'est ça ? Non, n'essaie pas de crier ou je t'étrangle. Contente-toi de battre des paupières. Ne t'en fais pas. Quand j'en aurai fini avec toi, j'irai les voir et je m'en occuperai. Arrête, je te dis. Ne recommence pas. Tais-toi. Tais-toi ou je serre plus fort. Ne crie pas. C'est bien, tu redeviens sage. Tu fais la tête ? Tu ne veux plus me voir ? Je ne suis pas assez bien pour toi ? Prends ça. Ça fait mal ? Ma mère me frappait sur les oreilles. Elle me faisait ça et puis ça et ça. Et ça encore. Sur les deux oreilles. Fallait que je me taise mais elle, elle criait. Ne crie pas, je lui disais, je la suppliais, ne crie pas, tu ne comprends donc pas que je vais te...

Ben voilà. C'était bien la peine. T'es morte. Qu'est-ce que je vais faire maintenant que tu m'as claqué entre les doigts ? Je sens une légère érection. Tu as remarqué, je suis poli avec les dames silencieuses. Tu me laisses te déshabiller ? Tu permets que je hume tes sous-vêtements ? Tu sens le bonheur. J'y mets tous les doigts et tu ne cries pas. Je bande pour de bon et tu ne cries pas. Je te mords le cou et tu ne cries pas. Je te dévore les seins et tu ne cries pas. Je déverse entre tes cuisses ma semence divine et tu ne cries pas. Je t'arrache la langue... Ah, je...

— Merci, mon Dieu.

T'as tout zieuté, La Mort. Ça t'a plu ? Vas-y, lèche, ne te gêne pas pour moi. Qu'est-ce que t'en dis ? Je la ramène à la courée ? Je lui ai promis de m'occuper de ses filles, elles doivent s'inquiéter. Une parole est une parole. Après on attend Cécile et puis on s'en va. Elle est mignonne, Marion. Marion, marionnette. Le marin aura beau faire, la marée monte, la marée redescend, elle restera sur le quai et je serai là tout près, tout près, prêt à la consoler. Et si le marin s'entête, le marin s'entête... Elle est bonne. Merci, Karima, grâce à toi, j'ai retrouvé légèreté et bonne humeur. Remettons capuche et tablier. Je suis le joyeux boucher. Le marin sans tête a perdu le cap. Au fil de l'eau, au fil de la lame, mon joli bateau.

Je m'en suis foutu partout. Heureusement que j'ai trouvé l'astuce. Pour ne pas se faire piquer, rien de mieux qu'un capuchon et un tablier de boucher. Allo, ici la boucherie *Sanzot*, je vous la mets où la carcasse de la dame ? Elle ne pèse pas lourd. C'est marrant comme de mourir, ça allège les gens. Tous leurs péchés s'envolent. Mon humour te fait marrer, La Mort ? Je vois ça dans ton œil. Qu'est-ce que tu veux ? On ne peut pas passer sa vie à pleurer.

Non, t'inquiète, on ne trouvera pas les corps tout de suite. On ne va pas gâcher le Noël des gens en laissant des cadavres traîner. Le coffre du petit Rital ne ferme pas. C'est lui qui me l'a dit. On les fourrera tous dedans. La vengeance est un plat qui se mange glacé. Bouge de là. Laisse-moi lui mettre une couverture. C'est de la laine. *La Redoute,* mon cher. Linceul d'hiver pour dame au sang chaud. La police ? Pas de risque. Quand les flics les trouveront, le dernier acte sera achevé depuis belle lurette. Cécile et moi serons loin. Mais oui, La Mort, tu pourras venir avec nous. Je ne vais pas laisser tomber un pote discret et compréhensif comme toi.

Je fume une clope et on y va. Faut que je ramasse

tous ces vêtements en pagaille qui jonchent le plateau. Ça fait désordre et Cécile aime l'ordre.

En voilà un beau manteau. T'en as pas un comme ça. Une fois nettoyé, il devrait plaire à Cécile. Je le lui offrirai en même temps que mes lettres. L'ours sera pour la petite. Ah, elle va les aimer mes cadeaux. Elle va m'aimer. Elle va faire la différence avec la bitte d'amarrage dont elle s'est entichée. Maintenant que je suis rassasié, je serai plus patient et plus tendre. On n'est jamais assez tendre. Ecoute cette chanson, elle parle de moi. Le monde entier est au courant de notre amour.

S'ils te font de la peine
Je les tuerai sans gêne
Un jour, une nuit,
Je t'emmènerai loin d'ici
Si jolie
Et tu verras là-bas

Désolée, petite, je te coupe le sifflet. Vaut mieux arriver discrètement.

Je vais te faire la surprise, Cécile. J'ouvrirai ta porte sans bruit. J'ai appris à le faire en prison. Je me suis entraîné. De toute façon, toi tu n'auras pas peur. Tu ne crieras pas.

Dans la courée déserte, un bonhomme de neige me sourit, une carotte à la place du nez, des boulets à la place des yeux. Je lui laisse mon capuchon de boucher et mon bonnet de schtroumpf. Je suis l'homme aux cheveux de feu. L'homme lion. Le chevalier rouge. Je viens chercher ma dame de cœur. En gage d'amour, je lui apporte le Graal entre mes mains ensanglantées.

Elle est là, tout près de moi. Je le sais, je la sens. Les

petites sont là aussi. Elles se sont cachées mais je les entends qui chuchotent. Elles jouent à avoir peur. Peur du Père Fouettard, de monsieur L'Ogre. Il n'y a personne d'autre. Le marin n'est pas là. Déjà finie, l'histoire d'amour. Tu dois être chagrine qu'il t'ait prise pour une... Toi qui ne rêves que d'amour. Marco est reparti avec sa Ludmilla. Tant mieux, tant mieux. Il n'y a plus de temps à perdre. Cela fait dix ans que j'attendais ce moment. Dix ans. Une paille. Je t'ai trouvée. Tout va m'être pardonné. Je vais enfin pouvoir enfin vivre. Arrêter les conneries. Je serai heureux. Pardon, nous serons heureux. Grâces soient rendues à la voisine qui m'a décrit en détail la courée. Je ne risque pas de me tromper comme la nuit dernière. Sales petites bêtes droguées qui m'ont abîmé ton cadeau et souillé tes lettres. Je te les lirai. Je les sais par cœur. Elles disent toutes la même chose. Je suis devant ta porte, sous ta fenêtre. Il y a de la lumière et ton ombre danse derrière les rideaux. Reste là, La Mort. Maintenant, c'est entre elle et moi.

— *Hi, happy Christmas,* chante à tue-tête un sapin idiot dans le corridor.

Comme entrée, c'est réussi. Heureusement, tu n'as rien entendu. Tu fredonnes une chanson acidulée comme un bonbon.

Il m'a oubliée
J'étais son bébé
Qui va me donner à manger ?

Tu dois être devant ton miroir. Tu te prépares. Tu te retourneras et tu me reconnaîtras. Je n'ai pas changé et mon visage porte la signature de tes doigts. Je tomberai

268

à tes genoux, je te tendrai mes présents et j'inclinerai la tête.

L'escalier me semble si raide, les marches si hautes. J'aurais dû enlever mes chaussures. Je suis trop lourd, trop grand et ta maison si petite. Le bois craque. Mon cœur s'emballe. Ma carcasse tremble. Tu m'as entendu. Tu viens. Tu apparais dans l'encadrement. Tu masques la lumière mais tu illumines l'escalier comme dix soleils. Tes cheveux flottent sur tes épaules. Tu ne cries pas.

— C'est moi, Cécile. Tu es seule ?

Tu hoches la tête en silence.

— Je t'ai apporté des cadeaux.

Une marche après l'autre. Tu as grandi. Tu as changé mais c'est bien toi. Tu es encore plus belle que dans mes souvenirs. A dire vrai, je n'avais d'autres souvenirs que tes jambes ouvertes, tes longs cheveux, ton minois innocent. Ton air d'être d'un autre monde. Nous sommes tous deux d'un autre monde. A ton regard, je vois que tu m'as reconnu. Tu n'as pas peur. Tu me dévisages. Que vois-tu de moi ? L'homme ou la bête ? Que veux-tu de moi en guise de bienvenue ? Un baiser ? Une caresse ? Des mots ?

— Je suis revenu. Je suis heureux que tu m'aies attendu. Prends ces lettres. Tout est pour toi. Prends ce nounours. Il me ressemble. Le paquet est abîmé, je ne l'ai pas fait exprès.

Tu te retournes. Oui, bien sûr, ce n'est pas dans les escaliers qu'il faut parler d'amour mais dans la chambre. Tu te laisseras faire. Tu mettras les bras en croix en signe de soumission. Prête au sacrifice suprême. Victime expiatoire et consentante. Tu me laisseras enfouir la tête entre tes seins palpitants, tu laisseras ma langue te remercier, mes lèvres répéter ton nom sur tout ton corps, mes mains écarter tes cuisses.

— Après nous partirons. J'ai de l'argent. Beaucoup d'argent que j'ai économisé pour toi pendant toutes ces années. Je l'ai gagné honnêtement. Nous pourrons nous en aller loin. Très loin d'ici.

Tu entres dans la petite chambre désordonnée. Il y a une valise ouverte sur le lit. Une arme. Pourquoi faire, Cécile ? Je ne te veux pas de mal, mon bébé. Je veux juste... Cécile... Mon ange. Ma poupée d'amour. Non, ne... Ne m'oblige pas à te faire mal, mon enfant. Pourquoi me regardes-tu comme ça ? Il n'y a que de l'amour entre nous. Ni méfiance ni défiance. Tire. Je n'ai pas peur de mourir, tu sais, mais à condition que ce soit dans tes bras.

— Pose cette arme, tu vas te blesser. Ma petite Cécile.

— Je ne m'appelle pas Cécile, je m'appelle Ludmilla.

— Tu mens. Tu es Cécile. Ne tire pas. Ne tire pas. Ah !

Je ne voulais pas crier mais tu m'as fait mal. Pourquoi ? Tu es comme les autres, Cécile. Tu es méchante. Tu es encore plus méchante que les autres. Tu me fais mourir avant que j'aie connu le bonheur.

Tu tires à nouveau. Je n'ai plus de ventre. Je n'ai plus de sexe. Donne-moi le coup de grâce, ma carpe silencieuse. Donne-moi l'absolution.

— Cécile...

Tu tires encore une fois. Mon sang me fait une traîne royale. Mes lettres s'envolent et retombent dans le sang. Tu ne pourras plus les lire. Une once de compassion, Cécile. Je t'avais apporté des cadeaux. De l'argent. Non, ne t'en vas pas, ne me laisse pas seul. Comment ai-je pu me tromper autant sur toi ?

— Je suis Ludmilla.

6

La Mercedes blanche que nous avons prise en sortant de l'hôtel nous a laissés devant la courée. Je paye le chauffeur du taxi avec l'argent de Noël. Je laisse même un pourboire. Marion s'est endormie dans la chambre et ne s'est pas réveillée. Toute la ville s'est mise en blanc pour fêter nos fiançailles. La ville est belle, la vie est belle. Sous le soleil, la neige fait une robe de mariée à Roubaix. La courée à l'air d'un hameau de village. Marco doit être là avec Ludmilla. Sa voiture est sur le trottoir.

— La porte est ouverte !

Un homme immense, habillé en boucher, est affalé dans l'escalier, tête en bas des marches, jambes en haut, dans une position grotesque qui lui donne l'air d'un crucifié à l'envers. Il a les yeux écarquillés. Il me sourit de toutes ses dents noires. C'est l'homme de cette nuit, l'homme d'il y a dix ans. Le rouquin. Son visage est barré par la balafre que je lui ai faite. Le sang qui coule de son nez cassé rougit encore plus ses cheveux. Son pantalon est ouvert. Un chien noir lape la mare de sang qui coule de sa braguette. Qui l'a tué ?

— Marco, tu es là ? Ludmilla ?

J'entends pour réponse un sanglot tout en haut des

escaliers. Ludmilla est effondrée sur le palier, entre les deux petites de Karima, pelotonnées contre elle. A ses pieds, un pistolet. Yasmina tient serré dans ses menottes un tisonnier et Rachida, un canif minuscule.

— Où est Marco ? C'est lui qui l'a tué ?

Le visage de Ludmilla, un visage d'enfant coupable, effrayé par ce qu'il a fait, s'éclaire.

— Cécile, tu es revenue ! Que je suis contente !

Je bouscule le chien d'un coup de pied. Il s'écarte en grognant. J'enjambe le tas de chair à l'odeur douceâtre de viande avariée. Je m'accroupis et les serre toutes trois entre mes bras.

— C'est moi qui l'ai tué. Il m'a prise pour toi.

— A cause des cheveux ? Où est Marco ?

— Il a trouvé un boulot, je ne sais où. Il m'a laissée ici. J'ai vu l'homme par la fenêtre...

Noël vient d'entrer, avec Marion dans les bras. Elle ne s'est pas réveillée. Il nous regarde, ébahi.

— Que s'est-il passé ?

— C'est le salaud dont je t'ai parlé. Le type qui a voulu me... Elle, c'est Ludmilla, la fiancée de mon frère. Et voici Yasmina et Rachida, les deux petites de Karima.

— Il y a un autre cadavre dans le Volkswagen dehors. Sous une couverture. Une femme blonde.

— Mon Dieu, c'est sûrement...

Je lui fais comprendre d'un regard de ne rien dire de plus. Ludmilla serre fort les deux petites. Elles ouvrent des yeux noirs si profonds que je sais qu'elles ont compris.

— Il ne faut pas rester ici. Si quelqu'un a entendu les coups de feu, les flics vont débouler. Et, salopard ou pas, Ludmilla est bonne pour la prison. Sans papiers de surcroît...

— Mais Marco ?

— Il y a moyen de le joindre ?

— Il a son portable.

— Il nous rejoindra en Hollande.

— Et les petites ? Elles n'ont plus personne.

— On les emmène. On verra plus tard. Tout le monde dehors.

— Il leur faut des vêtements.

— On n'a pas le temps. J'appelle un taxi. Où est le téléphone ?

— Dans la maison de mon père. On ferait mieux de prendre la voiture de Marco. J'ai le double des clés.

— Faites attention à ne pas marcher dans le sang.

J'admire la façon dont Noël prend les commandes, sans se fâcher, sans crier, sans que son visage ne se transforme. C'est un vrai marin dans la tempête. Un héros. Je prends Yasmina dans mes bras. Ludmilla referme la valise métallique posée sur le lit et l'emporte puis elle prend Rachida avec elle.

Nous ne sommes pas dehors qu'une voiture dérape devant l'entrée de la courée, un girophare sur le toit.

— Merde, les flics. Ils sont déjà prévenus. Fermez la porte derrière vous.

Deux cow-boys descendent de la voiture.

— C'est bien ici qu'habite Marco Chabert ? demandent-ils.

Je regarde Noël. Ils ne pensent tout de même pas que c'est Marco le coupable. Il hausse les épaules pour me rassurer.

— Oui. C'est mon frère.

— Il y a eu une explosion à l'usine Kindertoten.

— Marco est mort ?

— On ne peut rien affirmer. Il y a plusieurs morts et un blessé grave. On a trouvé les papiers de votre frère sur un cadavre. Suivez-nous jusqu'à l'hôpital. Vous avez une voiture ?

— Oui, répond Noël d'une voix ferme. Nous nous préparions à partir en vacances.

— Nous sommes désolés. Vous êtes de la famille, monsieur...

— Christiansen. Noël Christiansen. Cécile et moi allons nous marier. Nous partions dans ma famille.

Je sais que ça ne se fait pas. Je sais qu'il ne le faut pas. Pas dans un moment pareil mais je ne peux pas m'empêcher de l'enlacer et lui coller un baiser sur les lèvres.

— C'est vraiment pas de chance. Vous nous suivez, on vous ouvre le chemin.

7

— Calmos, Marcos. Relax. 4 000 balles au black, c'est dans la fouille. Faudra les gagner, je te préviens, c'est crade et c'est dur.

— D'accord. Qu'est ce tu crois ? N'importe quoi, je m'en tape. Je suis à la bourre, j'ai le couteau sous la gorge

— Te bile pas, le boulot est pressé, c'est pour ça qu'il paye bien. Tout doit être fait en une nuit. T'as pas d'enfants ? T'es libre ? Ça baigne ?

— De quoi s'agit-il ?

— Trois fois rien. Il s'agit de nettoyer une cheminée encrassée. T'es doué pour la grimpette ?

— Quand j'ai besoin de fric, je suis doué pour tout.

Rendez-vous grand-place de Mouscron, ville frontalière qui de tout temps a attiré les trafics en tout genre. Dans la froidure, en face de l'imposant palais du bourgmestre, j'attends la camionnette providentielle. Je poireaute au rencard en compagnie de deux autres candidats, deux clandos qui ne parlent pas français. C'est quoi ce turbin ? *Brasserie du Progrès*, sort un homme qui nous fait signe.

— Vous avez du feu ? Vous voulez une cigarette ? Gardez le paquet. Avec le froid qu'il fait.

On le suit. Au détour de l'église, un fourgon surgit de l'obscurité, anonyme. Trois hommes dans la cabine, à côté du conducteur. On s'engouffre, on s'entasse à l'arrière au milieu d'un fourbi d'outils, de chiffons et de bidons. On n'est pas seuls. La pénombre est trouée par les lueurs rougeoyantes des clopes d'au moins une dizaine de compagnons d'infortune. Le convoi se met en branle. Ça tousse. Ça crache, ça se racle la gorge. Je m'assois sur le passage de roue. Ça caille et ça pue. Chacun est plongé dans ses pensées ou dans son refus de penser. Quand on en est arrivé là, vaut mieux pas penser.

J'ai eu de la peine à quitter Ludmilla. Elle dansait avec les mioches de Karima dans la neige. J'ai envie d'enfants jouant dans le soleil. J'ai envie d'un avenir au soleil. Ludmilla est mon soleil. Mon Italie. Des paquets de cigarettes et de tabac circulent de main en main. Aux remerciements, on devine la nationalité. Des Arabes, des Yougos, des Turcs, un Polak ou un Russe. Direction Belgique par le Mont Alleux. Le chauffeur ne marque même plus l'arrêt au poste frontière symbolisé par une barrière définitivement levée. De l'autre côté, ils ont touché le fond avant nous, ils remontent plus vite. Le petit commerce ne ferme jamais, il y a des stations d'essence et des débits de tabac à profusion.

Le bahut s'aventure dans la zone, dédale d'usines en brique promises à la démolition, enchevêtrement de cubes métalliques, entrepôts entourés de barbelés, aboiements des chiens, no man's lands enneigés. Plus rien ici ne rappelle Noël.

— Je m'appelle Ali. Je suis kurde, me dit mon voisin.

Il est étrange que dans une telle situation, il veuille entamer une conversation alors que, rien qu'à voir les visages fermés et les lèvres serrées, il est évident que chacun ne pense qu'à une chose : finir le plus vite possible le sale boulot pour lequel on va nous payer. Et surtout ne pas en parler. Moins on en parle, moins on en sait, moins on y pense et mieux ce sera. Moi, je n'en ai rien à foutre. Dans une semaine, je serai loin. Dans une semaine, tout sera oublié.

— Moi, c'est Marco. Ma mère est italienne.

Ali est petit, volubile et extraverti. Ses lunettes cachent de petits yeux noirs et rieurs au-dessus d'un nez mobile et d'une fine moustache. Il se dégage de lui une sympathie communicative.

— Marco, hein ? Marrrco, répète-t-il en hochant la tête. Italien. Marco Simone. T'as un nom de joueur de foot. Moi, je jouais dans mon pays. On n'était pas loin de passer en première division.

Du football, Ali passe vite à la souffrance d'être arrivé dans un pays si attaché à la blondeur des cheveux des enfants.

— Pourquoi tu restes, je lui dis ? Tu n'as plus rien à espérer ici. Moi je pars au Canada.

Pour quelle raison je lui dis ça ? Je ne vais pas l'emmener avec nous. Mais c'est plus fort que moi. Tant d'injustice, ça m'écœure. Le fourgon s'arrête. Un camion bâché nous attend, immatriculé en Belgique.

On retourne vers la France. Qu'est-ce que c'est que cette embrouille ? Étrange qu'on doive prendre une société belge pour un simple travail de nettoyage.

— Je vais te raconter un truc, Marco, me dit Ali. Tu pourras toujours descendre après. Ce n'est pas la première fois que je mets les pieds dans ce genre de galère. Je suis même un vieux routier du travail clandestin. J'ai du mérite parce que vu le nombre d'accidents... C'était pire chez moi, je dis. En Turquie, c'était légal. Même des enfants le faisaient. Ce qui me plaît dans ce taf, c'est qu'on ne travaille jamais au même endroit. Des fois, je suis allé jusqu'à Paris, creuser des tranchées pour le gaz. Toujours des trucs dégueulasses et dans des conditions pas possibles. Pas le droit de fumer. J'en ai eu la chiasse pendant une semaine et des plaques rouges partout, tu vois le tableau. Penses-tu qu'on nous aurait donné des protections ? Tu apportes ta bouteille de lait pour le poison, ton thermos de café pour le mal de tête, tu mets ton foulard sur ta bouche et tu craches dedans.

Un jour on devait se rendre à Bousbeck, une usine qui fabrique toutes sortes de papiers. J'aime lire. Pour moi, c'était intéressant de savoir où et comment on produit le papier. C'est incroyable ce qu'il y a comme papier, pour écrire, pour se torcher, pour les journaux, de toutes les couleurs, toutes les épaisseurs. Ce qu'ils ont tous en commun c'est que la pâte, elle pue, tu ne peux pas imaginer. Si t'as bouffé avant, tu vomis. C'est pire que dans un abattoir à moutons et je m'y connais, j'y ai travaillé. A un moment donné, le chef me demande à moi et à des collègues de démonter les deux cylindres d'une machine qui sert à dérouler et compresser le papier. Nous nous mettons à l'ouvrage. Les collègues étaient sympas. Causants, blagueurs. Un plaisir. A l'aide de palans, nous commençons à surélever le premier cylindre, il pesait au moins une demi-tonne. Moi je m'occupais de tirer sur la chaîne, Abdel faisait la même chose à l'autre extrémité, Polo tenait le cylindre pour pas qu'il balance. Tout a coup l'extrémité se détache du palan et tombe sur la tête d'Abdel. Je le vois encore, allongé sur le sol, il ne bougeait plus, il avait une grosse flaque à la place de la tête. J'appelle au secours. Personne ne vient. Tu comprends, on nous avait

278

fait venir au moment où il n'y avait pas d'équipe au travail. Et manque de pot l'usine était tout isolée au milieu d'un tas de terrains vagues. Ils finissent par arriver, ils emmènent le pote. On nous laisse même pas retourner dans l'usine pour reprendre notre veste. On nous dit d'attendre dans un bureau. Ils nous ramènent nos affaires et puis un chef entre. Il nous dit qu'Abdel est mort. Moi, je n'étais pas surpris, je t'ai dit, il n'avait plus de tête. C'était moche, parce qu'il avait fait venir une femme de chez lui et elle attendait un enfant. Tu as des mômes, toi ? Non ? Prends ton temps, faut être riche pour avoir des mômes. Tu travailles pour gagner ta vie, total, tu la perds. Il nous paye notre journée. On n'avait pas fini, mais tant pis qu'il dit et il rajoute 5 000 francs pour qu'on se taise si on nous pose des questions. Tu comprends, il risquait gros avec cette affaire. La prison peut-être. Qu'est-ce t'aurais fait toi ? Tu vas me dire qu'on est des dégueulasses, mais on a ramassé le fric et on est rentrés chez nous. 5 000 balles, c'est 5 000 balles et à quoi ça m'aurait servi de jouer les Zorro ? Pour en prendre plein la gueule après ? J'ai donné là-dedans au Kurdistan, j'ai beaucoup donné. Et qu'est-ce que j'ai reçu ? Quel âge tu me donnes hein ? Quel âge ? Je ne suis pas beaucoup plus vieux que toi. Ça te la coupe hein ? Pourquoi je te disais ça ? Parce que t'as une tête à vouloir jouer les héros alors que je suis sûr que t'as une petite mignonne qui t'attend à la maison. Je n'ai pas raison ?

— Si.

Il se tait. Après quinze minutes de route, le paysage me devient familier. Le mont jaune de l'usine Khulmann, le quartier du Sartel à Wattrelos, le camion s'arrête. Un lourd portail grince et nous voici à pied d'œuvre. Une horloge aux aiguilles arrêtées nous accueille en haut d'une tour de distillation en arrêt, une sorte de grand alambic silencieux, fait d'échafaudages, de tuyauteries, de cheminées, de bassins, de citernes et de tas de résidus séchés. On pose le matériel dans un atelier désert « Nitriles, monomères et acrylates ».

Le petit chef au petit pied — ta mère en pompes de sécu devant chez Casto, elle chausse du 2, je murmure à l'oreille du Kurde — déballe son baratin. Longues tirades embrouillées accompagnées de sourires fielleux, plaqués sur une tronche de faux cul. Il répartit les tâches sans cesser de nous houspiller.

— Toi et toi, vous me montez ces madriers et vous m'installez un platelage au sommet. Vous deux, vous refroidissez l'intérieur du récupérateur au jet d'eau. Toi, toi et toi, vous me nettoyez tout au furet. Les maçons, vous me colmatez les fissures. Vous deux, vous découpez au chalumeau les tuyaux reliant la ligne de tête. Toi, toi et toi, vous remplacerez la sangle de maintien de la ligne. Au boulot. Pas un mot. Pas de tabac, pas d'alcool. Pas de pause. A la reprise, tout doit être fini. On n'est plus là, on n'y a jamais été. Vous vous magnez. Je ne paierai que si vous avez fini dans les temps. Quand l'équipe de jour apparaît, on a disparu. De toute façon, ils rallument tout. Si vous ne voulez pas vous faire griller les couilles...

Il répète ses ordres en arabe. Il n'y a pas de contrat. Pas de papiers, personne n'est couvert. L'argent sera versé de la main à la main.

— T'es assuré ? demande-t-il à chacun.

Je lui dis « oui-oui ». Assuré de foutre le camp avec Lud dès que tout ça sera fini.

— Si vous faites du bon boulot, il y aura une prime. Mais faites gaffe. Une seconde d'inattention et poum, c'est fatal.

Arrête, tu me fais peur. On me tend une combinaison dégueulasse et un casque. Je ressemble à un astronaute qui se serait crashé sur Mars. Une paire de gants de travail destroy, un masque papier qui ne filtre rien et m'empêche de respirer.

— Et nos affaires, qu'est-ce qu'on en fait ?

— Tu te les fous dans le...

Le Kurde me rejoint.

— Donne-les moi, tes fringues, je vais les mettre dans mon sac à dos. La prochaine fois, prévois.

— Il n'y aura pas de prochaine fois, Ali.

— Tu as déjà travaillé dans une usine ?

— Jamais, j'ai pris ce boulot au culot. Le seul diplôme que j'ai, c'est un CAP d'électricien. Des petits boulots, j'en ai fait, des plus ou moins raides pour payer ma bagnole. Je conduis sans permis et j'ai déserté l'armée. Ça t'en bouche un coin ? J'ai le cul bordé de nouilles. Il m'est arrivé des bricoles, mais je me suis toujours débrouillé pour m'en sortir.

— Si t'as le cul bordé de nouilles, je reste à côté de toi. Tu veux bien ?

— Je veux. Tu me montreras ce qu'il faut faire.

— Surveillez sans cesse les cadrans et la pression, nous dit le contremaître. Ne touchez pas à ce bouton.

Partout des panneaux « Danger », têtes de mort, petites flammes, bombes, interdictions, avertissements, zones protégées, chicanes, les mecs qui travaillent ici doivent mourir de trouille. Rien qu'à voir la tête de Léo, j'ai toujours su que ce n'était pas bon pour la santé de travailler mais à ce point. Vivement demain. C'est l'horreur, ce turbin. L'autre con sur le dos qui n'arrête pas de nous speeder et de nous engueuler. Au bout d'une demi-heure, je suis sur les genoux, moulu et fourbu, la combinaison imprégnée de saloperie louche.

Les vapeurs me brûlent la gorge. La peau me démange. Les poussières me suffoquent.

— Faut vraiment être dans la merde pour avoir accepté un boulot pareil, gueule le Kurde pour qui j'éprouve une amitié aussi soudaine que sincère. Moi, je ne dis pas, je peux pas faire autre chose. Mais toi, t'es né ici.

— J'ai besoin de ce fric.

— T'es amoureux ?

— On ne peut rien te cacher.

— Belle ?

— Même dans tes rêves les plus fous...

— Oh, tu sais, moi, mes rêves... Ce serait déjà le rêve si je pouvais me payer des papiers. Alors une femme ! T'as vu ma tête ? Pour en faire venir une du village, il me faudrait de l'argent.

— Tout le monde a le droit à sa part de rêve.

— T'es sympa, petit. Tu veux un café bien chaud du thermos ?

— Ah oui. Il te reste une cigarette ?

— T'es dingue, t'as vu les panneaux ?

— Si tu les écoutais, tu n'aurais même pas le droit de péter.

— T'as raison, mais tu la caches dans le creux de ta main. T'as du feu ?

Dans la poche, j'ai mis ma boîte d'allumettes porte-bonheur. Elles sont humides tellement je transpire sous la combinaison. La cigarette aussi se défait entre les doigts.

— Ça fait du bien de s'arrêter. Il est bon, ton café.

— C'est normal, c'est du turc. Ils le font avec notre sang. C'est pour ça qu'il est noir comme la mort.

Tu as raison, Ali. La mort doit avoir ce goût-là. Mon grand frère est mort, et je n'ai jamais cessé depuis d'avoir un sale goût dans la bouche. Que deviendrait Ludmilla si je mourais ? Partirait-elle en Amérique sans moi ? Je ne pense plus à surveiller les cadrans et la pression du gaz.

— C'est bon. On peut y aller ?

Je relève la tête. Le Kurde a placé la flamme sur le bec du chalumeau. Il a ouvert trop fort la vanne. Le gaz prend feu. Le chalumeau s'emballe. Une flamme orangée jaillit suivie d'un nuage noir.

— Eteins !

Je ferme tout. Le voyant clignote.

— Ta cigarette.

Au moment même où je la jette, l'explosion me projette comme un Scud contre le mur. Je suis sonné sur le coup. Dans la fumée et la poussière, des plaques de mâchefer tombent sur mes compagnons d'infortune qui fuient en désordre, rampant entre les chicanes tordues. Le Polak trébuche, glisse, s'accroche à son voisin qui tombe avec lui dans une fosse de récupération. Elle est pleine. L'huile est recouverte d'une pellicule du produit qu'on utilise pour le nettoyage. Cette merde s'enflamme. Il faudrait que j'aille à leur secours mais je ne peux pas bouger. C'est con, je crois que je m'endors.

— Ne t'endors pas, me souffle Ludmilla.

— Qu'est-ce que tu fais là ?

— Ne te laisse pas aller. Reprends conscience. Je t'aime. Relève-toi.

Reprends confiance.

Je rouvre les yeux. La chaleur est infernale. La cheminée du père Noël est un piège. Je me traîne dans un enchevêtrement de ferrailles disloquées, une puanteur acre. Des cuves sont éventrées et répandent une bouillasse qui brûle en dégageant un brouillard malodorant. J'ai la tête engourdie, le poil roussi. Ma combinaison est en lambeaux. Je m'agrippe aux gravats qui s'éboulent, le souffle court, l'asphyxie proche. Je repousse un agglomérat de chair et de sang qui vient se coller à moi.

— Mon frère, c'est moi, me laisse pas.

Je l'attrape par ses moignons ensanglantés. C'est Youri mon frère que je sauve, Youri qui serait en vie si j'avais osé affronter Léo comme je l'ai fait aujourd'hui, que j'aurais porté sur mes épaules si j'avais su combien plus tard la culpabilité me pèserait, combien il me manquerait. Trop tôt perdu, trop mal aimé sans doute.

— Je te sauverai, Youri, répètent mes lèvres de façon mécanique.

Je le hisse sur mes épaules. Je suis une plaie, un mur d'éboulis écorchés d'où suintent sang et misère. Meurtri et déchiré, mon corps ignore ma peur. Je nous extirpe du chaos. J'entends brailler, hurler, gémir. Je ne me retourne plus. Je n'ose pas, si je me retournais pour contempler l'apocalypse, je craindrais d'être changé en statue de sel.

Quelqu'un m'attrape la jambe et je dégringole. J'ai la rage. Je ne veux pas crever comme un con dans un trou à rats. Je nous remets sur pied, remonte ce qui me reste de chemise contre ma bouche. Je tousse, mon frère râle. Je suis en enfer et personne ne vient m'aider.

— Accroche-toi. Ça ira ?

Il ne répond pas. Je le remonte sur mes épaules. Je ne me savais pas si costaud. Ça pète de tous les côtés. Je ne sais pas où je vais mais j'y vais. Je tombe enfin sur un escalier métallique.

— On va s'en sortir, Youri.

Je hurle et agite le bras pour mieux voir. Des flammes traversent le sol. Ecrasé sous une ferraille bizarrement pliée, un grand type, immobile et carbonisé, me sourit. Ça me fait drôle.

Chaque marche est un kilomètre de souffrance. Je faiblis. Je m'écroule sur le sol sale de suie.

Youri ne bouge plus. Il a le dos en charpie. C'est lui qui m'a protégé de son corps.

— Déconne pas, frangin. Je t'aime bien. Ne bouge pas, je vais appeler les secours.

Je devine plus que je ne les entends, les hurlements de notre contremaître de fortune. Je me relève, nauséeux.

— Aidez-moi. Appelez les secours, bon Dieu. Mon frère va crever. On va tous crever là-dedans. Youri, relève-toi. On est sauvés.

— Laisse tomber, petit, ton pote est mort.

— Ce n'est pas mon pote, c'est Youri. Mon frangin. C'est mon frangin.

— Il est mort, on te dit. Laisse-toi faire, on va te soigner.

— Léo, salaud, je t'aurai. J'aurai ta peau.

— Il débloque. Il n'y a pas de Youri, pas de Léo, ici. Emmenez-le.

Sirènes perçant la nuit. Sarabande d'ambulances. On m'a mis sur une civière. Une infirmière me prend ma tension.

— Et les autres ?

— Vous êtes le seul survivant, me dit-elle d'une petite voix.

Je m'endors pour de bon. Réveil doux dans une chambre blanche. Le paradis ? Non, la douleur dément aussitôt. C'est l'hosto. J'ai mal partout, en dedans, en dehors. Je ne peux plus parler. Je vais mourir ? Qu'on me dise si je vais mourir ! Ça fait trop mal, je préfère crever. De toute façon dans l'état où je suis, je servirais à quoi ? A part Ludmilla, qui me pleurera ? Plus rien ne me retient, ma mère est en Italie, Cécile partie la rejoindre. Léo est un salaud. La courée va être abattue. Notre maison détruite. Le château vendu. Il sera relogé en HLM. On lui filera le Rémi qu'on m'a piqué. Je serais lui, je me flinguerais. C'est lui qui est au commencement de tout dans cette histoire. Ses mensonges ont tout foutu en l'air. C'est lui qui m'a refilé sa poisse. La connerie, c'est héréditaire ? De penser, j'ai moins mal.

Dire que c'est pour Ludmilla que j'ai accepté ce boulot. L'amour rend fou. Pour une fois que j'étais heureux d'aller bosser. A moi l'Amérique, la statue de la Liberté, l'auréole au-dessus de la tête et le bras droit en l'air, une allumette au bout des doigts. J'étouffe. Je vois du feu, je suis projeté, j'ouvre les yeux. C'est fini ? Je ne sens plus rien, je ne vois plus rien. Je vais mourir cramé. C'est marrant pour quelqu'un qui a toujours des allumettes sur lui.

Une fois, ma mère avait reçu trois lettres, je la voyais tourner en rond, elle était sûre que c'était des factures. Léo venait d'être licencié, elle se demandait comment elle allait faire. En rigolant, j'avais mis le feu à la première enveloppe. Qu'y avait-il dedans ? Un chèque. J'avais gagné le gros lot.

Même rigoler me fait mal tellement j'ai mal. Quelqu'un sanglote, les longs cheveux de Ludmilla m'effleurent le visage. Elle me prend le bras mais je ne la vois pas. J'ai de la brume dans les yeux. J'ai envie de respirer son parfum mais quelque chose me bouche le nez. Je lève le bras, il ne se soulève pas. Tout est blanc. Il neige dehors, il neige dedans. *Jingle belles, jingle belles*, chantaient ces maudits sapins. Ça va mieux soudain. Je ne sens plus mon corps. Mon esprit gamberge à toute vitesse. C'est comme si j'avais le pied sur l'accélérateur à pensées. Une idée, une allumette. Le Ronaldo de l'intelligence. Je dribble, je marque. Il ne faut pas que je m'endorme. Cécile, Marion, Léo, Maria, Ludmilla, Youri, Ali défilent dans le film. Une image s'arrête : le premier baiser de Ludmilla. Une image chasse l'autre. Elle ôte son pull d'un geste. L'aréole brune de ses seins. J'ai déjà eu des copines mais ça n'a jamais duré. Il y en a une qui aurait pu : une bourge. Je n'avais pas osé la ramener chez nous. Quand elle aurait vu la courée, elle aurait fait demi-tour. Et à quoi bon lui raconter des craques ? Je lui avais dit qu'elle était moche, bonne pour le cul mais pour le reste, zéro. Avant Ludmilla, je n'avais jamais été très courageux. Ma mère, elle, était courageuse. Elle bossait depuis l'âge de douze ans. C'était sa fierté. Elle ne savait pas rester à rien faire. Tout juste si quand son ménage était fini, elle regardait par la fenêtre rêvant de je ne sais quoi d'encore plus passionnant que la télé. A quoi rêvait-elle ? A l'Italie, puisqu'elle y est retournée ? Pourquoi n'est-elle jamais revenue nous voir ? Pourquoi n'a-t-elle jamais appelé ? Une lettre, une fois par an. La honte d'être partie ou la honte d'être là-bas ? Va savoir dans quel trou elle vit. En Italie, quand t'es pauvre, t'es misérable, elle disait. Pour venir s'échouer à Roubaix, fallait que la vie soit pourrie. A moins qu'elle n'ait attendu que Léo revienne ventre à terre la chercher. Que pour une fois il se comporte en homme.

Peu avant son départ, elle m'avait dit : Quand il y a eu l'histoire de Cécile avec ce type, j'ai eu mal, j'aurais eu le vicieux sous la main je l'aurais tué. Léo n'a pas bougé. Il s'est contenté de gifler Cécile « pour qu'elle ait une bonne raison de pleurer » et de te foutre une raclée pour t'apprendre à aller jouer quand t'as des devoirs à faire. C'est là que j'ai commencé à douter. J'ai eu tout faux, Marco : une fausse patrie, une fausse vie, de fausses promesses et un faux mari, qui est quand même ton père même s'il n'est pas un bon père. Je me disais : ce n'est pas grave, tu as tes enfants. Je n'ai jamais voulu voir que vous, rien n'était trop beau pour vous, je vous aimais, je voulais vous protéger. Alors qu'est-ce qui s'est passé ? Léo, lui, ne se pose pas de questions. Ça va bien, ça va mal. Du moment qu'il retrouve du boulot, le reste... Ses gosses, ils sont là, ils sont là. Moi, c'est la même chose, je suis là... Elle m'a embrassé. J'étais gêné.

C'est fou, ce que quand j'étais môme, elle me câlinait. Elle me disait pleins de mots bêtes en italien. « Mon petit cœur, mon petit ange ». Youri, c'était sa petite « souris », il était menu, il passait partout.

Une blouse blanche au-dessus de mon visage.

— Vous avez mal ?

J'essaie de parler. Ma langue est en coton. J'ai froid. De la glace coule dans mes veines. Avec tous ces pansements, je dois ressembler à un bonhomme de neige. Je vais sortir de l'hosto et me fondre dans le paysage. L'homme invisible. Ludmilla et moi on s'évanouira dans le bonheur.

— On va vous faire une nouvelle injection.

Ce qu'on m'infiltre m'apaise aussitôt. Je m'accroche à mes pensées. Je ne veux pas dormir. Je ne veux pas mourir. Une larme coule le long de ma joue gauche. Je ne sens rien sur l'autre joue. On me met des gouttes dans les yeux. Je les ferme et les rouvre. Je vois trouble.

— Je voudrais des allumettes, j'articule.

— Des allumettes ? C'est impossible.

La blouse blanche baisse la voix, parle à une blouse verte. La blouse verte parle à son tour.

— Je suis le docteur Bouchez. On va vous faire entrer aux grands brûlés. Aucune de vos brûlures n'est grave mais vue l'étendue des dégâts, il faudra vous armer de patience.

— Des allumettes, s'il vous plaît.

Je suis le petit garçon aux allumettes. Je vais les allumer une à une et faire un vœu à chaque fois. Pourquoi suis-je l'unique rescapé ? Comme chaque soir, ma mère a dû prier pour moi.

Elle priait tout le temps. Une fois, je l'ai surprise à entrer dans une église en face de la mairie. Je l'ai suivie. Elle avait mis un cierge et s'était agenouillée devant saint Antoine. Elle n'était pas italienne pour rien. Quand j'étais malade, elle me gâtait plus que d'habitude. Elle m'avait offert un puzzle mais je préférais jouer avec ma boîte d'allumettes. Tu vas finir par mettre le feu aux draps. Où est Ludmilla ? Qu'est-ce qu'elle va faire quand elle va me voir comme ça ? On me demande mon nom et mon adresse.

Dans quel état je dois être pour qu'on ne me reconnaisse pas. Et si elle ne me reconnaissait pas. Tout s'embrouille dans ma tête. Je revois la fête à Auchoix. Nous faisons les fous. Elle essaye des fringues, se parfume. Tous ces parfums me font mal à la tête. Elle me porte à bout de bras et me fait tourner. Je suis debout sur ses épaules et sa robe de mariée tourne autour d'elle. Je titube, je vais tomber. Elle rit, elle rit. Je crois bien que je me suis endormi. On m'a installé sur un chariot. Médecins et infirmières s'affairent autour de moi. Charlotte sur la tête, masque vert devant la bouche. Lumières crues. On m'enlève les bandages, des mètres et des mètres. On me soulève, on me retourne, on me retourne encore, on m'emmaillote. Je suis un rosbif dans une boucherie.

— C'est fini. Dans six mois, vous serez un homme neuf. Il n'y aura pas de séquelles.

— Six mois ? Je ne peux pas attendre six mois. Je dois partir en Amérique. Je vais me marier.

— Votre fiancée attendra. Vous êtes vivant, c'est le principal.

Je me suis endormi. On me réveille. Un policier est venu pour m'interroger. On ne l'a pas laissé passer, il faut la permission du médecin chef. Il reviendra plus tard.

— Un policier ? Pourquoi faire ? De quoi est-ce qu'on m'accuse ?

— C'est pour l'enquête.

Est-ce qu'ils vont me condamner ? L'infirmière s'éloigne. Je somnole quand la porte se rouvre.

— Marco ? Marco ? Tu m'entends ?

Je reconnais la voix du contremaître. Je fais le mort. Il parle quand même.

— T'as l'air d'un pharaon sous tes bandages. Petit, je suis dans de beaux draps. Tu sais que je ne vous avais pas déclarés. Déjà qu'on sous-traite à perte avec une boîte qui sous-traite elle aussi, alors... Tu es le seul survivant. Ça tombe bien, tu es le seul qui avait des papiers en règle. Ecoute-moi bien, Marco. Je ne tiens pas à aller en prison. J'ai des enfants, une entreprise qui marche tant bien que mal mais qui marche. Je veux être dédommagé par l'assurance. Alors, tu vas tout te foutre sur le dos. Imprudence, etc. Tu ne risques rien. Mon avocat a préparé ta déclaration. Tu vas la signer. Tu n'as pas le choix. Si tu ouvres ta petite gueule, je saurai te la refermer pour la vie. Si tu es gentil, je ne l'oublierai pas. Tu peux compter sur une grosse prime et dès que tu te seras retapé, on te trouvera une bonne place dans un bureau. Tu as compris ? Fais pas l'endormi. Tiens, je te laisse ça. C'est une avance.

Il me glisse une enveloppe sous l'oreiller. J'ouvre les yeux. J'articule lentement.

— Désolé, grand manitou, même si je dois y laisser la peau, je te mettrai dans le trou. J'ai vu mes copains tomber dans les cuves. Ali est mort dans mes bras. Je ne passerai pas l'éponge. Eux aussi, ils étaient pères de famille. Eux aussi avaient des enfants.

— Petit pédé, tu n'es pas si amoché que t'en as l'air. Ta cervelle fonctionne encore bien. Je vais te soigner, moi.

Il prend un oreiller, me le pose sur la bouche et m'étouffe. Je me débats. Mon bras renverse le moniteur. L'alarme se met à sonner. L'infirmière entre dans la chambre en poussant un chariot.

— Mais qu'est-ce que vous faites là, monsieur ?

Le type la bouscule et s'enfuit. Il bouscule aussi Ludmilla et Cécile que l'infirmière me cachait. Le flic qui les accompagnait pige tout de suite et se lance à sa poursuite. L'infirmière ressort en courant. On entend un brouhaha, des cris.

— Lud, emmène-moi. Vite. Sauve-moi. Ils vont tout me coller sur le dos.

Y'a pas d'arrangement et y'a pas de grimace
Juste le lendemain se regarder dans une glace
Faut le dire, on a fait ça pour la fête
Et se dire : cette folie on l'a faite

Garé sur le parking des urgences, j'attends Cécile et Ludmilla au volant de la voiture de Marco, en écoutant la radio. Nous avons suivi les flics à l'hôpital. Marion bavarde sur le siège arrière avec ses copines. Elles lui racontent comment elles se sont cachées quand le méchant rouquin est arrivé pour tuer Ludmilla. La fiancée de Marco leur avait dit de fermer les yeux mais elles ont tout vu et tout entendu. C'était comme à la télé. Elles ont eu peur, le méchant est mort et tout s'est bien fini.

Soudain mes belles apparaissent dans l'entrée. Sans les flics. Elles portent chacune un masque et une blouse et poussent un chariot sur lequel quelqu'un est couché. Ça ne peut être que Marco.

Une ambulance est arrivée juste avant. Elle est restée portes grandes ouvertes, moteur allumé. Sans hésiter, Ludmilla pousse le brancard à l'arrière et s'installe au volant. Puis elle me fait signe d'avancer. Je redémarre et contourne le rond-point. Cécile court vers moi. Je ralentis, elle monte.

— Vite, suis-la, je t'explique tout.

Ludmilla a mis le gyrophare. Nous traversons la ville à toute allure. A l'embranchement de l'autoroute, je fais un appel de phares. L'ambulance ralentit. Je me mets à sa hauteur et lui fais signe d'arrêter sur la bande d'urgence.

— Tout le monde descend.

On embarque tous dans l'ambulance. Je prends le volant. Cécile s'assoit à côté de moi. Les filles restent derrière avec Marco et Ludmilla.

— Où est-ce qu'on va ?

— A Rotterdam. Ne t'inquiète pas. D'ici une heure et demie, tu auras tout oublié.

Une heure qu'on roule et on est déjà à Breda. Ça roule bien, ça roule vite, ils ont déneigé l'autoroute. Pas le temps de voir le paysage. Les fillettes babillent sans interruption, elles devinent qu'une nouvelle vie s'ouvre devant elles. Je sors de l'autoroute, ralentis sur le pont.

— Mission accomplie. Nous sommes à Rotterdam.

— Oooooh, que c'est beau, toutes ces lumières ! Marion, regarde, comme c'est beau !

— Mon bateau est là, tu le vois ?

Arrivés sur les docks enneigés, j'éteins le girophare pour ne pas ameuter le quartier. Je ne voudrais pas que les flics jouent les bons Samaritains et veuillent nous escorter jusqu'au navire.

— Maman, maman, pourquoi on ne fait plus tututut ?

— C'est fini, la sirène. C'est l'heure où les enfants vont dormir.

— Et nous, on dort où ?

— Dans un bateau.

— Et le père Noël passe quand même dans les bateaux ?

— Le père Noël passe partout.

— Il y a une grosse cheminée sur mon bateau.

— Et notre maman ? demande Yasmina. Elle va trouver le chemin du bateau ?

— Votre maman, elle vous regardera de là-haut, dit doucement Ludmilla. Elle va passer Noël avec votre papa.

Je roule lentement jusqu'au bout du quai. Je reconnais de loin le *Karaboudjan*. Je laisse Cécile avec les enfants et Ludmilla avec Marco, tandis que je monte à bord discuter avec mon commandant. Dans le paquet-cadeau que j'ai sous le bras, il y a de quoi acheter largement son silence.

— Du moment que tu payes et qu'ils ne fassent pas chier. Faudra qu'ils se planquent aux escales et qu'ils se tiennent à carreau.

Quelques heures plus tard, le remorqueur nous lâche et le cargo s'engouffre en pleine mer. Direction l'Espagne puis l'Italie. Cécile et moi avons le temps de faire au moins dix petits-enfants à sa mère.

8

Je retourne à Auchoix avec un mal de tête né des angoisses et des soucis qui se sont entassés dans ma caboche. J'en ai les mains qui tremblent. Dans ma poche, une vieille boîte de calmants qui appartenaient à Maria. J'en prends trois. Un pas, deux pas et je me dirige vers la boutique à Leloup. Mon pas est maladroit comme si j'avais bu. Je ne marche pas, je tangue, je chaloupe comme un marin ivre. Je n'ai rien pris depuis l'apéro. Je bouscule les gens aux mines blasées qui me foncent dessus, planqués derrière leurs chariots remplis de cadeaux aux couleurs de Noël, de saumon, de dinde, de champagne et vins fins. Tout ça, c'est fini pour moi si Leloup m'envoie aux pelotes.

Leloup, carrure travaillée à la muscu, coupe clean, bronzage naturel, chaîne en or et chemise immaculée, est occupé avec un couple d'une cinquantaine d'années, une dame élégante en fourrure et son mari en manteau de cachemire. Leloup a ouvert sa boutique en mai dernier. Il est revenu à Roubaix auréolé de la gloire d'expéditions menées en Yougoslavie comme mercenaire. Son magasin est la vitrine des petits bizness qu'il a créés à côté : une entreprise de recouvrement dont le siège est dans l'arrière-salle du café que tient sa femme à Loos, des petites sociétés de vigilance et de protection rapprochée. Il y emploie les anciens d'unités de combat avec qui il a baroudé. Il engage sur les gros coups, visites de ministres ou manifs, les gros bras du syndicat qui n'ont pas retrouvé de boulot après la fermeture des filatures. C'est comme ça qu'on a vaguement sympathisé. On n'a pas les mêmes idées. Leloup en bon commerçant mange à tous les râteliers et en particulier à ceux de droite mais on partage la même rancune contre les salauds planqués derrière leur bureau à Bruxelles qui cassent le pays.

Le couple est satisfait, Leloup aussi. Ils repartent avec deux vélos à 5 000 balles pièce.

— Eric, je voudrais te parler.

— Laisse-moi travailler, Léo, on se verra plus tard. Je n'ai besoin de rien.

— Moi, j'ai besoin de te voir maintenant.

— Rapide alors.

— Je suis dans la merde.

— Ça, je le savais. Je pensais même qu'ils te laisseraient plus mettre les pieds ici.

— Qu'ils s'y frottent. Je les colle aux prud'hommes. J'en sais des choses sur leurs magouilles. Pas plus tard que la semaine dernière, une tonne de bœuf australien transformée en bœuf français.

— C'est trop gros pour toi. Ils te casseraient les reins. C'est peut-être même à mes potes qu'ils demanderaient de le faire. Qu'est-ce que tu veux, je suis pressé, tu as vu le monde ?

— Tu n'as pas besoin de quelqu'un pour tes recouvrements ? Il faut que je trouve dix briques vite fait sinon Crédiochoix va me piquer ma maison. J'ai une échéance en retard, je comptais sur la fin de l'année et...

Geste de la main. Il se marre.

— Je sais. Il n'y a pas une heure que ton dossier est tombé entre mes mains. T'es plus de la maison, mon vieux. C'est pas une mais deux échéances que tu as en retard. Si en plus ils portent plainte, t'es mort. T'as plus qu'à te jeter dans le canal ou rejoindre ton ex chez les Spaghettis. Je ne peux pas t'engager, Léo. T'es trop gros, trop mou, t'es bâti comme un « Sprite ». Tu ne tiendrais pas une minute si le recouvrement tournait mal. C'est rare mais ça arrive. Laisse tomber.

— L'autorité, ça me connaît. Laisse-moi ma chance, on est potes. Tu me dois bien ça, avec tous les « cadeaux » que je t'ai faits.

— Pas de chantage, Léo. Avec moi, ça ne marche pas, j'ai les mains propres. Je ne laisse pas de traces.

— Eric... Des traces, on en laisse toujours. C'est pas du chantage mais si je dois boire la tasse, tout le monde plongera avec moi.

— Te fâche pas, Léo. Je ne sais pas, je ne te sens pas. T'as une tête à faire des conneries.

— Dis oui, Eric, j'suis dans la merde, ton prix sera mon prix.

— Passe au café dans deux heures.

— T'es un pote, un vrai pote. Je le savais.

— Ça va, ça va. Laisse-moi travailler maintenant.

Je me précipite vers la sortie. Du coup ces gens dont la seule vue m'horripilait me paraissent agréables, mon cœur bat moins vite. Les vigiles viennent vers moi. Je baisse les yeux et j'esquive, j'ai assez d'emmerdes comme ça.

Le café porte bien son nom. Avec un coup dans le nez, les clients sont des bêtes dans tous les sens du mot. Eric a les yeux froids et le rictus haineux. Quand il parle les narines de son nez deviennent blanches. Il aime répéter ses phrases pour bien se faire comprendre.

— T'étais chef avant, non ? Alors, tu vas comprendre ce que je vais t'expliquer. Tout d'abord, les quatre traites que je te confie doivent être encaissées ce soir et pas demain. Je vais t'expliquer. Pauvres ou pas, c'est la veille de Noël, dis-toi que ces gens-là ont trouvé du fric pour le gueuleton et les cadeaux des enfants. Alors s'ils te disent qu'ils ne peuvent pas payer, tu fauches les cadeaux des gosses, le téléviseur, la chaîne hi-fi, l'électroménager, la bagnole ou le réveillon. En un mot, tu te démerdes pour m'apporter quelque chose. Rentre-toi dans la tête que ce sont de mauvais payeurs. Ils n'ont pas de parole. On est gentil avec eux, ils te prennent pour un con. Tu n'as aucune raison de t'attendrir. Si tu préfères la manière forte, tu as ma bénédiction. De toute façon, ils n'iront pas protester, on les tient par la queue. Tu es toujours OK ? Alors voici leurs dossiers. Le café ferme à neuf heures. Neuf heures, tu as entendu ? Tu as quatre heures devant toi. Si je suis pas là, tu laisses tout à ma femme.

— Entendu. Neuf heures. Tu peux compter sur moi.

Mon premier client habite rue Manchette. Il a emprunté 10 000 balles. Ça lui fait 25 000 avec les intérêts. Depuis combien de temps peut-il devoir une telle somme ? La sonnette ne fonctionne pas. Je frappe. Un petit bonhomme malingre m'ouvre. Avec celui-là, je ne vais pas avoir de mal. Une baffe, il roule à terre et il appelle sa mère. Seulement voilà, même si je ne manque pas de courage, je n'arrive pas à être désagréable avec le maigrichon. Dans l'entrebâillement, trois têtes blondes viennent d'apparaître.

— Je viens pour le recouvrement, monsieur.

Je force la porte. Un taudis. Ils vivent à cinq dans ce taudis. La femme pleure et récrimine contre son mari.

— Tu vois, je te l'avais dit. Nous ne pouvons pas payer. Comprenez, monsieur, l'argent nous a juste permis d'éviter d'être expulsés.

Je pousse une gueulante. Je bouscule le meuble de cuisine qui tombe dans un fracas de vaisselle cassée.

— 3 000 francs, ça ira ?

— Où sont les cadeaux des enfants ?

— Vous ne pouvez pas faire ça ? Les mômes croient au père Noël.

— Et vous, vous n'y croyez pas ? Aller emprunter 10 000 balles alors que vous savez que vous ne pourrez jamais les rendre.

— Mon mari me boit tout, mon pauvre monsieur.

— Les cadeaux ! Les jouets, je veux bien les laisser, mais ce magnétoscope, c'est quoi ? Ouvrez le frigo. Et ça, vous l'avez piqué ou vous l'avez acheté à crédit ?

— Mon mari joue au PMU.

— Je perds souvent mais dimanche j'ai gagné.

3 000, c'est pas assez pour des cons pareils.

— 10 000 tout de suite. En liquide. Pour les intérêts, vous vous débrouillerez. C'est pas mon affaire.

Le maigrichon s'éclipse dans la salle de bains. Je le suis. L'argent est dans un baril de lessive.

— Pourquoi vous n'avez pas remboursé ?

— Si on payait tout ce qu'on a emprunté depuis que je suis au chômage.

— Vous avez de la famille ailleurs ?

— Oui, en Bretagne.

— Et bien je vous conseille de la rejoindre vite fait. Parce que c'est Leloup qui a récupéré vos factures. Et les Yougos, il n'aime pas. Vous savez ce qu'il leur faisait là-bas ?

Geste de la main sous le menton.

— Comment vous savez que je suis yougo ? Le crédit est au nom de ma femme.

— Enlève le tien de la boîte à lettres, abruti.

Une fois dehors avec le fric, le magnétoscope, au moins 3 000 balles de bibine et des remords gros comme ça, je checke la liste de mes autres clients. Tiens, un certain Serge Lehmann à Barbieux. Vu l'adresse, ça devrait se passer sans problèmes. Quartier de bourges. 350 000 balles. Tout ça pour une pute que le petit monsieur entretient. Garçonnière, bagnole et tout le tralala. En voilà un que je ne vais pas lâcher. Des dettes pour entretenir une minette. J'aurais pas de remords. C'est pas 350 que je vais lui soutirer mais un million. Une femme, deux enfants. Une belle maison dans un beau quartier. On devrait m'en donner que des comme ça, je n'aurais pas de mal à renflouer les caisses. Je me prépare moralement à être violent. Lui, tu le fais payer ou alors c'est toi qui paies pour lui, Léo Chabert.

Une grosse poupée maussade et molle se dirige vers une BM gris métallisé nouvellement immatriculée. Elle est suivie d'un grand gaillard, les bras chargés de valises qu'il dépose dans le coffre avant de revenir à la porte d'une belle maison. Je regarde la photo sur le dossier, je vérifie le numéro. C'est mon zèbre.

Je sonne.

— Suis-je chez ce cher Serge ?

— C'est une blague ?

Le regard dur, je lui dis le pourquoi de ma visite.

— Quand on emprunte de l'argent, il faut le rembourser, monsieur Lehmann. Leloup m'envoie encaisser. Je vous préviens, à l'heure qu'il est, je ne suis pas d'humeur à entendre que vous ne pouvez pas. Pas de baratin, quand on a une maison pareille, on peut payer.

Le type blêmit.

— Je ne comprends pas. Leloup et moi avons servi ensemble en Yougoslavie. Nous étions bons camarades. Je passe tous les soirs boire l'apéro à Loos, sa femme ne m'a rien dit. Vous devez faire erreur. C'est vrai que je lui dois du fric mais lui, c'est la vie qu'il me doit. Si je l'avais dénoncé après ce qui s'est passé là-bas, il serait en cabane aujourd'hui. C'est une erreur informatique sûrement. On s'est un peu fâchés l'autre jour mais il aurait eu la délicatesse de m'informer de votre visite.

— La délicatesse ?

J'avance les poings en avant, je le bouscule, il se retrouve collé contre le mur. La femme entre derrière moi.

— Mais qu'est-çe qui çe passe ?

— Tirez-vous de là, madame, c'est une affaire entre votre mari et moi.

— Mais, mon lapin, qu'est-çe que tu as fait ?

— Tire-toi. C'est un copain à Leloup.

— Ze t'ai dézà dit que ze ne voulais plus te voir avec çes zens-là. Un zour, ça finira mal.

D'un geste du bras, je l'envoie bouler sur le sol. En passant à coté d'elle, je lui colle un coup de pied dans le bas du dos.

— Tire-toi, on te dit.

— Serz', hurle-t-elle.

— Ta gueule, pouffiasse. Ton Serge a tout intérêt à régler sa dette ou je m'occupe de toi comme il s'occupe de la salope pour qui il s'est endetté. Vous irez vous arranger avec elle après.

Lehmann est bien plus baraqué que moi, encore un qui se prend pour Van Damme. Mais parce que c'est Leloup qui m'envoie, il n'ose pas me toucher.

— Vous n'aurez rien. Je m'expliquerai avec Leloup d'homme à homme. Je n'ai pas besoin d'intermédiaire.

Je ramasse à côté de la cheminée un tisonnier. Je le jette dans la vitrine de la bibliothèque qui tombe dans un grand fracas de verre. Un album de photos s'ouvre à mes pieds. Serge. Eric. Des paras. Ludmilla. Des enfants. Des femmes. Encore des femmes. Encore Ludmilla. Des fillettes. Mutilées. Violées. Je les ramasse et les fiche dans ma serviette.

— Ne touchez pas à ça.
— Crevure de fasciste.

Il n'a pas le temps de protester que je lui fiche un coup de pied dans les burnes. Il hurle et se courbe de douleur. J'en profite pour le finir d'un coup de genou en pleine face. Il s'écroule sur le carrelage, le nez en sang.

— Où est l'argent ?
— Il n'y a pas d'argent.
— Tu as des mômes, non ?
— Non, pas les enfants.

Sa femme hystérique se précipite vers la bibliothèque, ouvre un gros livre relié et en sort des billets et des bijoux.

— Tenez. Prenez tout mais ne touçez pas à mes bébés... C'est ma caisse de la çemaine. Mon patron devait passer la prendre tout à l'heure. Quand ça a çonné, z'ai cru que c'était lui. Ze vends des parfums à domicile. Z'ai un pourcentage. A Noël, ça marçe bien. Heureusement parce que Serz' n'a plus de travail depuis qu'il s'est fâçé avec monsieur Leloup. Il n'y a pas de campagne électorale tous les zours. Dis-lui, Serz', dis-lui. Ze t'en prie, fais quelque çose, ne reste pas comme ça.

— Votre mari est une tantouze, madame. Je vous remercie. Voyons, combien ça fait tout ça ? 50 000 balles.

C'est pas énorme, mais ça devrait suffire à calmer Leloup. Le reste va suivre, hein, Serge ? Tu ne réponds pas ? Mais réponds, nom de Dieu. Et puis lève-toi, mauviette ! Tes copains t'ont lâché. Ou tu payes ou ils vont te flinguer. Tu sais qu'ils ne rigolent pas.

— Lâchez-moi, je vais payer, je vais payer.

Regarde-moi ça, il faut le voir pour le croire. Il bêle comme un mouton dès qu'on le secoue un peu.

— Je sais bien que tu vas payer, un froussard comme toi. Je viendrai personnellement chercher le reste. Allez, je te lâche, va rasseoir ton petit cul sur ton moelleux petit fauteuil. Profites-en pendant que t'as encore les fesses en entier. Ton portefeuille... T'en avais encore, dis donc. Signe ici, ici aussi. C'est le reçu pour l'argent. Et ça, c'est pour la bagnole. Je la prends en gage.

— Pas la voiture. Elle est chargée. On part demain à la neige.

— Tu préfères te retrouver à Loos ?

Au revoir madame, au plaisir, vous êtes plus courageuse que votre mari. Je vous laisse entre amoureux. Au fait, sa salope s'appelle Aglaé. A la revoyure. Joyeux Noël. J'emmène les photos. Avec des pédés comme toi, vaut mieux protéger ses arrières.

Je claque la porte. La poignée me reste dans la main. Je la mets dans ma poche. Ça me fera un souvenir.

Je transvase tout ce que j'avais dans ma bagnole dans la BM de Lehmann. Je récupèrerai ma charrette plus tard. L'écœurement me prend à la gorge. Tu parles d'un recouvrement. En quelques heures j'ai recouvré la raison et la notion du temps. Je ne m'étais pas aperçu que le monde avait continué à tourner sans moi et que d'autres guerres avaient succédé à la mienne. Au suivant. Descente aux enfers dans une voiture de luxe.

Boulevard de Strasbourg. Le client a laissé une ardoise dans une boîte. Il s'appelle Ricardo Montserrat. Un Portos. Ils ne sont pas méchants, les Portugais. Il devrait être facile à raisonner, il doit 6 000 francs. Je sonne deux fois. Derrière le rideau, quelqu'un m'observe puis se cache. Je sonne encore. Longtemps. Une femme fatiguée m'ouvre. Elle n'a rien sous son peignoir.

— Qu'est-ce que vous voulez ? Je n'achète rien.

— Ricardo Montserrat.

— Je ne connais pas.

— Il habite ici.

— Vous êtes malade ?

— Je vous dis qu'il habite ici.

— Et moi je vous dis que non.

— Laissez-moi entrer.

— J'appelle la police si vous dégagez pas de suite. Allez, foutez-le camp.

Quelque part, au fond de l'appartement, quelqu'un fait tomber une bouteille.

— Fichez le camp. Il n'y a personne ici.

— Et bien, c'est ce qu'on va voir.

Je la bouscule. Son peignoir s'ouvre.

— Au viol, se met-elle à hurler.

Je bats en retraite. La fille saisit un balai et m'en assène plusieurs coups sur la tête, les jambes et le ventre.

— Mais, arrêtez.

Je recule encore et dans la foulée la garce me claque la porte au nez.

Bravo, Léo, il ne manquerait plus qu'elle appelle pour de bon les flics, cette folle et t'es bon pour le cabanon.

— Je reviendrai. Il faudra bien que tu sortes de ta niche.

Pour être raté, c'est raté. Au dernier.

L'autre, c'est Saïd Békar, un emmerdeur de première, a dit Leloup. Il habite aux Trois Ponts avec sa mère dans une minuscule maison, genre abri de jardin. Il doit depuis un an 80 000 francs au garage de l'Epeule. Fais gaffe, a insisté Leloup, c'est un vicieux. Vicieux ou pas, de toute manière, c'est le dernier. Je vais accélérer le mouvement. J'ai perdu trop de temps avec cette demeurée. Deux coups de volant et je sors de mon parquage. Je remonte le boulevard, brûle les deux feux de la place de Roubaix, me trompe de direction. Je reviens vers le commissariat, reprends la rue Izzo et arrive aux Trois Ponts. A chaque coin de bâtiment, des jeunes squattent les entrées. Je roule au pas.

— Kech ma tu veux ahrgea ?

J'accélère pour ne pas avoir d'histoires. La maison d'à côté de chez Békar est cramée. Une sale histoire d'intégristes. Je frappe trois coups sur la porte branlante. Un jeune mec bien bâti vient m'ouvrir.

— Y a quoi pour ton compte, mec, on se connaît ?

— Non pas vraiment. Je suis venu réclamer la dette que tu as contractée auprès du garage de l'Epeule. 80 000 francs.

— Pourquoi tu me tutoies, vieux con ? T'es qui pour venir chez moi me tirer du fric ? Dégage, grosse pute, dégage.

Je prends un air méchant pour me donner du courage.

— Je ne pars pas et tu as intérêt à payer tout de suite sinon...

— Sinon quoi ? Sinon ça dans ta gueule !

Il me colle une droite en plein nez, me remonte d'un crochet gauche dans le ventre, puis me finit à terre à coups de savate.

— Dis-leur au garage que je leur enverrai la facture pour le nettoyage de mes tatanes.

Je me traîne jusque la BM en me tenant le ventre. Il m'a détruit. Je n'ai pas récupéré un franc. Qu'est-ce que je vais faire ? Dans la boîte à gants, je trouve une fiasque de whisky. Je me désinfecte comme je peux. Aïe, ça fait mal quand je bois. Allez, encore un coup. Ça ne peut me faire que du bien. Salaud de rebeu, il a failli me tuer. Je me regarde dans le rétro. Bah, ce n'est pas trop grave. C'est ta punition pour la honte d'avoir bossé pour des ordures. De toute façon avec ce que je ramène, Leloup devrait être content. Je vais passer à la courée rassurer Karima. Elle doit se faire un sang d'encre. Quand elle va me voir dans cette Rolls, elle ne va pas en croire ses yeux.

L'alcool et la fatigue me tournent la tête. Pour un peu, je m'endormirais au volant. Je ne sais par quel miracle je ne provoque pas d'accident. Qui a laissé la grille ouverte ? Qu'est-ce que fait ce combi garé n'importe comment dans le passage ?

Tout est éteint. Je tâtonne, je trébuche dans la neige, je m'affale, je me redresse. Personne chez Karima. J'ouvre la porte de la maison de Cécile et Marco. Je cherche l'interrupteur. L'ampoule crade éclaire crûment le néant dans lequel le rouquin du bistro a sombré. Je lui demande stupidement :

— Qu'est-ce que vous foutez là ?

Le gros type avec qui j'ai causé hier matin gît tout désarticulé dans l'escalier. La tête sur le paillasson, il baigne dans son raisiné. La braguette est ouverte. Une balle lui a éclaté l'entrecuisse. Ce n'est plus qu'une bouillie, son service trois pièces. Il n'aura plus besoin de Viagra. Vu d'en bas, c'est un énorme morceau de barbaque bardée de blanc que dévore consciencieusement un chien pelé. Le chien... J'y suis. C'est lui qui nous a bousculés à la gare.

Qu'est-ce qu'il fout, la braguette ouverte chez moi ? C'est quoi cette embrouille ? Qui l'a ramené ici ? C'est pas possible, ce sont mes deux tarés du fond qui ont pété les plombs. Et Karima ? Les petites ? Marco et sa Ludmilla ? Où sont-ils ? J'appelle, j'enjambe le corps, je fouille la maison jusqu'à la cave des fois que ce dingue les ait tous assassinés. Je remonte. Je bloque dix minutes à regarder le cadavre. Un trousseau de clés a glissé de sa poche. Les clés du combi dans l'entrée. Et si c'était Marco qui l'a refroidi ? Il était en rogne. Il avait besoin de fric et le rouquin était plein aux as. Qu'est-ce qui lui a pris ? Où est-ce qu'il a emmené tout mon monde ? Il faut que je le sorte de ce pétrin, merde, merde. Je fais le tour des autres baraques. Personne. Si. Dans celle d'Alison et Bernard... C'est atroce. Ça, ça ne peut pas être Marco. Le rouquin a tué les deux mômes, Marco l'a surpris et l'a zigouillé. Oh, mon Dieu, pourvu que personne d'autre n'ait morflé. Je vais appeler la police. Non, je peux pas, si Marco est dans le coup... Sa bagnole n'est pas là.

— Fous le camp, sale bête. Fiche le camp je te dis, tu me fous la trouille, chien du diable.

Déjà, je vais mettre cet enfant de salaud dans le combi. Putain qu'il est lourd. Au moins cent vingt kilos. J'attrape les mollets et je tire comme un bœuf. Je le traîne dans la neige. Ses cheveux blanchissent. La porte du combi n'est pas fermée. J'allume le plafonnier. Qu'est-ce que c'est que cet attirail de sadique ? Je hisse le cadavre en commençant par la tête. La carcasse suit. Je vais recouvrir le corps avec le tas de couvertures qui traînent dans le fourbi. Sous la couvrante crasseuse, je distingue une forme humaine, une main qui dépasse.

Mon cœur me remonte à la gorge. J'arrache la couverture.

— Ce n'est pas vrai.

Allongée sur un manteau de fourrure blanche, Karima, ma Karima, ma bien-aimée. Karima. Karima, Karima. Sur un manteau de neige blanche, Karima est morte. Les yeux grands ouverts comme si elle avait vu venir la mort et n'avait pas voulu lui montrer qu'elle avait peur. Comment est-ce possible qu'une femme comme elle soit morte ? Pas elle, salaud. Pas elle. Elle ne méritait pas ça. Avec ce qui lui était arrivé. Elle n'avait pas assez payé ? C'est ça qui t'a plu, hein ? Qu'elle soit une victime. Elle n'avait pas résisté à tout pour se faire étrangler par un minable dans une bagnole minable, au milieu d'une courée minable. C'était une reine, tu entends ? La reine de Saba. Ses filles sont des princesses. Elle était entrée dans la courée et ça avait été Noël, l'été et le printemps à la fois. Je lui avais déroulé le tapis rouge sous les pieds et elle ne m'avait pas cédé. Elle avait des principes. Comme Maria. C'est des femmes comme ça qui te font comprendre combien tu es médiocre.

Salaud, je ne sais pas si c'est mon fils qui t'a fait ça mais moi c'est pas seulement les couilles que je t'aurais explosées si je t'étais tombé dessus, c'est l'âme ! Tiens, prends ça. Ça. Ça et ça. Tu vas voir ta peau de limace comme je vais te l'arranger !

Je pleure comme un bébé au dessus de Karima.

Même morte, je la trouve belle à regarder. Toute en douceur, toute en rondeur. Blondeur et sable doré. Désert et dunes. Elle était depuis un an ce qui me donnait chaque jour la force de me lever, de me tenir, l'espoir que ma vie pourrait changer. Tout s'effondre. A quoi bon continuer ?

Viens dans mes bras. La fête que je vais te faire, Karima. Je vais te ramener chez moi. Tant que la courée n'est pas détruite, c'est encore chez moi. Si tu avais dit oui hier, nous serions ensemble dans notre maison. Nous fêterions Noël avec tes filles.

Je t'installe dans la chambre de Maria. Dans le lit de Maria. Je n'y ai plus jamais dormi. Je contemple ton corps que je n'ai jamais vu nu de ton vivant. Je te lave à l'eau tiède, te parfume à l'eau de rose. C'est Maria qui a laissé ce flacon. Je cache comme je peux ces marques noires qui enlaidissent ta nuque de cygne. Je maquille tes paupières, te noircis les yeux de khôl et te fais les pommettes roses avec un soupçon de rouge à lèvres.

— Il faut t'habiller maintenant.

Je fouille dans la garde-robe de Maria, déballe la robe de mariée, la secoue à la fenêtre pour en chasser l'odeur de naphtaline. Elle te va comme un gant. Tu vas disparaître de ma vie, Karima, mais tu vas disparaître vivante. Je te coiffe avec la brosse en écaille avec laquelle Maria peignait longuement ses longs cheveux en attendant que j'aie fini mes comptes. Chaque soir, devant le miroir, jusqu'à ce que, une à une, toutes ses peines soient lissées. J'aimais voir ses épaules blanches. Les tiennes sont plus rondes et plus mates. Ta chevelure obéit à mes doigts. La mort a adouci tes traits, comme si tu avais enfin trouvé le repos. Il ne manque que le voile et la couronne. Je vais les retrouver. Maria les avait laissés bien rangés comme si elle savait que tu viendrais. J'allume toutes les bougies que je peux trouver. Dommage que Marco ait jeté les sapins, je les aurais allumés et ils se seraient mis à chanter *Douce nuit*, leurs bouches se seraient ouvertes en cadence et leurs yeux auraient clignoté comme autant de larmes multicolores. Que tu es belle. Tu sembles si heureuse.

— Veux-tu être ma femme ?

Ton visage paisible me répond oui.

— Sois à moi.

Je dépose un baiser sur tes lèvres fraîches. Tu n'as pas voulu être à moi dans la vie mais tu es à moi, morte. Le mektoub, comme tu disais, a enfin exaucé mes vœux. Je prends deux anneaux pour nous unir. Main dans la main, je m'allonge près de toi.

— Tu es mienne.

— Et les petites ? me dis-tu dans un souffle invisible.

— Ne t'en fais pas. Je te promets qu'on s'occupera bien de tes filles chéries.

— Mais où sont-elles ?

— Avec Marco, sans doute.

Je me relève en sursaut. Je l'oubliais, celui-là. C'est lui qui risque d'écoper. Il faut que je m'occupe de ça tout de suite.

— Je reviendrai avant minuit, je te le promets. Sois tranquille. Dors.

— Venge-moi, Léo.

Tu peux compter sur moi. Les loups vont crever et les agneaux pourront s'aimer en paix. J'ai ma petite idée. Je vais foutre le combi dans le canal avec le corps des gamins dedans et coller ce salaud dans la charrette à Lehmann.

Bien pensé, qui me dit que ce porc n'a pas été envoyé par Lehmann ou Leloup pour zigouiller Ludmilla ? Est-ce qu'ils avaient appris qu'elle était là ? Ensuite... Qu'est-ce que j'ai fait des clés ? Calme-toi, Léo. Ce n'est pas le moment de t'énerver. Rappelle-toi que jadis, emmerdes ou pas, tu étais un chef lucide et responsable. Je ne les trouve pas dans mes poches. Elles sont sur le volant.

— Mets ta ceinture, rouquin, on ne sait jamais.

Malgré le froid qu'il fait, je n'ai jamais autant sué de ma vie. Mais le boulot est propre. Le combi a coulé comme une pierre. J'ai tout passé au Karcher. Il fait une chaleur d'enfer dans la maison. J'ai brûlé dans le poêle à charbon ce qui pouvait avoir été touché par les uns et les autres. Tout est nickel, j'ai même raclé la neige jusque sur le trottoir. Il ne s'est rien passé. Et maintenant direction *Les Loups*. D'une pierre trois coups, je garde le fric que j'ai récupéré et je me fais la peau de ces salauds. Je songe aux photos de Lehmann. Pour une fois, ce sont les coupables qui vont casquer. Dans deux heures, c'est Noël. Après le père Noël, voici le père Léo. Et comme Léo est un salaud, il va payer lui aussi, il n'y a pas de raison. Où elle est la Maria à Léo ? Hein ? Qu'est-ce qu'il lui a fait quand elle lui a annoncé qu'elle partait ? Qui a fait envoyer chaque année une lettre d'Italie ? Maria ne savait pas écrire. La BM glisse sur le verglas. Je chante pour ne pas hurler d'angoisse, je chante faux, mais je chante.

Oui, bon, j'avais tous les défauts
Menteur comme un dentiste, comme y faut
J'ai menti comme on tousse
Et sans qu'un long tarin me pousse

La BM zigzague. On me croiserait, on pourrait croire que je suis joyeux. Je suis triste mais j'ai l'âme légère. Ça faisait des années que je me mentais, que j'étais la victime de ma propre vie. Ce soir, j'en suis le héros.

Passage à niveau, carrefour. Sur le boulevard, des affiches me proposent des promos pour l'année nouvelle.

Voyage en Italie pour le nouvel an. Bonne idée. Si tout ça n'était pas arrivé, ç'aurait été super, l'Italie, les pâtes, les femmes toujours gaies, l'amour de la vie. J'aurais retrouvé Cécile et Marion chez la nonna. Je les aurais consolées de n'avoir pas réussi à retrouver Maria. J'aurais inventé un dernier pieux mensonge. On serait restés. Il paraît que là-bas, n'y a plus de chômeurs. Les Ritals ont réinventé la solidarité. Rentre la langue, rouquin, tu as l'air de te moquer du monde. Ce que tu peux puer. Rentre aussi tes tripes dans ton calbar. Ça te fait plaisir ce que je me prépare à faire ? Va savoir qui t'étais ? Tiens ça me donne une idée. On va faire un détour par la rédaction de *Nord-Eclair. La Voix du Nord* est en face. Moitié-moitié, on ne sait jamais. Les photos de ces messieurs intéresseront du monde. Hop, dans la boîte à lettres. Le père Léo continue sa tournée, des cadavres plein la hotte.

Juste à temps. Madame Leloup allait fermer. C'est ce qui s'appelle être un pro. J'ai toujours été comme ça dans le boulot. J'ai toujours fini dans les délais. Il faut que je fasse vite avant qu'elle ne branche l'alarme. Il y a une entrée de service dans l'impasse à l'arrière du café. Une ronéo, des tracts. *La France aux Français.* Quels tarés. Et pourquoi pas la mer aux poissons, le ciel aux oiseaux, le chômage aux chômeurs et la connerie aux cons ? J'en rafle plusieurs paquets, je pique aussi de menus objets, battes de base-ball, calicots, brassards, bombes lacrymos, gun-balls et poings américains que je disperse sur le siège arrière de la bagnole. Je laisse le dossier de Békar. Le crime est signé et contresigné. Je refais le tour du café et toque à la vitre.

— Madame Leloup, c'est Léo Chabert. Je sais, c'est

fermé mais Eric m'a dit de venir. Oui, c'est ça. J'apporte les recouvrements. Il n'est pas là ? Vous lui direz que tout s'est bien passé. Non, non, ce n'est pas la peine de le déranger. J'ai récupéré un gros paquet de fric. Et pas que du fric, du bon matos. Tout est dans la BM. Je l'ai garée dans l'impasse derrière le café. Le coffre est bourré. Non, ne vous en faites pas. J'ai fermé à clé et il y a une alarme sonore. Je leur ai fait remplir les reçus comme il m'a dit. Tout est à votre nom. Dans la serviette, vous trouverez l'enveloppe avec le fric, les clés de la voiture, la carte grise, les reçus et les papiers signés. Je passerai après-demain régler mes comptes avec Eric. Joyeux Noël à tous les deux. Vous remercierez votre mari pour la confiance. Il m'a ôté une sacrée épine du pied.

— C'est gentil. Joyeux Noël, monsieur Chabert. Faut vous appeler un taxi ? Non ? Comme vous voulez. Je tire le rideau derrière vous.

Et voilà, emballé c'est pesé. Direction la cabine téléphonique.

— Allo, le commissariat ? Dans l'impasse qui se trouve derrière le café *les Loups* à Loos, vous trouverez...

C'est ce qui s'appelle faire du bon travail, Léo. Je reconnais bien là ton esprit d'initiative. Si tu avais un patron, il serait satisfait. T'aurais peut-être même droit à une prime. Il t'appellerait dans son bureau pour te féliciter. Vous fermerez derrière vous, Chabert ? Ne vous en faites pas, monsieur le directeur. Joyeux Noël, monsieur. Joyeux Noël, Chabert. Merci pour les chocolats, monsieur le directeur.

Neuf heures et demie, je reprends ma voiture. J'ai à peine une demi-heure devant moi. Par les fenêtres, les sapins clignotent, les télés bleuissent. Les retardataires font leurs courses dans les rares boutiques ouvertes. J'ai un dernier cadeau à livrer. Le parking d'Auchoix est encore bondé de gens pressés qui poussent des chariots bourrés de victuailles.

— Salut, Léo, tu ne peux pas t'empêcher de revenir sur les lieux du crime. Deux fois dans l'après-midi. Tu fais de la provoque ?

— Au contraire, Marcel. Je viens faire mes excuses.

— Toi, faire des excuses ? Je n'aurais jamais cru ça de toi.

— Pas au patron, aux clients.

— Je ne comprends pas.

— Je t'expliquerai plus tard. Laisse-moi passer. J'en ai pour deux secondes.

— Gaffe aux caméras. Je n'ai pas envie de me retrouver sur le trottoir.

— Ne t'en fais pas, Marcel. Tu me prêtes ta casquette.

La casquette enfoncée sur la tête, je fonce vers l'armoire électrique. Trois coups de pince. Pof. Auchoix est dans le noir. Servez-vous. Les derniers seront les premiers. Ce soir, tout est cadeau. C'est ça, la vie Auchoix. Ah, la joyeuse fête. Ah, la joyeuse panique. Servez-vous, servez-vous, prenez le bonheur à pleines mains. Karima m'attend, blanche sur les draps blancs. Une lampe de poche à la main, je vais vers le rayon « chasse, pêche et nature ». Je n'ai besoin que d'un fusil et de deux cartouches. Le ciel s'est remis à neiger.

Tu te souviens, Karima ? Tu me disais : ce que j'aime à Noël, c'est la lumière partout et les cheminées qui fument. Depuis que tu étais en France tu n'avais jamais cessé de te plaindre du manque de lumière et de chaleur. Tu n'auras plus jamais froid, je te le jure. Je vais nous faire une bonne flambée, puis je me coucherai à côté de toi. Un petit verre avant d'ouvrir le paquet-cadeau ? Pour moi, ce sera un cognac. Dans le buffet, il reste un fond de XO.

Où sont les allumettes ? Marco a encore dû me les piquer.

Epilogue

Les bateaux se succèdent à la queue leu leu comme une ribambelle de jouets d'enfants dans une mare à canards. Des nuages jouent à saute-mouton par-dessus. Le vent est tiède. L'air marin me fait du bien. La plage est un long ruban jaune cousu à une belle blouse bleue au col de dentelle. Je respire à pleins poumons, me dégourdis lentement les jambes. J'ai la tête qui tourne et un peu froid. La fatigue et le mal de mer. Moi qui rêvais d'évasion, j'ai été gâtée. Je rêvais d'Amérique et après la mer du Nord, la Manche, l'Atlantique, la Méditerranée, me voici en Adriatique. Peu importe, si ce n'est pas l'Amérique du moment que Marco est avec moi. Il me rejoint. Il marche maladroitement dans le sable, pousse des cris d'enfant, revient vers moi, remonte la couverture sur mes épaules, repart boxer l'air ou effrayer les mouettes. Il jette des galets qui ricochent sur l'eau avant de couler. Il a minci. Il est plus libre de ses mouvements et en même temps si gauche. Comme si, sorti des limites étroites de son taxi, de sa petite maison dans la courée, de ses rues, il ne savait que faire de ses ailes toutes neuves.

Des mouettes volent à la traîne d'un chalutier. Qu'ai-je fait moi de mes ailes ? J'ai envie d'une cigarette.

Marco cherche dans ses poches, m'en trouve une, la met entre ses lèvres pour me l'allumer. Il sort une boîte d'allumettes. Le geste hésite. Il pense à l'explosion dans laquelle il a failli mourir. Je casse la cigarette en deux et la jette en arrière. Il balance la boîte. Les pansements lui donnent l'apparence d'un martyr. Je l'oblige à s'asseoir dans le sable.

— Tu n'es pas encore guéri, Marco. Tu dois te reposer.

— Plus tard. Nous ne sommes pas encore allés assez loin. Je veux rejoindre l'horizon, toucher l'infini. Rejoindre le monde des vivants.

Je caresse ses joues tuméfiées, passe mon bras autour de ses épaules, ouvre la couverture, cale son visage contre ma poitrine. Il ferme les yeux, se blottit et bâille. Il s'endort.

Dans le port hérissé de grues, est amarré le *Karaboudjan*. Loin, très loin derrière, une ligne douce et bleutée. Ligne de fuite. *Mon pays*. Je le devine plus que je ne le vois, mon doux et tragique pays. Je me retrouve à mon point de départ. La boucle se boucle. Qu'est-ce que je vais faire de moi ? Brindisi est le passage obligé de tous les réfugiés qui s'enfuient de là-bas. Il suffirait que je me promène un peu dans les rues pour retrouver un oncle, un frère ou un cousin. Je ne veux pas. Je ne peux pas. J'ai tué. J'ai tué une fois. J'ai tué deux fois. J'ai tué. A chaque fois, c'est moi qui suis morte. Je suis passée de l'autre côté du miroir. Je ne suis plus la petite fille perdue pleurant après son pays perdu, ses parents perdus, ses jouets perdus. J'ai appris à respirer, à embrasser, à dormir, à parler et à rire, à défendre ceux que j'aime. Je ne retournerai plus à la maison. Mon pays perdu, je le retrouverai au Canada ou aux Etats-Unis, dans ces endroits magiques qu'ont inventés les réfugiés de nulle part pour que leurs enfants grandissent libres de voler de leurs propres ailes. Mon pays perdu, je l'inventerai.

Je suis bien dans les bras de Marco. Il sourit en dormant. A quoi rêve-t-il ? Si tu n'as pas de rêve, tu n'existes pas, tu es mort avant d'avoir vécu. Pour survivre, il faut rêver et mon rêve, c'était partir. Loin de la peur. Là où je serais heureuse. Là où je pourrais faire ma vie comme n'importe quelle femme. Avoir des amis, une famille. L'Amérique, c'était si joli sur les cartes postales qu'envoyaient les cousins...

— Ludmilla, Marco !

Marion, Yasmina, Rachida, Cécile et Noël nous rejoignent. Cécile est enceinte. Elle a essayé en vain de joindre sa mère. Le voyage continue.

— Ne criez pas, les enfants. Ne criez pas.

Un chien noir à l'œil crevé court après les mouettes.

Le 11 septembre 1999.

FIN

FIN

Quand les fruits ou les hommes
Se gâtent par milliers
On n'en veut point aux pommes
On en veut aux pommiers
Arrière camarades
Nos temps sont arrivés
Vous étiez les malades
Nous sommes les crevés,
Que voulez-vous, les causes
Produisent les effets
Les rosiers font les roses
Et vous nous avez faits.

Nadaud, chansonnier
né à Roubaix en 1820.

DE RICARDO MONTSERRAT

Avec le collectif Kelt.

ZONE MORTUAIRE, Série Noire n° 2455, Éditions Gallimard, 1998.

Avec les ateliers des Mauges.

LE MOUCHOIR DANS LA PLAIE, Éditions Siloë, 1998.

Avec le collectif Koc'h Lutunn.

POMME D'AMOUR, Éditions Ramsay, 1999.

et

AZILIZ, roman, Éditions L'Atalante, 1996.
JE ME SUIS TUE, théâtre, Éditions GACO, 1997.
NO NAME, roman, Le Mercure de France, 1998.

SÉRIE NOIRE

Dernières parutions :

Composition Nord Compo.
Reproduit et achevé d'imprimer sur Roto-Page
par l'Imprimerie Floch à Mayenne
le 14 mars 2000.
Dépôt légal : mars 2000.
Numéro d'imprimeur : 48376.
ISBN 2-07-049951-0 / Imprimé en France.